Amor nas Highlands

SUZANNE
ENOCH

AMOR NAS HIGHLANDS

Série Highlands

TRADUÇÃO: A C Reis

GUTENBERG

Título original: *My One True Highlander*

EDITORA
Silvia Tocci Masini

ASSISTENTE EDITORIAL
Andresa Vidal Vilchenski

PREPARAÇÃO
Andresa Vidal Vilchenski

REVISÃO FINAL
Samira Vilela

CAPA
Larissa Carvalho Mazzoni (sobre imagem de Irina Alexandrovna / shutterstock)

DIAGRAMAÇÃO
Waldênia Alvarenga

Dados Internacionais de Catalogação na Publicação (CIP)
Câmara Brasileira do Livro, SP, Brasil

Enoch, Suzanne

Amor nas Highlands / Suzanne Enoch ; tradução A C Reis. -- 1. ed. -- Belo Horizonte : Editora Gutenberg, 2018. -- (Série Highlands ; 2)

Título original: My One True Highlander.

ISBN 978-85-8235-541-1

1. Ficção histórica 2. Romance norte-americano I. Título. II. Série.

18-19477 CDD-813

Índices para catálogo sistemático:
1. Romances históricos : Literatura norte-americana 813
Iolanda Rodrigues Biode - Bibliotecária - CRB-8/10014

A **GUTENBERG** É UMA EDITORA DO **GRUPO AUTÊNTICA**

São Paulo
Av. Paulista, 2.073,
Conjunto Nacional, Horsa I
23º andar . Conj. 2310-2312
Cerqueira César . 01311-940
São Paulo . SP
Tel.: (55 11) 3034 4468
www.editoragutenberg.com.br

Belo Horizonte
Rua Carlos Turner, 420
Silveira . 31140-520
Belo Horizonte . MG
Tel.: (55 31) 3465 4500

Rio de Janeiro
Rua Debret, 23, sala 401
Centro . 20030-080
Rio de Janeiro . RJ
Tel.: (55 21) 3179 1975

Prólogo

— Oh — Lady Marjorie Forrester murmurou, recuando um passo para evitar Lorde Belcast e sua bengala imprevisível. — Bem, de qualquer modo, tenha um bom dia, meu lorde.

Fechando o xale à frente do peito para se proteger do vento frio de outubro, ela fez até mesmo uma curta e respeitosa mesura às costas do lorde, que se retirava rapidamente, antes de continuar a subir a rua Bond. Afinal, nunca se sabe quem pode estar observando. A Temporada tinha acabado, e apenas os lordes e as ladies com questões urgentes para resolver escolhiam ficar em Londres em vez de voltar para o campo e suas caçadas, mas o bairro de Mayfair nunca ficava vazio. E assim ela mantinha os olhos à frente, o queixo erguido e um meio-sorriso encantador no rosto. Ladies não demonstravam incômodo. Todo mundo sabia disso.

Todos, inclusive o Visconde Belcast, também sabiam que um cavalheiro não devia ignorar uma lady e quase pisoteá-la — o que significava, evidentemente, que ele não a via como uma lady. Mas deveria; ela tinha frequentado um internato e uma escola preparatória respeitáveis. Sabia quais talheres usar, a ordem em que os convidados entravam em uma sala de jantar e quantas valsas podiam ser dançadas em um baile sem se tornar um escândalo, além de milhares de outras habilidades que apenas esperavam o momento certo para serem desenvolvidas.

Assim, continuava sendo uma lady educada, absolutamente refinada... por fora. Por dentro, no entanto, Marjorie fervia. Ela apertou os dedos nas fitas da bolsa e crispou o maxilar. Havia quase três meses que enfrentava aquele absurdo diário, e havia quase três meses que dizia para si mesma que um dia Lorde Belcast, ou Lady Ingram, ou Lorde Albert Masters, ou alguém, iria encará-la de frente e cumprimentá-la com um aceno de cabeça, ou um toque no chapéu, ou então perguntaria como estava o dia dela. Era evidente, no entanto, que ela tinha calculado mal.

Com passos calculados, passou em frente ao armarinho onde pretendia comprar um novo chapéu de palha, e virou na rua Brook, em direção às casas elegantíssimas da praça Grosvenor. Não fazia sentido comprar um chapéu quando ninguém sequer reparava em sua existência, muito menos no que levava na cabeça.

Duas casas depois da esquina, Marjorie entrou pelos portões abertos de ferro forjado e subiu meia dúzia de degraus até às grandiosas portas duplas da Casa Leeds. Assim que chegou ao último degrau, metade da porta se abriu para dentro e o mordomo de rosto comprido, trajando um uniforme preto e de cabeça inclinada, apareceu ali.

— Minha lady. Não esperávamos que voltasse tão cedo — ele entoou.

— O dia estava bonito demais para desperdiçá-lo fazendo compras — ela disse, forçando um sorriso. — Prefiro passar o dia no jardim. O inverno chegará antes de nos darmos conta.

— É claro, minha lady. Vou pedir a Mary que pegue suas luvas e a tesoura de poda.

— Obrigada, Michaels.

— A Sra. Giswell está na sala de café da manhã. Ela... manifestou surpresa por você ter saído tão cedo... e sem acompanhante.

— Se eu precisasse da companhia de alguém, teria requisitado — ela respondeu, sem gostar do tom ríspido que notou em sua própria voz, mas irritada demais com toda Londres para ser capaz de se controlar. — Por favor, diga-lhe que ela pode fazer o que quiser pelo resto do dia. Não vou sair de novo.

O mordomo concordou, depois pigarreou.

— Se me permite, Lady Marjorie, acredito que é apenas uma questão de tempo até que seus estimados pares percebam a jovem lady graciosa que você é.

Ela tinha se tornado completamente transparente, então.

— Obrigada por dizer isso, Michaels, mas acredito que nós dois saibamos a verdade.

Todos sabiam a verdade. Ela era apenas a última pessoa a se dar conta. Alguns meses antes, quando era a acompanhante de Lady Sarah Jeffer e morava num quartinho minúsculo, numa casinha igualmente minúscula que cheirava a gatos e mofo, Marjorie era aceitável. Talvez não tivesse tentado fazer compras na rua Bond, mas ninguém fingia que não a enxergava. Lorde Belcast até mesmo a cumprimentou uma vez, ainda que fosse apenas ao perceber que quase tinha pisado nela.

— Eles ainda não tiveram a satisfação de conversar com você, minha lad...

— Aí está você, Lady Marjorie! — exclamou a voz excessivamente respeitável da Sra. Giswell.

Marjorie estremeceu por dentro.

— Sim, aqui estou eu — ela disse. — Estou indo para o jardim, na verdade.

— Michaels disse que você tinha saído. Eu sei que não preciso lembrá-la de que a irmã de um duque não vai a lugar nenhum sem acompanhante. Ainda mais uma irmã que mal completou 21 anos e é solteira. Se deseja ser aceita por seus pares, você...

— ...seria bom que eu fosse vista com uma acompanhante respeitável — Marjorie terminou a frase que tinha decorado semanas atrás. — Principalmente uma que já trabalhou como acompanhante da Princesa Sofia. — Marjorie não entendia por que Hortensia Giswell adorava mencionar seu emprego anterior. A Princesa Sofia era a irmã do Príncipe Regente, claro, mas havia aqueles boatos maldosos a respeito de um filho ilegítimo. Talvez fosse esse o motivo pelo qual a Sra. Giswell tivesse parado de trabalhar na casa real. Ou ela não tinha cumprido seus deveres, ou considerou o escândalo indecoroso demais.

— Isso mesmo — concordou a Sra. Giswell, obviamente não lendo os pensamentos de Marjorie. — Eu conheço tudo sobre etiqueta e protocolo. E, se me permite dizer, foi *você* quem *me* contratou.

— Eu sei — Marjorie disse, suspirando. E ela a tinha contratado por um bom motivo. Não apenas a Sociedade não gostava dela, de um modo geral, como também, mesmo sob as melhores circunstâncias, ela seria considerada jovem demais para administrar uma residência sozinha. Além disso, todo mundo sabia que uma jovem não apresentava *a si mesma* para a Sociedade: a jovem em questão sempre tinha a mãe, ou uma tia, ou no mínimo uma amiga ou parente mais velha que a apresentava.

Marjorie, contudo, não teve ninguém como sua mentora. E até recentemente nunca pensou que precisaria de uma mulher mais velha, a não ser para servir como sua patroa. Jovens na condição dela — bem-educadas, mas três ou quatro passos distantes da nobreza — tornavam-se governantas, acompanhantes ou mulheres de comerciantes. Se ela encontrasse um advogado bem-sucedido ou um vigário, bem, esse seria o ápice do nível de conforto que podia esperar conseguir. E assim ela tinha se candidatado a acompanhante de Lady Sarah Jeffers, irmã mais nova de um conde, e passou oito meses afofando travesseiros, correndo para comprar fitas para cabelo e biscoitos doces, e tirando gatos do próprio colo. Até menos de três meses antes, ela pensava que passaria o resto da vida sendo a escrava paga de alguém. Naquela manhã, ela continuava sem se convencer de que sua nova situação fosse um avanço. Sim, agora ela era a patroa, mas ainda podia imaginar gatos em seu futuro.

— Bem, se deseja ficar comigo hoje para proteger minha reputação, Sra. Giswell — Marjorie disse em voz alta —, estarei no jardim podando os rododendros.

— Você ainda precisa de um chapéu novo para usar no café da manhã de Lady Faresie — retorquiu a outra. — Ela convidou a senhorita, e minha lady não pode constrangê-la.

Marjorie suspirou.

— Eu acredito que Lady Faresie me convidou exatamente para que as outras convidadas tenham de quem falar.

— É bem provável. Mas ainda assim é seu primeiro convite para um evento respeitável. Na minha opinião, a senhorita deve *comparecer*. Nesta época do ano, você não vai chegar no coração do *beau monde*, o grupo de pessoas mais ricas e influentes da Sociedade, mas nos lordes e ladies de razoável importância. Não vai ter oportunidade melhor para começar a se encaixar.

A conversa encorajadora acompanhou Marjorie até o jardim, o que demonstrava a determinação da Sra. Giswell, mas também fazia sua cabeça martelar. Todas as oportunidades do mundo não importariam se a Sociedade já tivesse decidido que a irmã de um duque oportunista não merecia reconhecimento.

Céus... Quando ela leu que Harold Leeds, o Duque de Lattimer, tinha falecido sem deixar herdeiros, Marjorie nem mesmo sonhou que ela e o irmão pudessem ser seus últimos parentes vivos. Gabriel com certeza não tinha considerado essa possibilidade; ele estava ocupado demais com a guerra na península para sequer ler os jornais de Londres. Mas essa era a realidade: o major do exército havia se tornado um duque, e ela, que era uma reles dama de companhia, tinha se tornado a irmã do duque em questão.

A princípio, quando Gabriel lhe contou sobre a herança inesperada e lhe deu a Casa Leeds, Marjorie pensou que todos os seus sonhos tivessem se tornado realidade. *Rá*. Sim, agora ela morava em uma das casas mais magníficas de Londres e, sim, nunca mais teria que procurar emprego. E apenas por isso se sentia abençoada.

Marjorie franziu a testa enquanto cortava flores cor-de-rosa e galhos errantes. Tinha uma casa confortável e uma renda. Por outro lado, era esnobada por viscondessas e ignorada por antigas colegas de escola, que temiam manchar suas próprias posições sociais se fossem vistas com ela. Talvez Marjorie não tivesse do que reclamar.

— Estou esperando demais? — ela perguntou em voz alta.

— Não cabe a mim dizer, Lady Marjorie — respondeu a Sra. Giswell. Sua acompanhante estava sentada no banco, sombrinha numa mão e livro na outra. Era evidente que não considerava jardinagem uma atividade que estivesse à altura de uma lady. — Você deve se contentar em fazer seu melhor e ter esperança. Com certeza seu plano de permanecer em Londres durante o inverno só pode ajudar. Os membros da Sociedade que vierem à cidade vão, aos poucos, se familiarizar com a senhorita.

— Eu continuo em Londres porque não tenho nenhum outro lugar para ir — Marjorie retrucou. — Esta é a residência que Gabriel me deu. Se é bom ou não que eu fique aqui, pouco importa, não é?

— Mas a senhorita deveria perceber que lhe faz *bem* ficar aqui.

Marjorie estremeceu, exasperada. Ela cresceu tendo como família apenas o irmão ausente, um irmão que fez o possível para ela frequentar as melhores escolas internas que ele podia pagar. Assim, nunca sentiu que tivesse do que reclamar. Marjorie sempre se sentiu grata por tudo. Agora que possuía tantos bens, ficar reparando toda vez que alguém era grosseiro com ela lhe parecia ridículo e ingrato.

— Sinto muito, Sra. Giswell — ela disse, endireitando-se para olhar a acompanhante. — Tudo que podemos fazer é nosso melhor, e você decerto tem me encorajado nesse sentido.

A mulher mais velha sorriu.

— E vou continuar a fazê-lo, minha lady.

Antes que Marjorie pudesse retomar a jardinagem, Michaels apareceu vindo da lateral da casa. Ele trazia uma bandeja de prata, e Marjorie inspirou fundo. Será que ela teria recebido outro convite? Seria apenas o segundo em três meses.

— Minha lady, uma carta acaba de chegar — o mordomo anunciou, a expressão esperançosa dele refletindo a dela.

Tirando uma luva, ela pegou a carta da bandeja. A caligrafia forte, precisa, com a qual seu nome e o endereço da Casa Leeds tinham sido escritos, fez com que ela sorrisse e trouxe um pouco de alívio ao seu coração.

— É de Gabriel — ela disse, quebrando o lacre de cera e desdobrando o papel.

Ao longo dos anos, Marjorie e o irmão conversaram mais por cartas do que pessoalmente, e ela tinha se acostumado com o estilo conciso e direto dele. Ainda assim, precisou ler aquela dúzia de linhas duas vezes para que sua mente captasse com precisão o que ele estava dizendo.

— Minha nossa... — Ela suspirou, lendo a carta uma terceira vez para ter certeza.

— Espero que não sejam más notícias, minha lady — Michaels disse, evidentemente pretendendo permanecer ali até ser dispensado.

— Não. Não são más notícias. São muito boas, na verdade. Eu acho... — Ela levantou o rosto. — Meu irmão vai se casar.

Por um momento muito breve, a Sra. Giswell pareceu... decepcionada. Mas estampou um sorriso no rosto com tanta rapidez que Marjorie não soube dizer se tinha imaginado a primeira impressão. Sua companheira largou o livro e bateu a mão livre na que segurava a sombrinha.

— Oh, que notícia esplêndida, de fato! Quem é ela? A nova Duquesa de Lattimer pode abrir seu caminho até o coração da Sociedade com um estalar de dedos.

— Eu... hum... — Marjorie deu uma risada curta, que pareceu um pouco decepcionada até para ela mesma. — Ele vai se casar com a Srta. Fiona Blackstock. A administradora da propriedade dele.

Agora a expressão da Sra. Giswell era a de alguém que tinha engolido um inseto.

— Uma "senhorita"? — ela se obrigou a dizer. — Uma senhorita escocesa? Não a filha de um marquês, nem mesmo de um conde? Mas...

— Meu irmão — Marjorie a interrompeu — passou a maior parte da vida como soldado. Duvido que uma bela mesura ou o termo "lady" antes do nome da mulher o impressionariam.

— Bem, com certeza ele não fez nenhum favor a você. Nem à sua nova dinastia.

Era provável que Gabriel e sua nova dinastia ficassem o mais longe possível de Londres e da Sociedade. Mas Marjorie não registrou isso naquele momento, não quando uma agitação repentina e inesperada a agitava por dentro.

— Ele diz que vai se casar no mês que vem, mas que o clima vai estar muito ruim para visitas, então posso ir vê-los na primavera.

— Bem, isso pelo menos parece razoável — a Sra. Giswell concordou. — Nenhuma pessoa civilizada vai querer viajar para as Highlands em novembro. Mas arrisco dizer que se ele esperasse até a primavera, contudo, poderia se casar de forma mais adequada... aqui em Londres, talvez até na catedral de St. Paul, durante a baixa Temporada.

Marjorie tirou a outra luva e a colocou na bandeja de Michaels, junto com o outro par e a tesoura.

— Gabriel e eu não comemoramos o Natal, nossos aniversários ou a Páscoa juntos desde que fiz 8 anos e ele ingressou no exército, aos 17. Ele não vai esperar a primavera, nem Londres, e eu *não* vou perder seu casamento.

— Parece-me bem claro que ele expressou seu desejo, minha lady — a acompanhante retrucou. — Tanto como seu irmão mais velho quanto como Duque de Lattimer, ele dever ser obedecido no que diz respeito...

— Você pode obedecer, então — Marjorie a interrompeu. Um mês ou dois longe das hordas escassas da alta Sociedade que fingiam não a ver, longe do sentimento cotidiano de uma solidão maior do que quando era uma dama de companhia, e ainda a ideia de que ganharia uma irmã, um terceiro membro para sua família tão pequena... Esperar até a primavera seria intolerável. — Eu vou para a Escócia amanhã.

1

Graeme, Visconde Maxton, tirou as pesadas luvas de trabalho enquanto subia a colina na direção da casa.

— Acalme-se, Connell — ele disse —, antes que rasgue os fundilhos da calça.

Seu irmão mais novo continuava pulando ao seu redor, agitado, parecendo uma fuinha atrás de um rato.

— Mas é o Maxwell! — o garoto de 8 anos exclamou, agarrando uma das mãos de Graeme para apressá-lo. — Você disse que depois do que aconteceu no ano passado, ele não iria aparecer de novo na nossa porta, mas lá está ele! O Duque de Dunncraigh! E duas carruagens grandes!

Duas carruagens! Isso não parecia bom. Oito, nove homens mais os cocheiros, todos atrás das migalhas do chefe do clã Maxwell.

— Onde estão seus irmãos? — Graeme perguntou, olhando para o campo. O velho Dunham Moore estava enfiado até os quadris no canal de irrigação tirando um galho de árvore, mas fora isso o campo e as encostas verdes estavam vazios. Até os corvos tinham ido procurar o que comer em outras paragens.

— Brendan disse que está fazendo isca para pescar — informou o garoto. — Mas eu sei que ele está escrevendo uma poesia de amor para Isobel Allen ou Keavy Fox, porque trancou a porta.

Trancado em um quarto era bom, qualquer que fosse o verdadeiro motivo.

— E Dùghlas?

— Foi ele quem me enviou para encontrar você, Graeme. Ouvi o Maxwell dizer que ele está se tornando um belo rapaz.

Graeme apertou a mão de Connell, fazendo-o parar.

— Eu sei que você está animado, patinho, mas preciso que vá ajudar o velho Dunham no canal agora mesmo. E preciso que fique lá até eu ou um dos rapazes ir buscar você.

O garoto apertou, depois arregalou os olhos azul-claros. Engolindo em seco, ele afastou os cabelos compridos demais do rosto.

— Eu posso ir buscar o Tio Raibeart — ele sugeriu, a voz infantil tremendo um pouco. — Não estou nem um pouco cansado.

A sugestão fez Graeme pensar. Se tivesse vindo de um dos garotos mais velhos, ele poderia ter aceitado. Mas de modo algum iria fazer Connell correr três quilômetros pelo campo enquanto os brutos do Duque de Dunncraigh vagavam por ali.

— Acho que não vamos precisar de Raibeart — ele respondeu. — Mas preciso de você perto o bastante para ouvir, caso aconteça alguma confusão, e longe o suficiente para ficar fora dela. Um de nós tem que estar pronto para ir pedir ajuda.

Connell concordou, engolindo em seco de novo.

— Eu estarei pronto.

Dando um tapa no traseiro do garoto para fazê-lo correr, Graeme chegou ao alto da colina. Ele conhecia de olhos fechados cada palmo daquela terra, das paredes cinzentas e brancas de Garaidh nan Leòmhann, mas as duas carruagens pesadas e o quarteto de montarias que atulhavam a entrada da casa eram novidade. Seu cavalariço, Johnny, não estava por perto para recolher os animais nem para dar-lhes água. Com sorte, isso queria dizer que a visita seria breve.

Quando se aproximou da porta da frente, esta continuou fechada; Cowen, o mordomo, estava ocupado ou escondido. Graeme virou a maçaneta e empurrou a pesada porta de carvalho com o ombro.

— Então você decidiu aparecer, afinal — uma voz baixa se arrastou desde a porta da sala matinal. — Não sei se isso faz de você corajoso ou estúpido.

— Um pouco das duas coisas, acredito. Vejo que ainda se veste como inglês — Graeme respondeu, pensando se deveria empurrar o sobrinho de Maxwell para o lado ou esperar um convite. — Que bom, Arthur. Pensei que depois dos negócios do duque com Lattimer, seu tio pudesse ter ordenado que você parasse de se vestir como um inglês.

Arthur Maxwell endireitou os ombros.

— Está bastante ousado, Maxton. Duvido que repita isso lá dentro. — Saindo do caminho, ele apontou para as profundezas da sala matinal.

Mantendo a expressão neutra e as luvas de trabalho na mão esquerda crispada, Graeme entrou na sala.

— Vossa Graça — ele disse, inclinando a cabeça.

Enquanto o Duque de Dunncraigh tirava os olhos da janela, Graeme avaliou rapidamente todos os que estavam presentes. Dùghlas, seu irmão mais novo, deu-lhe um olhar de alívio, o que sugeria que o garoto de 14 anos pelo menos tinha o bom-senso de saber que uma visita do Maxwell raramente trazia algo que não confusão.

Ele conhecia todos os homens que se aglomeravam na sala pequena, menos um. Cinco eram capangas de Maxwell, aparentados com o duque de um modo ou de outro, e todos prontos para destruir ou incendiar qualquer coisa para a qual o chefe deles olhasse torto. O outro tinha a mesma aparência, e Graeme voltou sua atenção para o duque e para o homem empertigado ao lado dele, que parecia pronto para limpar o traseiro de Dunncraigh se este pedisse.

— Você demorou para vir — o duque declarou, os olhos verdes escondidos pelos cabelos brancos, sem qualquer emoção.

— Eu estava arando o campo e o cabo quebrou — Graeme respondeu, aproximando-se para mexer nos cabelos castanhos do irmão mais novo e empurrá-lo em direção à porta. — Você está me devendo a lição de aritmética, se bem me lembro — ele disse para reforçar. Depois que os irmãos estivessem fora do perigo imediato, ele lidaria com o que parecia ser uma visita hostil — outra visita hostil — do chefe do seu clã.

— Você está arando seus próprios campos, Maxton? — falou o limpador do traseiro do duque. — Também ordenha as vacas e corta a turfa?

Graeme continuou encarando o olhar duro do duque.

— Estou vendo que trouxe Sir Hamish como seu bobo da corte — ele disse. — Mas, como não somos amigos, eu preferia que deixasse o teatro de lado e me dissesse o que o trouxe aqui.

O rosto duro de Sir Hamish Paulk se contorceu de escárnio.

— É um jeito de falar bem ousado para um líder que não consegue pagar o dízimo, seu maldito...

— Considerando que acabou de perder o dízimo e a lealdade de todos os arrendatários dos quatro mil hectares do Duque de Lattimer, sugiro que não ande por aí insultando os membros do seu clã que restaram, Vossa Graça — Graeme interrompeu Sir Hamish. — Nem permita que outros líderes o façam.

— Sir Hamish conta com minha paciência — Dunncraigh respondeu. — Eu estou curioso, na verdade, com o que acha que sabe a respeito de Lattimer. Eu pensava que você teria suas próprias obrigações para se preocupar, já que tem três irmãos mais novos e uma vasta extensão de terra mal protegida. — O duque se aproximou. — Mas é bem útil que saiba que um duque inglês tomou nossa terra ancestral e virou um bom número de nossos homens contra nós.

Não era isso que Graeme tinha ouvido, mas repetir os boatos a respeito de Maxwell não ter conseguido comprar Lattimer, para depois recorrer à sabotagem e às ameaças na tentativa de virar os arrendatários contra seu lorde — um expediente que não terminou bem para Dunncraigh — pareceu uma péssima ideia naquele momento.

— E por quê? — ele se conformou em perguntar.

— Porque estou sentindo uma aversão forte por Gabriel Forrester, o maldito Duque de Lattimer, e estou inclinado a me sentir especialmente generoso para com qualquer um do meu clã que puder... descobrir algo útil contra ele. Ou que possa causar algum tipo de frustração a Lattimer. Você entende o que estou querendo dizer, Graeme?

— Sim. E não gosto de nenhum inglês. Mas acho que me contento em cuidar da minha própria vida.

O duque fez que sim com a cabeça.

— Sua terra confronta a dele, então sei que quer ser um bom vizinho. Só estou dizendo que, se você souber de algum negócio com Lattimer que possa ser usado contra ele e me contar, pode ser que seus rebanhos aumentem e que eu me esqueça de qualquer dívida que você tenha comigo. E se alguma infelicidade acontecer com o próprio duque, bem, não vou chorar por ele.

Dunncraigh deu um tapa no ombro de Graeme.

Fazendo um esforço supremo para não derrubar o chefe de seu clã com um soco no queixo, Graeme imaginou, por um instante, se algum membro do clã Maxwell chefiado por Dunncraigh de fato gostava dele. Para Graeme, mesmo debaixo da torrente de falsos conselhos paternos e ameaças (mal) veladas, o duque devia ser tolerado, aplacado quando possível e obedecido quando necessário — e ignorado na maioria das vezes.

Dunncraigh e seus asseclas saíram marchando em direção às suas carruagens e montarias, e Graeme os acompanhou para ter certeza de que nenhum deles ficaria para trás. Uma das melhores coisas de se ter uma mansão em ruínas e uma propriedade de apenas quatrocentos hectares era que alguém como um duque, ainda mais o que por acaso era chefe do clã Maxwell, não tinha interesse em ficar muito tempo debaixo do seu teto.

— É melhor você fazer o que ele está pedindo, Maxton — Sir Hamish disse, observando o duque se acomodar na carruagem à frente.

— Então agora você me dá conselhos úteis, Paulk? Acho que vou dar aos seus conselhos toda a consideração que merecem.

— Se você vender mais terra, Maxton, não será mais considerado aristocrata. Então aceite os conselhos e sorria ao ouvi-los. Com apenas duzentos camponeses, já nem se qualifica como líder de clã. Seja útil, conquiste um pouco de dinheiro e gratidão, ou o duque pode decidir que você não tem nenhuma utilidade.

— Recomenda que eu use a sua estratégia? Ficar tão perto da bunda de Dunncraigh que o faz pensar que você é um furúnculo?

— Vá para o inferno, seu saco de merda inútil. Você é igual ao seu pai e ao seu avô, tolos teimosos. Existem consequências por decepcionar seus superiores. Com os irmãos menores para cuidar, você deveria lembrar que...

— Hamish — o duque chamou. — Não quero ficar aqui até o Natal.

Sir Hamish encarou Graeme, claramente com a intenção de intimidá-lo. *Não vai conseguir.* Graeme inclinou a cabeça e deu um passo rápido à frente. Quando Sir Hamish recuou, ele abriu um sorriso forçado.

— Vai precisar mais do que seus olhinhos me encarando para me assustar — ele murmurou. — Agora vá embora, cão. Seu dono está chamando.

— Ele é seu dono também. É melhor você entender isso antes que ele decida que o pouco que você contribui não vale todo o problema que causa. — Dizendo isso, Sir Hamish fez meia-volta e subiu na carruagem.

Graeme permaneceu no pátio de cascalho e ostras quebradas, observando as carruagens e os cavaleiros descerem a colina e desaparecerem em meio às árvores e pedras a distância. Depois de ter certeza de que eles tinham mesmo ido embora, ele se virou para a casa, encontrando Dùghlas e Brendan parados à porta, os dois empunhando rifles. Cowen, o mordomo, estava dentro do saguão, armado com uma espada que provavelmente tinha tirado da parede da sala de estar.

— Vocês pretendiam matar o chefe do próprio clã, rapazes? — ele perguntou, feliz por eles terem a presença de espírito de se armarem, mas preocupado com o que teria acontecido se uma batalha tivesse irrompido em sua sala matinal.

— Eles ameaçaram você, Graeme — Dùghlas disse, expirando forte enquanto baixava a arma, apontando-a para o chão. — Eu fiquei muito assustado quando o Cowen colocou essa gente para dentro de casa.

— Por que Dunncraigh acha que nós vamos querer alguma coisa com esse duque inglês? — Brendan perguntou. — Talvez nós devêssemos mesmo dar um tiro nesse Gabriel Forrester para que o duque nos deixe em paz. — Ele ergueu o rifle.

Graeme franziu o cenho, encarando o irmão de 16 anos.

— Concordo que nós precisamos tanto do dinheiro quanto da gratidão que receberíamos se fôssemos cachorrinhos de estimação de Dunncraigh. Mas o Duque de Lattimer não fez mal algum para nós. Então escute bem, Brendan: ninguém aqui vai fazer mal a Lattimer ou a quem estiver sob a proteção dele. Vocês entenderam o que estou falando, seus brutamontes?

— Sim.

— Sim, Graeme.

— Ótimo. Dùghlas, vá buscar o Connell. Ele está no canal depois do campo sul, com Dunham.

Entregando seu rifle para Cowen, Dùghlas atravessou o pátio em direção ao campo mais próximo. Brendan, contudo, deu um passo à frente e cuspiu no cascalho.

— Depois de perder mil Maxwells para aquele inglês, Dunncraigh deveria mostrar mais gratidão a você e aos seus. Deveria ter dito isso para ele, Graeme.

— Apesar de nós, Maxton, termos sido líderes do clã Maxwell por mais de duzentos anos, você tem que reconhecer que nem nosso pai nem eu passamos muito tempo nos curvando ao Dunncraigh. Eu sei que estaríamos em melhores condições se eu o servisse, mas não vou assassinar ninguém em troca de um cafuné.

O irmão com idade mais próxima a dele continuou parecendo furioso e desafiador, tão ofendido e cheio de razão como sabe ser um garoto de 16 anos teimoso e protegido. Graeme pôs a mão em seu ombro e o apertou. Era mais fácil lidar com os irmãos quando eram crianças, e os onze anos que o separavam de Brendan pareciam fazer mais diferença. Há apenas alguns anos, ele podia dizer para os irmãos como as coisas eram e ninguém o questionava.

— Os ânimos estão exaltados neste momento — ele continuou —, Lattimer fez o guarda-caça jurar que estava recebendo dinheiro de

Dunncraigh para criar problemas. Acho que o duque está constrangido. E ele quer sangue. Mas o inverno está quase aqui e tudo irá se acalmar. Na primavera estaremos falando de filhotes, ovelhas e tudo isso será esquecido. Então, tenha paciência. Dunncraigh não vai nos mandar flores, mas é provável que volte a nos ignorar — o que para mim está ótimo.

Brendan enfim concordou, seus dedos diminuindo a pressão com que seguravam o velho rifle.

— Eu sei, Graeme. Você quer que não façamos barulho, como se fôssemos ratinhos numa igreja. Mas nós não fizemos nada de errado.

Graeme conhecia algumas pessoas que contestariam a última parte dessa afirmação, mas não era o momento para essa discussão.

— Isso mesmo. E agora você pode vir me ajudar a consertar aquele arado e levá-lo de volta para a viúva Peele antes que a neve e a umidade terminem de acabar com ele.

— Não temos homens para fazer isso? — Brendan retrucou, de novo parecendo um rapazinho.

— Sim, nós temos. E hoje eles são Graeme e Brendan.

Quando Connell voltou correndo com Dùghlas, o pequeno de 8 anos ainda precisava ter certeza de que eles não estavam para ser assassinados. A animosidade entre os Maxton e Dunncraigh tinha começado muito antes de Graeme herdar do pai o cargo de líder, mas ele poderia ter feito o necessário para reparar o estrago se estivesse disposto. Seus irmãos não deveriam ter tanto medo de seu próprio clã. Criar problemas para um vizinho, fosse ou não inglês, não lhe agradava. Não fosse a condenação pública de Lattimer por Dunncraigh, Graeme se sentiria inclinado a ir conhecer o inglês. Eles eram vizinhos, afinal, ainda que suas casas ficassem a seis horas de distância uma da outra.

Depois que mandou os garotos mais novos entrarem em casa e colocou Brendan a caminho do campo, Graeme gesticulou para Cowen.

— Mande chamar Boisil Fox e seus irmãos — ele murmurou, aproximando-se do mordomo. — Quero mais gente vigiando a casa esta noite.

O mordomo concordou, olhando na direção do arvoredo.

— Acredita que vamos ter problemas, Lorde Maxton?

— Não. Mas não quero que Brendan fuja de casa para ir atirar no Duque de Lattimer.

A expressão do outro se suavizou.

— Seu irmão é um bom rapaz, ainda que um pouco esquentado.

— Ele é só "um pouco" esquentando do mesmo modo que as Highlands são só "um pouco" frias no inverno. Eu volto ao pôr do sol.

— Vou ficar de olho até lá, milorde.

Com sorte, manter os irmãos por perto até os ânimos se acalmarem seria o mais difícil. As raras visitas do duque nunca prenunciavam algo bom para os Maxton, e essa última não seria exceção. Enquanto caminhava debaixo de uma garoa cada vez mais forte até o velho arado da viúva, Graeme tirou um momento para desejar que pudesse parar de ser educado com um homem de quem não gostava e de se preocupar com três irmãos mais novos, meia dúzia de criados e cerca de duzentos colonos que moravam em suas terras.

Com esse tipo de liberdade, a única questão seria de quem ele iria atrás primeiro: Lattimer, pelo simples fato de ser inglês e estar ali, ou Dunncraigh, por cinquenta anos de atrito. Mas essa era uma opção para um homem que tivesse uma vida diferente — com muito menos responsabilidades do que ele.

Lady Marjorie Forrester segurou a mão que o cocheiro lhe estendia enquanto descia até o chão lamacento. Ela estava usando seus sapatos de passeio mais confortáveis, mas estes afundaram imediatamente na superfície marrom pegajosa.

— Pelo amor de Deus! — exclamou a Sra. Giswell da porta da carruagem. — Alguém... você, senhor! Coloque aquelas tábuas aqui antes que nós afundemos na lama!

— Já estou quase na estalagem — Marjorie disse, enquanto sorria para o homenzarrão barbado trazendo uma braçada de tábuas, que começou a dispor entre o veículo e a estalagem. — Obrigada por sua ajuda, meu senhor.

— Com aquela mulher guinchando desse jeito, fiquei com medo de que ela me lançasse uma maldição se não obedecesse — ele retrucou com um forte sotaque arrastado, retribuindo o sorriso.

Depois que a lama estava coberta pelas tábuas, a Sra. Giswell desceu com agilidade para seguir Marjorie.

— Uma dama não guincha, meu senhor — ela declarou, imperturbável. — Uma dama apenas fala mais alto quando um ato de cavalheirismo necessário e esperado não é oferecido.

— Cavalheirismo! — o grandalhão exclamou, alisando a espessa barba castanha. — Ouviram, rapazes? Sou uma droga de um cavalheiro!

A meia dúzia de homens espalhados pelo pequeno pátio riu.

— Sim! Você é Sir Robert Ferreiro — um deles gritou.

— Isso mesmo, e é melhor vocês se curvarem para mim de agora em diante.

Marjorie achou graça na conversa e sorriu, assustando-se um pouco quando a Sra. Giswell pôs a mão em seu braço.

— Uma lady não acha graça em brutos e seu linguajar impróprio — ela disse. — Agora vamos entrar antes que a senhorita pegue uma doença, minha lady.

O vento incomodava, de fato, mas o frio não lhe causava nada além de um tipo de euforia. Marjorie achou encantador o sotaque que ouviu nas Lowlands enquanto a carruagem seguia para o norte, mas agora a pronúncia enrolada à sua volta deixava claro que tinham chegado às Highlands. Por Deus, talvez elas estivessem até mesmo nas terras de Gabriel; a propriedade do Castelo Lattimer tinha mais de quatro mil hectares — pelo menos era o que o advogado do irmão havia lhe dito.

Inspirando fundo, ela empurrou a porta verde desbotada e entrou. De acordo com a placa pendurada do lado de fora, aquela era A Lareira Partida, mas à primeira vista a velha lareira de pedra parecia em perfeitas condições. O lugar tinha um teto baixo apoiado em imensas vigas de madeira, deixando Marjorie com a sensação de que era alta demais para aquele ambiente — apesar de ser bem mais baixa do que alguns dos homenzarrões que estavam lá dentro.

E não eram só homens que almoçavam ou se abrigavam da chuva na Lareira Partida; uma dúzia de mulheres e um punhado de crianças estavam sentadas ao redor das mesas. Ver famílias ali, naquele ambiente que mais parecia uma caverna, a deixou mais à vontade, mas também a fez perceber como estava... deslocada.

Ela tinha escolhido um vestido creme e verde feito em Londres porque ficara encantada com a cor, e o pesado xale parisiense de lã verde trançada porque era quente, francês e uma das peças mais difíceis de se conseguir. Seis meses antes, ela não tinha condições de comprar nenhuma dessas peças, nem os sapatos de passeio —, que talvez não fossem tão práticos assim nem mesmo pelos padrões londrinos. A empolgação de poder comprar o que quisesse ainda não tinha passado. No momento em que transitava por entre a multidão de comensais à procura de uma mesa vazia na Lareira Partida, contudo, Marjorie desejou ter tido mais bom senso.

— Você precisa se acostumar a ser notada — a Sra. Giswell sussurrou atrás dela. — Uma lady não liga para os olhares.

— Sou notada o tempo todo — ela respondeu no mesmo tom. — Em Londres, as pessoas me dão as costas depois de me notar. Aqui, elas continuam olhando.

— E vão continuar a fazê-lo, sem dúvida. Elas não parecem ter melhor educação do que os homens lá fora, que riram enquanto afundávamos na lama.

Isso pareceu um exagero. Refletir sobre ignorância e grosseria, contudo, a distrairia dos gracejos ruidosos que ecoavam por todo o salão. Marjorie fez o possível para não retribuir a atenção de um garotinho ruivo, com belos olhos azuis, que estava com um grupo de meninos a três mesas de distância. Ela se sentou e aproximou os dedos de uma vela para aquecê-los.

— Vou ficar absolutamente satisfeita com chá e comida quentes — ela disse.

— Minha lady deveria ter pedido uma sala particular — comentou a Sra. Giswell enquanto segurava a saia marrom-escura e sentava no banco em frente. — A irmã de um duque não deve comer na companhia de plebeus. — Ela se aproximou. — E embora eu elogie a iniciativa da senhorita de viajar com seus próprios cocheiro e condutor, ainda acredito que deveria ter contratado pelo menos dois cavaleiros e um criado para ir na frente, providenciando acomodações adequadas e anunciando sua chegada.

— Seria um tanto pomposo, não acha? — Marjorie respondeu. Depois de cinco dias confinada numa carruagem com sua acompanhante, a interminável ladainha a respeito do que uma lady deve ou não fazer tinha perdido muito da escassa atração que já teve um dia. Isso não a tornava menos necessária, mas com certeza menos interessante. — Eu frequentei a escola preparatória, sabe. Tenho algum conhecimento de etiqueta e boas maneiras.

— Sim, mas isso foi quando você estava se preparando para procurar emprego como governanta ou dama de companhia, não para ser irmã de um duque. Você me contratou para ajudá-la a ser parte da aristocracia. Se me permite a impertinência, arrisco dizer que já passei mais tempo no *beau monde* do que você, Lady Marjorie. E aonde quer que vá, deve sempre ter em mente que é irmã do Duque de Lattimer.

— Agradeço-lhe por sua sabedoria infinita, Sra. Giswell. — Infinita e interminável, mas ela tinha contratado a mulher exatamente por esse motivo.

E a Sra. Giswell tinha razão. Porque embora Marjorie tivesse se destacado na escola interna e também na preparatória, ela sabia muito bem das restrições que seu berço e sua renda impunham ao seu futuro.

Se não fosse pela morte de um tio-avô do qual ela nem sabia ser parente, a educação que recebeu teria sido perfeitamente adequada.

Quando um jovem se aproximou da mesa, a Sra. Giswell pediu chá e duas porções de vitela assada — evidentemente a refeição adequada para uma pausa no meio do dia durante a troca de cavalos —, para que a própria Marjorie não tivesse que conversar com plebeus. Marjorie apenas sorriu para o rapaz, que retribuiu com um aceno de cabeça.

Não obstante o que a Sra. Giswell considerasse adequado, Marjorie não queria alguém cavalgando na frente para preparar o caminho; isso lhe parecia mais frívolo que suas roupas, e ela pretendia fazer uma surpresa para o irmão. Esse era o verdadeiro motivo para sua pressa: queria chegar antes que os preparativos finais para o casamento dele estivessem terminados. A pressa e a decisão de não contratar uma escolta de cavaleiros não tinha nada a ver com o fato de aquela ser a primeira e única justificativa para ela fugir das ruas cada vez mais vazias de Londres antes que se tornasse a única alma viva em Mayfair. Nem com o fato de que ela se sentia como se estivesse sozinha desde o primeiro momento em que estabeleceu residência na Casa Leeds. Antes disso também, mas até então era o que esperava da vida.

— Você já pensou em quem pode ser sua madrinha, na primavera, para que tenha sua primeira Temporada? Alguém que a apresente às melhores famílias e que diminua os motivos que os outros podem ter para ignorar você. — A Sra. Giswell cortou a vitela em porções delicadas com movimentos precisos e femininos. — Eu tenho várias sugestões, embora qualquer uma delas vá exigir um presente generoso de sua parte.

Marjorie também achou aquele um momento oportuno para cortar sua carne.

— Está dizendo que eu preciso comprar a amizade dessa mulher. — Não foi a primeira vez que Marjorie se perguntou se valia a pena o esforço de inserir-se na aristocracia. Quando garota, sonhava em ser uma grande lady, para quem os homens faziam reverência e tiravam o chapéu assim que a viam. Agora que ela *era* essa lady, descobria que a deferência dos outros podia, evidentemente, ser comprada.

— É a assistência e a cooperação dela que a senhorita vai comprar — a Sra. Giswell corrigiu. — Com o tempo, pode obter aceitação e até amizade, mas só a primeira é necessária para seu sucesso. — Ela pôs outra porção delicada na boca, mastigou e engoliu. — Como já sabe, ser aristocrata é uma proposta dispendiosa, e nem todos os títulos vêm com tanta riqueza quanto o do seu irmão. A oferta de, digamos, uma carruagem nova para uma família adequada e estabelecida deve lhe garantir uma marquesa ou viscondessa com boas relações.

Marjorie sentiu a bile subir pela garganta e tomou meia xícara de chá para fazê-la descer outra vez.

— Vamos discutir algo mais agradável, Sra. Giswell. Podemos desenvolver nossa estratégia de aceitação quando voltarmos para Londres.

Depois disso, Marjorie teve que escutar uma arenga de vinte minutos sobre a condição desagradável do clima escocês. Até que, finalmente, ela não conseguiu aguentar mais e se levantou.

— Vou esticar minhas pernas antes de voltar à carruagem.

— É claro — disse a Sra. Giswell, também se levantando.

— Você fica. Eu não vou sair do pátio, onde estarei à vista de Stevens e Wolstanton — ela afirmou, citando o cocheiro e o condutor.

— Minha lady, isso não é...

— Por favor, Sra. Giswell. Dê-me um momento para respirar.

A acompanhante fechou a boca e sentou-se novamente.

— É claro, minha lady. Eu não queria ofender.

— Você não me of... Oh, pelo amor de Deus. Eu volto em dez minutos. — E ela iria se desculpar quando voltasse, porque por mais irritante que a Sra. Giswell pudesse ser, Marjorie sabia muito bem que precisava da mulher.

Ela teria preferido não carregar consigo a imagem da expressão magoada da companheira enquanto arrastava os pés pela lama. Toda vez que a Sra. Giswell abria a boca, a situação de Marjorie parecia mais... sem esperança. Mesmo que ela tivesse sucesso em conquistar a aristocracia, mesmo que todos a aceitassem e a convidassem para festas e banquetes, Marjorie saberia que só chegou onde está devido a presentes cuidadosamente distribuídos e a uma grande quantidade de dinheiro. Parecia que o encanto daquela vida tinha sumido assim que ingressou nela. De toda forma, dar festas grandiosas e conversar com pessoas instruídas e refinadas sobre assuntos importantes... isso ainda podia acontecer se ela tivesse paciência e fosse generosa com as pessoas certas.

A garoa leve, as alfinetadas frias de água passando pelo xale e atingindo sua pele davam uma sensação refrescante, na verdade. Ela acenou com a cabeça para o cocheiro e o condutor, que estavam sentados debaixo de um toldo comendo algo que fumegava no ar gelado.

Mais cinco ou seis horas, o mais tardar na manhã do dia seguinte se elas decidissem parar durante a noite, e chegariam a Lattimer. Não seriam mais apenas ela e a Sra. Giswell, que só se preocupava com a Sociedade. Talvez seu irmão ou a noiva dele tivessem um plano alternativo à compra de uma carruagem para alguma mulher que, de outra forma, nem olharia para ela.

Um rosto apareceu na esquina do prédio. O garotinho com belos olhos azuis sorriu para ela. Marjorie retribuiu o sorriso.

— Boa tarde, meu senhor.

— Não sou um senhor. — Ele franziu o nariz.

— Por que não?

— Porque tenho 8 anos. — Ele acenou para ela e sumiu atrás do prédio de novo.

— Não vou segui-lo, meu senhor — ela disse, fechando o xale ao redor dos ombros. — Está chovendo. — Se não fosse pela expectativa de mais seis horas na companhia da Sra. Giswell, Marjorie já teria voltado para dentro da estalagem. Talvez devesse voltar, de qualquer modo; a última coisa que queria era ficar de cama em Lattimer logo depois de chegar.

O garoto reapareceu com um filhote de gatinho preto e branco aninhado em suas mãos.

— Eu só queria mostrar para você os gatinhos no palheiro — ele disse, o forte sotaque das Highlands ainda mais encantador por sua pouca idade. — Acho que vou ficar com este. Vou dar a ele o nome de Bruce.

— Oh, ele é muito novo para sair de perto da mamãe, não acha? — ela perguntou, aproximando-se para acariciar a cabeça daquela coisinha encantadora.

— Se eu esperar, outra pessoa vai pegar o gatinho. Ou as raposas. E vão pegar também os irmãozinhos dele.

— E se você pegar uma caixa e levar todos para casa com você, incluindo a mãe?

Ele franziu o nariz de novo, evidentemente considerando a possibilidade.

— Acho que posso fazer isso, se você me ajudar a pegar os gatinhos. Contei sete filhotes, mais a mãe.

Marjorie hesitou, plenamente consciente de que irmãs de duques não sobem em palheiros para procurar gatos. Ainda mais quando estão usando vestidos que custaram mais de seis meses de seu antigo salário.

O garoto inclinou a cabeça, o cabelo ruivo caindo sobre os olhos.

— A senhorita está com medo de mim? Todos dizem que os ingleses são covardes, mas não sabia que vocês tinham medo de gatinhos. Apesar de que eu só conheci um inglês antes, e não era uma garota. Era um mascate que vem para vender tachos e panelas. Ele diz que é inglês, mas nunca esteve em Londres, então não sei se dá para acreditar nele.

Segurando o riso, Marjorie suspirou.

— Não senhor, não estou com medo de você. Meu nome é Marjorie, e o seu?

— Connell.

— Vamos resgatar seus gatinhos, certo, Connell?

— Certo. — Ele deu um grande sorriso.

Levantando as saias, Marjorie saiu para a grama malcuidada atrás do estábulo. Havia uma pilha meio desmoronada de feno encostada nos fundos do prédio, mantida fora da chuva pelo grande beiral. Aos olhos de uma gata, aquele devia ser o lugar perfeito para se ter uma ninhada.

— Vou pegar a mamãe e três gatinhos — ela disse, agachando-se onde Connell apontava e se debruçando para observar uma gata malhada que parecia desconfiada. — Você consegue levar quatro gati...

Alguma coisa foi colocada com força e rapidez sobre a cabeça dela. Marjorie perdeu o equilíbrio, cambaleando para trás. Mãos mais fortes do que as de um garoto agarraram seus pulsos e os prenderam à frente dela. Sacudindo-se para superar o susto, Marjorie inspirou fundo para gritar.

— Faça qualquer barulho e vai ser seu último — outra voz grunhiu. — Está entendendo, *Sassenach*?

Como ele ordenou que não fizesse barulho, Marjorie apenas fez que sim com a cabeça encapuzada por algum tecido pesado. O medo enrijeceu seus músculos, fazendo com que ela se sentisse pesada e sem coordenação ao tentar endireitar o corpo.

— Ótimo. Fique de pé, então. Se tentar correr, vou dar um tiro na sua perna, e mesmo assim vai ter que vir com a gente.

— Se você fizer a moça desmaiar nós vamos ter que carregá-la, então cale a boca — outra voz murmurou.

Incluindo o garotinho levado, havia pelo menos três estranhos. Mãos a agarraram por baixo dos braços e a puseram de pé. A grama alta e molhada se enroscou nos pés dela e na barra do vestido, mas eles continuaram empurrando-a. Os sons da estalagem foram ficando cada vez mais distantes, mas ela não sabia dizer em que direção a levavam.

O coração de Marjorie batia com tanta força que ela pensou que fosse saltar do peito. Se conseguisse tirar o pano da cabeça, pelo menos teria uma chance de fugir, mas para onde? Podia ser que todos da Lareira Partida trabalhassem juntos para sequestrar viajantes e pedir resgate, ela imaginou — e torceu para que fosse isso. Se era dinheiro o que queriam, ela tinha uma chance de sobreviver.

Marjorie engoliu em seco, sua garganta tão apertada que quase engasgou. Se aquilo não fosse por dinheiro, se ela tivesse sido aprisionada por ser inglesa, ou porque eles costumavam agarrar e matar estranhos... Oh, minha nossa. Marjorie cambaleou.

— Mantenha a inglesa de pé — a voz à esquerda ordenou, endireitando-a outra vez. — Estamos quase na carroça.

— Estou tentando — a voz à direita respondeu. — É melhor você ter certeza de que ela é quem você pensa que é, ou vamos nos dar mal.

— Eu ouvi muito bem. É a irmã do Duque de Lattimer.

Eles pareciam jovens. Quer dizer, mais jovens do que ela. Os dois homens que a seguravam deviam ter a mesma altura que Marjorie, e esta duvidava que pudesse se livrar de um deles, quanto mais de dois.

— O nome dela é Marjorie. Foi o que ela me contou — disse Connell, o garoto, alguns passos atrás.

— E você contou seu nome para ela.

— Ela me perguntou — o garoto protestou. — E você não avisou que eu deveria mentir, Brendan.

— Diabos! Pare de falar, criança.

— Não grite comigo. Eu fiz o que você mandou.

— Eu... não estou gritando. Vá segurar os cavalos enquanto nós a colocamos na carroça.

Ela bateu em algo de madeira à altura das coxas e quase caiu sobre a coisa. Parecia mais seguro fazer o que eles mandavam, mas a Sra. Giswell, Stevens e Wolstanton estavam em algum lugar atrás dela. A carroça daqueles senhores não a levaria para nenhum lugar que gostaria de ir. Oh, os sermões que teria de ouvir da Sra. Giswell depois disso. E ela mereceria.

Essa ideia a acalmou um pouco. Endireitando os ombros, enterrou a ponta dos sapatos no terreno macio e travou os joelhos.

— Está na hora de vocês me soltarem — ela disse com a voz mais calma que conseguiu. — Nós dizemos que isto foi uma piada, eu vou embora e ninguém precisa ficar sabendo.

— Você não pode falar — a voz à esquerda, Brendan, respondeu. — Suba.

— Não. Vocês vão ter que atirar em mim. O que faria muito barulho, devo lembrar.

Um dos homens disse algo que pareceu um palavrão em gaélico. Então vieram mais algumas palavras que ela não entendeu, e um deles a pegou pelos ombros. O outro levantou o saco de pano que lhe cobria a cabeça e amarrou uma tira de tecido bem apertada sobre sua boca.

Marjorie esperneou, mas alguém segurou seus pés. Desequilibrada, ela caiu no que deduziu ser a caçamba da carroça. Sentiu outra pontada de medo e se contorceu, projetando as mãos unidas e acertando algo sólido.

— Segure-a com firmeza, diabos — Brendan sibilou, caindo sobre as duas pernas dela.

— Ela acertou a droga do meu olho — o outro grunhiu.

— Vamos amarrar os braços da moça, então. Assim que eu pegar as pernas dela. Eu disse que íamos precisar desta corda.

Ela não teve nenhuma matéria no internato ou na escola preparatória que a ensinasse a evitar sequestro ou a lutar com sequestradores. Qualquer tipo de luta era tão inaceitável que nem tocavam no assunto. Várias diretoras iriam receber uma carta bem ríspida se ela sobrevivesse àquilo. *Depois* que sobrevivesse àquilo, Marjorie se apressou a corrigir o pensamento. Sim, ela parecia estar pensando em frivolidades no momento, mas a educação, a disciplina e a... segurança daqueles tempos pareciam reconfortantes no momento. E qualquer coisa que a ajudasse a manter a calma podia ser útil.

— Pronto — disse o de nome Brendan, e seu peso dele saiu de cima das pernas dela. — É melhor você se acomodar, Lady Marjorie Forrester, porque temos uma viagem a fazer. Pode culpar o bastardo inglês que chama de irmão por isto, mas você é quem vai nos ajudar a acertar as coisas para todos nós.

2

— Com a carroça? — Graeme Maxton perguntou, entregando seu casaco molhado para o mordomo e sacudindo a água da chuva de seus cabelos longos demais. Com os problemas financeiros que enfrentava, uma visita ao barbeiro parecia um luxo desnecessário, mas se ele não aparasse os cabelos, logo não conseguiria enxergar.

— Sim — Cowen respondeu. — Cerca de uma hora atrás, Connell e Dùghlas chegaram à galope, pegaram Brendan e os três saíram juntos com a carroça.

— Bem, estamos na época errada do ano para gatinhos, patinhos ou qualquer outro filhote que Connell gosta de resgatar, então, com sorte, Dùghlas atirou num cervo e teremos carne para o jantar.

— Fico com água na boca só de pensar. Como estava Hugh Howard?

— A coluna dele continua um pouco dolorida, mas eu e Gordon, o filho dele, consertamos o telhado. Duvido que Hugh vá querer subir em escadas por muito tempo, mesmo depois que melhorar. — Graeme seguiu pelo corredor até seu escritório pequeno e atulhado. — Avise-me quando os garotos voltarem. Acredito que vá nevar ao anoitecer e não quero que Connell fique doente de novo.

— Se eles não voltarem em uma hora, vou mandar Johnny buscá-los — Cowen disse, citando o chefe dos criados. — Coloquei a correspondência na sua mesa, como me pediu.

Graeme concordou. Mais correspondência significava mais contas, mas nenhum dos dois quis dizer isso em voz alta. Se as dívidas fossem algo que ele pudesse espancar, esfaquear ou bater até deixar sem sentido, eles estariam em condições muito melhores. Dívidas, contudo, eram tão fortes quanto ele e possuíam muito mais paciência.

Quando chegou ao alto da escada, um gatinho cinzento pulou e se empoleirou no corrimão, encarando Graeme com seus olhos amarelos. Distraído, ele acariciou o queixo do animal, que ronronou em seus dedos. Ele precisava conter o impulso de Connell de resgatar animais, mas ficava adiando essa conversa. Isso deixaria o garotinho de 8 anos muito triste, então Graeme torcia para que essa obsessão sumisse com o tempo.

Ele entrou no escritório passando por cima de outro gato, malhado e alaranjado. Entre os cinco gatos que conhecia, as duas raposas de estimação e o ganso que morava no estábulo, os humanos vivendo naquela casa estavam em menor número. Sem contar os três coelhos órfãos que ele sabia que Connell mantinha escondidos em seu quarto.

Quando tirou os olhos dos livros, Graeme tinha conseguido encontrar fundos para pagar os pastores que levaram as ovelhas para o mercado e as treze libras de que precisava para comprar um novo cavalo de arado. O resultado o surpreendeu; talvez a boa sorte tivesse voltando a soprar na direção deles.

— Graeme! — Brendan exclamou, sem fôlego, ao entrar deslizando no escritório.

— O que aconteceu? — ele perguntou, ficando alarmado no mesmo instante e colocando-se de pé. — Onde estão seus irmãos?

— Não aconteceu nada de ruim. — O jovem de 16 anos franziu a testa. — Você sempre acha que estou envolvido em problemas. Bem, desta vez não. Eu achei um jeito de salvar a todos nós. — Os olhos cinza-escuros dele se estreitaram. — Não sou mais uma criancinha, Graeme. Sou um homem crescido e posso ajudar você. — Ele recuou e apontou para a porta. — Eu *já* ajudei. Venha ver. Mas prometa que não vai dizer nada até me ouvir.

Tudo aquilo parecia dúbio, mas se significava que Brendan tinha finalmente começado a encarar suas responsabilidades em vez de sair de casa para arrumar brigas, estava disposto a lhe dar uma chance. E se ele pudesse fechar os dois olhos nesta noite, pela primeira vez em uma semana, sem se preocupar com as condições de saúde do Duque de Lattimer, tanto melhor.

— Vá na frente, então — ele disse, e seguiu o irmão pelo extenso corredor do térreo até a pequena sala de estar nos fundos da casa, onde as raposinhas de Connell passavam a maior parte do tempo.

Dùghlas e Connell aguardavam Graeme do lado de fora, e a sensação de mal-estar se aprofundou.

— O que aconteceu com seu olho? — ele perguntou para o segundo irmão mais novo.

Dirigindo o olhar para Brendan, Dùghlas apontou o polegar na direção da porta.

— É melhor não ter um veado ou um gato selvagem aí dentro. — Graeme estendeu a mão para a maçaneta.

Antes que ele pudesse abrir, Brendan entrou na sua frente.

— Você disse que ia escutar primeiro. Deu sua palavra.

— Então vamos logo com isso. Já não estou com muita paciência.

Brendan concordou. Ele inspirou fundo, e o movimento lembrou Graeme de que o rapaz era apenas dez ou doze centímetros mais baixo do que ele. Se o jovem de 16 anos não conseguisse controlar o gênio logo, todos estariam perdidos.

— Dùghlas e eu ouvimos o que Dunncraigh disse na semana passada — o irmão começou, levantando a mão antes que Graeme o interrompesse para lembrar-lhe de que nada disso era da conta deles. — Eu sei que você acha que não precisamos nos preocupar, mas se o Maxwell decidir que não devemos ficar aqui, essa porcaria vai nos afetar também. E você disse que não era para eu matar o Duque de Lattimer, então eu não matei.

— Bem, agradeço a Deus por isso.

— Graeme, me deixa terminar.

— Ele ensaiou — Connell interveio. — Nós tivemos que ouvir esse discurso o caminho todo até em casa.

— Feche a matraca, patinho, antes que eu me esqueça do que estou falando. — Brendan inspirou fundo outra vez. — Você pode ser orgulhoso o quanto quiser, mas ainda assim precisamos conquistar a gratidão de

Dunncraigh. Porque significa segurança e dinheiro para todos nós. E eu... nós encontramos um modo de conseguir isso.

— Que modo? — Graeme perguntou, segurando-se para não escancarar logo a porta e mandar para os ares o orgulho do irmão.

Mas Brendan se adiantou e abriu uma fresta. Graeme espiou lá dentro... e seu coração parou de bater.

Eles tinham colocado uma cadeira no meio da sala, onde estava sentada uma garota. Ou ele supôs que fosse uma garota, já que um saco grotesco a cobria da cabeça aos ombros, e um vestido molhado e enlameado de algum tom de verde se prendia ao redor dos tornozelos, joelhos, cintura, punhos e antebraços da figura esguia. Em total silêncio, Graeme fechou a porta outra vez.

— Quem... quem diabos é essa pessoa? — ele grunhiu, agarrando Brendan pelo colarinho e empurrando-o contra a parede.

— Ela é Lady Marjorie Forrester — Dùghlas interveio, recuando pelo corredor e puxando Connell consigo. — Irmã do Lattimer.

Graeme encarou cada um de seus irmãos. Ele não podia ter escutado direito. A expressão desafiadora de Brendan não se alterou, mas Dùghlas pelo menos teve o bom senso de parecer preocupado. Connell parecia pronto para começar a chorar.

— Vocês... vocês raptaram a irmã do Lattimer! — ele disse em voz alta. — Por que, por todos os malditos santos, vocês fizeram isso? Estão delirando? Ou são apenas imbecis?

— O Duque de Dunncraigh vai pagar um bom dinheiro por ela — Brendan insistiu. — Essa moça significa um novo rebanho de ovelhas, todos os dízimos que não pagamos e madeira suficiente para consertar todas as casas da propriedade.

Graeme fechou os olhos por um instante, desejando que tudo aquilo fosse um sonho.

— Onde vocês a pegaram? Nós a devolveremos para o local, para que outra pessoa a encontre, e então vamos sair de fininho desse plano idiota.

— Ela viu Connell e sabe o nome dele porque o patinho contou. Ele também falou o meu nome na frente dela.

Uma lágrima gorda escorreu pela face de Connell.

— Os ingleses vão me enforcar, Graeme? Brendan disse para eu levá-la até os fundos da estalagem. Ele me obrigou!

A estalagem.

— Vocês a pegaram na Lareira Partida? Miseráveis! Os rastros da carroça vão trazê-los até nossa casa.

— Não vão, não — Brendan contestou. — Passamos uma hora rodando pelo campo. Ninguém vai conseguir seguir nossos rastros. O inglês não tem ideia do quanto ela está longe da estrada.

Graeme apertou o maxilar com tanta força que este estalou, então recuou um passo.

— Vão se sentar na sala da frente — enfim conseguiu rosnar. — Não conversem, não olhem um para o outro, não vão a lugar nenhum. Vou lidar com vocês assim que pensar no que fazer com ela. Até lá, não digam nem uma palavra. Agora, façam um sinal para eu saber que vocês me entenderam e vão embora.

Um após o outro, eles fizeram que sim com a cabeça e saíram da sala matinal. Brendan foi por último, parecendo tão furioso quanto Graeme estava preocupado. Tudo que o jovem de 16 anos enxergava, contudo, era o plano brilhante que tinha bolado. Como sempre, a noção de consequência lhe escapava por completo.

Porém, as consequências *não* escapavam a Graeme. A mulher sabia o nome de dois de seus irmãos e, no mínimo, o nome da estalagem onde foi raptada. Já devia haver gente procurando por ela. Deixá-la ir ou entregá-la para Lattimer causaria enormes problemas com a lei para ele e seus irmãos — se é que alguém racional chamaria prisão perpétua ou exílio apenas de "problemas". Se Maxwell soubesse daquilo, todos os jovens Maxton poderiam ser banidos do clã. Graeme terminaria morto, no fundo de um lago, e seus irmãos desapareceriam.

A alternativa seria fazer como Brendan tinha planejado e entregá-la ao Duque de Dunncraigh. Só Deus sabia o que aconteceria com ela, para não falar de Lattimer e de todos os Maxwell — ex-Maxwell, já que Dunncraigh tinha banido todos do clã — embora Graeme tivesse um palpite sólido de que não seria algo agradável. Todos sabiam que Dunncraigh queria ser o dono do Castelo Lattimer e de seus quatro mil hectares, e isso poderia lhe fornecer um meio de conseguir o que desejava.

Como Brendan tinha falado, os Maxton se beneficiariam se ajudassem o chefe do clã. Um alívio na dívida e a possibilidade de ganhar algum dinheiro com a lã e a safra, sem que fosse imediatamente devorado por manutenção e impostos. Ele nem conseguia imaginar. E tudo isso em troca de uma aristocrata mimada com quem ele não tinha nenhuma relação; a quem, com certeza, não devia nenhuma gentileza. Diabos, aquilo provavelmente seria o maior ato de bondade que essa mulher faria em toda a sua vida.

Graeme olhou para a porta de novo, então voltou a andar de um lado para o outro. Qualquer que fosse sua atitude, sabia que precisava agir logo.

Marjorie escutou mais passos, ainda mais pesados e furiosos — se é que passos podiam soar furiosos —, e inspirou fundo. Ser enganada por um garotinho não era culpa dela; qualquer lady ofereceria ajuda a uma criança necessitada. Mas os passos que ouvia agora não eram de uma criança. E descrença, afronta ou irritação não pareciam mais adequadas. Garotos, jovens ou não, aquilo era inaceitável. Sentada naquela cadeira dura, com as mãos atadas e um saco na cabeça, ela não se sentia apenas contrariada, vítima de uma brincadeira de garotos travessos. Aquele novo conjunto de passos fazia com que a situação parasse de ser um infortúnio raro e se tornasse muito, muito séria.

Pelo menos tinha conseguido soltar a mordaça da boca, de modo que não se sentia mais tão sufocada e completamente desamparada. Com sua voz, ela tinha alguma coisa. Não muita, porque ambos os braços e mãos estavam ficando dormentes, mas era mais do que ela tinha dez minutos antes.

— Calma — Marjorie sussurrou para si mesma. Sim, ela sabia como ser educada, respeitável e bem-comportada. Evidentemente, foram todas essas qualidades que a colocaram nessa situação. Mas perder a compostura com certeza não a ajudaria em nada. Afinal, esse último e furioso conjunto de passos não pertencia a nenhum garoto, e ela não podia fingir que estava tendo um pesadelo.

A porta rangeu ao ser aberta e ela ouviu o som dos passos entrando na sala, caminhando um pouco e retornando para a entrada. Ela segurou a respiração, atenta a qualquer coisa que pudesse lhe dar uma pista sobre quem estava ali, observando-a. O silêncio, contudo, se arrastou pelo que pareceram horas.

— Quem quer que esteja aí — ela disse, afinal, tentando manter a voz calma e cortês, apesar da situação muito descortês —, garanto-lhe que meu interesse principal é ser devolvida à Lareira Partida e à minha carruagem. O resto não importa.

— Não importa para Vossa Alteza — uma voz grave, muito escocesa, respondeu —, mas essa droga importa demais para mim.

— Não sou da realeza — ela respondeu, enfatizando as palavras. Os jovens sabiam o nome dela, mas se aquele fosse um caso de confusão de identidade, bem, graças aos céus por isso. — Sou apenas...

— Eu sei quem você é, Lady Marjorie Forrester — ele a interrompeu. — Irmã do Duque de Lattimer, o homem mais odiado nestas bandas pelo chefe do clã Maxwell. E aqui está você, garota. No coração do território Maxwell.

O coração dela retumbou. Marjorie estava no meio de uma guerra? Não era surpresa, já que seu irmão gostava bastante de uma batalha.

— Se você sabe quem sou, meu senhor, também sabe que meu irmão não é homem com quem se deva brincar. E ele não trataria com simpatia alguém que machucou a irmã dele.

— *Esse*, Vossa Alteza, é exatamente o meu problema. — Três passos rápidos se aproximaram dela e o saco foi arrancado de sua cabeça.

Ela queria olhar. Marjorie queria ver quem tinha mandado aquele garoto enganá-la, fazendo com que se afastasse da estalagem para amarrá-la e levá-la... para algum lugar. Mas fechou os olhos e os manteve assim, bem apertados.

— Se está preocupado com as consequências, então não deixe que eu o veja — ela disse. — Apenas me deixe na estrada e podemos esquecer que tudo isto aconteceu.

O silêncio pareceu se arrastar por uma eternidade.

— Você viu meu irmão, garota — ele respondeu, afinal. — E sabe o nome de dois deles. Esse é o problema. A última das suas preocupações deveria ser me ver.

— Não vou contar para ninguém — ela insistiu, colocando toda a sinceridade que possuía em suas palavras.

— Não vou arriscar os pescoços da minha família baseado na palavra de uma *Sassenach* — ele disse. — Ainda mais uma que está acostumada a sempre ter seus caprichos atendidos. Abra a droga dos olhos. Você está ridícula.

Se havia algo pior do que ser ignorada, era ser chamada de ridícula.

— Você e seus irmãos me raptaram — ela retrucou. — Não espere que eu aceite suas críticas. — Com isso, Marjorie abriu os olhos. E seu coração parou de bater. Seu sequestrador estava apoiado no batente da porta, com os braços cruzados à frente do peito.

Uma juba castanho avermelhada caía-lhe quase até os ombros. Fios rebeldes quase cobriam um dos olhos, mas não diminuíam em nada o impacto do aço azul-cinzento que a encarava. O nariz dele era austero, a boca fina e inflexível. E hostil. Uma vez, Marjorie viu um leão na Torre de Londres, e o modo como o animal olhou para ela — o rei absoluto contemplando languidamente a gazela, decidindo se iria devorá-la ou não — fez com que estremecesse. Ela sentiu o mesmo nesse momento.

Minha nossa, como ele era grande. Alto, ombros largos, com a aparência de que era capaz de erguer um cavalo sobre a cabeça. Apostaria que tudo debaixo da camisa puída, do casaco e das calças de camurça eram músculos. *Pense*, ordenou a si mesma. Esse não era o momento de ficar babando como uma adolescente, por mais impressionante que fosse a aparência daquele homem.

Assim como as do garotinho, as roupas deste homem não eram novas. Mas, ao contrário de Connell, a camisa e as calças estavam manchadas de terra. As unhas estavam bem-cortadas, mas uma delas tinha um hematoma, e todas estavam sujas. O que ele era, um cavalariço? Colono? Com certeza não era aristocrata. Não com as mãos daquele jeito. E também não pelo jeito que tinha falado há pouco. Marjorie se esforçou para voltar a pensar e não ficar apenas encarando o homem. Com todos aqueles músculos e o modo como evidentemente os usava, era provável que ele também não passasse muito tempo pensando. Talvez ela pudesse usar isso a seu favor.

— Bem — ela arriscou, muito consciente das mãos amarradas sobre a perna. — Agora eu vi você. Contudo, minha oferta continua a mesma; leve-me de volta à Lareira Partida e não falarei nem uma palavra sobre você ou seus irmãos.

Endireitando-se, ele andou até ela.

— Eu continuo sem acreditar em você — ele afirmou, puxando uma faca da bota.

— Não! — Marjorie gritou, dando uma cabeçada no peito dele. O impacto a fez ver estrelas.

Ele apenas grunhiu.

— Não vou matá-la, Alteza. Hoje não. — Segurando-a pelo ombro, ele se inclinou para cortar as cordas que amarravam os braços e as mãos dela. — Se tentar fugir, vai voltar para esta cadeira — ele disse. — E porque não sou idiota, como vocês ingleses gostariam de acreditar, coloquei dois guardas junto à porta e uma cama presa a uma corrente lá no andar de cima... para a noite.

A ideia de que ela não veria o irmão e sua noiva no fim do dia, de que não tinha suas roupas, nem sua escova de cabelo, nem dinheiro para comprar esses itens, de que não poderia ir a lugar nenhum sem que alguém permitisse... Marjorie teve vontade de gritar, chorar e bater os punhos nas pernas como uma criança.

— E depois, o que vai acontecer? — ela se obrigou a perguntar.

O homenzarrão deu de ombros, guardando a faca na bota e voltando até a porta.

— Nós veremos. Imagino que possa desamarrar as próprias pernas. — Ele inclinou a cabeça, o caimento do cabelo solto fazendo com que parecesse estranhamente vulnerável. — Tem uma tigela de água ao lado da cama, uma caneca de leite e uma fatia de carneiro. Sei que a comida não é tão refinada quanto a que você costuma comer, mas eu não esperava visitas.

— Não sou uma visita — ela retrucou, e aqueles olhos azul-claros a examinaram de novo.

— Não é mesmo. Você é uma pilha de problemas que meus irmãos jogaram no meu colo. E agora eu tenho que pensar no que vou fazer com você.

— E a culpa é minha? Não seja maluco! Deixe-me ir embora antes que tudo fique pior. Eu desapareci por apenas uma tarde; posso explicar isso. Mas uma noite não vai ser tão simples, meu senhor. — E provavelmente a arruinaria, se é que isso já não tinha acontecido. Ela inspirou fundo de novo, tentando acalmar os nervos. Uma coisa de cada vez. Primeiro escapar, depois se preocupar com a reputação e em como o rapto poderia dificultar seus planos para ser aceita em Mayfair.

— Nada que envolva você é simples, *Sassenach*. Mas não espere que eu me renda aos seus olhos de filhotinho e a esses cílios longos quando vidas estão em jogo. É melhor você se acalmar e comer alguma coisa antes que morra de fome. Mais tarde virei buscá-la. Se quiser xingar alguém quando estiver sozinha, meu nome é Maxton. Graeme Maxton.

— Como assim, "ela não está lá"? — Hortensia Giswell perguntou, mantendo a expressão de contrariedade materna, apesar do aperto na garganta. *De novo, não.*

O cocheiro começou a sacudir as mangas encharcadas do casaco.

— Eu fui até atrás do estábulo onde vi Lady Marjorie entrando. Em menos de cinco minutos a perdi de vista. Ela não estava l...

— *Você a perdeu de vista?!*

— Não precisa gritar, Sra. Giswell. — Stevens franziu o cenho numa expressão que parecia mais afrontada que preocupada. — Está chovendo; ela não pode ter ido longe. A senhora olhou dentro da pousada? A lady pode ter voltado pela cozinha. Quem sabe não pegou um quarto para se secar e se aquecer?

Hortensia fez um esforço para respirar lentamente.

— Eu vou perguntar de novo — ela disse. — Enquanto isso, leve Wolstanton e não "olhem" apenas. *Encontrem* Lady Marjorie, ou nenhum de nós jamais vai conseguir emprego em Londres de novo. Lembre-se de quem ela está indo visitar.

O cocheiro enfim arregalou os olhos, concordando.

— Sim, é claro. Wolstanton e eu vamos vasculhar o estábulo e a área ao redor da estalagem. Por completo.

— Ótimo.

Segurando as saias volumosas de matrona, sem pensar na garoa contínua que provavelmente estava transformando seu cabelo grisalho bem preso em um capacete brilhante, Hortensia Giswell voltou para dentro da Lareira Partida. A multidão de comensais tinha diminuído um pouco, e ela não gostou nada disso. Ela não só tinha perdido testemunhas em potencial como qualquer uma daquelas pessoas podia ter sumido com Lady Marjorie. Ela era bonita, rica, solteira e inglesa. Qualquer ser ganancioso poderia ter levado Marjorie.

Oh, ela estava certa ao sugerir escolta, proteção, alguém para alertar o Duque de Lattimer sobre a chegada delas. O duque poderia até mesmo ter enviado alguém para encontrá-las. Mas por que ela ficava só nas hipóteses? Hortensia sabia qual era a etiqueta correta, pelo amor de Deus. Aquilo tudo tinha sido uma ideia tão ruim. Todos sabiam que as Highlands eram perigosas, e os highlanders ainda mais.

O estalajadeiro, aparentando ter consciência da reputação de seus compatriotas e do impacto que um rapto teria na popularidade de seu estabelecimento entre viajantes ingleses, conduziu Hortensia a todos os quartos da estalagem, abrindo pessoalmente cada porta. Nada de Lady Marjorie. Se fosse uma mulher menos segura, Hortensia estaria contorcendo as mãos e desmaiando a essa altura. Uma mulher menos segura também acreditaria ter sido amaldiçoada.

Quando a Princesa Sofia desapareceu, Hortensia soube quase de imediato que a própria garota voluntariosa tinha providenciado seu sumiço, com assistência substancial daquele admirador infame, o totalmente inconveniente ajudante de ordens do rei. Sim, a Rainha tinha conseguido encontrar a filha com bastante rapidez, mas a simples ausência da princesa foi suficiente para que Hortensia perdesse o emprego. E o bebê, que nove meses depois resultou desse sumiço, cimentou a reputação dela como a pior acompanhante de Londres.

Ela pensou então que sua carreira de preceptora e acompanhante estava acabada de uma vez por todas. Pelo amor de Deus, ela tinha aceitado trabalhar como ajudante em uma série de lojas de vestidos durante doze anos horríveis. Isso até Lady Marjorie Forrester publicar um anúncio solicitando alguém com todas as qualificações de Hortensia. Sua segunda — e última — chance de redenção. E agora isso. O destino era muito injusto.

Stevens, o cocheiro, sentou-se diante dela em uma das mesas do salão da Lareira Partida. Que homem arrogante.

— Nós não encontramos porcaria nenhuma — ele bufou, tirando as luvas e colocando-as sobre a mesa velha. — Nenhum rastro, nem pedaços da roupa dela. Ninguém viu nada. Ou, pelo menos, ninguém admitiu ter visto nada.

Hortensia concordou, tomando um gole de seu chá frio.

— Eu também não encontrei nada.

— Bem, Wolstanton está engatando os animais neste momento. Acho que, se forçarmos o ritmo, podemos chegar ao Castelo Lattimer depois do jantar. Sua Graça mandará os homens dele para cá antes do amanhecer.

— Não! — ela guinchou, depois pigarreou para disfarçar o rompante.

— Não? — o cocheiro repetiu, franzindo o cenho.

— O único modo de nós três mantermos nossos empregos é resgatar Lady Marjorie de onde ela estiver e entregá-la em segurança — dando graças aos céus — aos cuidados do irmão. Vamos nos hospedar aqui. Se fizermos as perguntas corretas e dermos o dinheiro de Lady Marjorie para as pessoas certas, alguém irá falar. Ela não pode ter simplesmente desaparecido.

— Você está brincando, espero — Stevens retrucou. — A única coisa pior do que ser demitido imediatamente por causa disto é Sua Graça descobrir que não o notificamos do desaparecimento assim que soubemos. Prefiro estar desempregado do que preso.

— Isso só vai acontecer se não a encontrarmos. Mas nós a encontraremos. — Ela segurou a mão dele, apertando-a. — Temos que encontrar.

Stevens grunhiu, o cabelo preto um pouco marcado pelo chapéu de cocheiro.

— Vamos passar a noite aqui. Se não descobrirmos nada pela manhã... vamos reavaliar nossos planos.

Hortensia afastou a mão. O raro toque de uma lady, de fato, tinha um efeito poderoso quando empregado.

— Obrigada, Stevens. Chame Wolstanton para combinarmos como dividir nossos esforços.

Depois que ele se levantou, Hortensia tomou mais um pouco do chá há muito frio. A atendente já devia ter lhe trazido um novo bule de água quente. A falta de civilidade e atenção aos detalhes que ela tinha testemunhado nas Highlands até então poderia se provar problemática — ainda mais quando ela precisava executar um resgate, em um tempo muito limitado para fazê-lo.

3

Quando Graeme saiu da sala de estar e fechou a porta atrás de si, encontrou todos os criados da casa reunidos no saguão, sussurrando e murmurando uns com os outros. Mesmo se ele quisesse manter aquilo em segredo, era tarde demais para isso. O melhor que podia ter esperança de conseguir era evitar que a criadagem falasse do acontecido além daquelas portas.

— Proíbo todos de falarem com ela. A lady também não pode sair dessa sala — Graeme ordenou, passando pela meia dúzia de homens e uma mulher, a formidável cozinheira da propriedade, Morag Woring. — Cowen, coloque Boisil e os rapazes dele lá fora até conseguirmos arrumar um quarto com janelas lacradas no andar superior.

— Sim, Lorde Maxton.

Seus irmãos estavam sentados juntos na sala da frente, e àquela altura Graeme não sabia dizer se aquilo era uma demonstração desafiadora de união ou uma tentativa de esconder como estavam nervosos. Ele esperava que fosse a segunda alternativa.

Por algum motivo, não estava esperando que a mulher, cuja cabeça estava dentro do saco, tivesse cabelos pretos. Por que isso seria importante, ele não tinha ideia, mas era. Assim como os olhos azuis brilhantes e o modo como ele imaginou que a cor se transformaria em safira sob a luz do sol. Graeme expirou fundo. Os detalhes dela não importavam. Tudo que *realmente* importava era ela estar inteira em sua casa, e o fato de estar ali contra a própria vontade.

Ele se deixou cair na poltrona de frente para os irmãos.

— Onde foi que eu errei ao criar vocês? — ele perguntou. — O que fez com que vocês achassem que sequestrar uma garota resolveria os seus problemas?

— Não são apenas *nossos* problemas — Brendan retrucou. — Se Dunncraigh ficar contra você, estaremos todos perdidos. E você é tão teimoso que nos colocaria em risco, até mesmo Connell, por causa do seu maldito orgulho.

— Dunncraigh mal lembra que nós existimos — Graeme respondeu. — Imagino que ele tenha visitado cada líder do clã entre Lattimer e Dunncraigh para desabafar sobre o quanto odeia Lattimer e dizer como ficaria grato se alguém resolvesse o problema para ele. Não se trata de orgulho, mas de ignorar algo que causará problemas para nós.

— Mas nós somos vizinhos de Lattimer — interveio Dùghlas, sempre o mais lógico dos três. — Dunncraigh espera que nós — você — faça algo. Do contrário, não teria se dado ao trabalho de vir até aqui. Ele não gosta mais de você do que você gosta dele.

— O que ele espera e o que vai conseguir são coisas bem diferentes, rapazes.

— Por quê? Ela está aqui! Tudo que você precisa fazer é mandar alguém avisar Dunncraigh. Nós resolvemos o problema para você, irmão.

Graeme observou Brendan por um longo momento. Ele tinha 16 anos. Quando diabos isso tinha acontecido? E por que ele só notou quando Brendan começou a raptar inglesas jovens e delicadas?

— Só como exercício de lógica — ele começou a dizer, devagar —, vamos supor que eu faça isso. O que vocês acham que vai acontecer em seguida?

— O duque envia alguém para buscá-la e a usa para comprar Lattimer do inglês, o que vai reunir o clã Maxwell. E como fomos *nós* quem fizemos isso, conseguimos a gratidão do duque e um saco de dinheiro.

— Como é que ele vai usá-la? — Graeme perguntou. — Você está ignorando os detalhes.

Brendan cruzou os braços sobre o peito.

— Isso é Dunncraigh quem vai decidir, não tem nada a ver conosco.

— Tem certeza disso? Porque foi *você* quem a retirou de onde estava, em segurança. — Recostando-se, apesar de nunca ter se sentido mais alerta, Graeme esticou as pernas. — Não sei se você já reparou, irmão, mas Dunncraigh prefere que os outros sujem as mãos por ele, para que possa evitar problemas. E se ele exigir que *eu* peça o resgate de Lady Marjorie Forrester para o irmão dela? Talvez Dunncraigh consiga a propriedade Lattimer, mas acredito que eu vou para a prisão. E talvez seja enforcado.

Connell arregalou os olhos.

— Nunca! O duque pediu nossa ajuda, então a culpa é dele.

— O duque pediu que nós fizéssemos mal a um homem que, até onde eu sei, herdou uma propriedade e está trabalhando para melhorá-la. Achei o pedido dele egoísta. Mas não, ele não pediu que você sequestrasse ninguém.

— Ele teria pedido, se soubesse que a irmã de Lattimer viria para cá.

Era provável que isso fosse verdade.

— Digamos que ele pedisse, então — Graeme concordou —, e digamos que Lattimer, sendo o maldito soldado inglês que é, mande Dunncraigh se jogar no lago. Então Dunncraigh pede que nós nos livremos da garota antes que Lattimer a descubra aqui. Você atiraria nela, Brendan? É claro que cortar a garganta dela seria mais silencioso.

O irmão mais novo fungou.

— Ela ia me ajudar a salvar os gatinhos do palheiro. Você não pode matar ela por isso, Brendan.

— Então eu devo ser como você, Graeme, e não fazer nada enquanto vejo nossa propriedade apodrecer? — O jovem de 16 anos se colocou de pé. — *Eu* fiz algo, e não foi só consertar arados velhos e tirar ovelhas de ravinas. — Brendan abriu a porta, saiu e a bateu atrás de si.

— O que nós vamos fazer, Graeme? — Connell perguntou, os olhos úmidos. — Não quero que você seja enforcado.

— Também não quero isso. Vá se trocar e coloque roupas secas. Fique longe da sala de estar dos fundos enquanto penso em como resolver essa confusão.

Os dois garotos que restavam se levantaram e saíram.

— E não pensem que vão escapar sem punição — Graeme disse às costas deles.

Depois que todos saíram, Graeme se inclinou para frente, apoiou os cotovelos nos joelhos e o rosto nas mãos. Se ele tinha conseguido preocupar os irmãos, ótimo. Eles deviam ficar preocupados. Aquilo não era o mesmo que ir espiar as garotas seminuas tingindo lã no rio.

Por mais sério que os irmãos acreditassem que aquilo fosse, na verdade era ainda pior. Os garotos tinham se jogado bem no meio de uma luta entre dois dos homens mais poderosos da Escócia. Graeme sempre preferiu ação às palavras, mas naquele momento ele estaria se expondo ao fogo de canhões tanto se a libertasse como se a entregasse a Dunncraigh.

Cowen bateu na porta entreaberta.

— Lorde Maxton, ela... a lady, quero dizer... está batendo na porta e exigindo vê-lo. Ela o chamou pelo nome, senhor.

Graeme se pôs de pé.

— É porque eu disse meu nome para ela.

— Por que, em nome de Deus, o senhor fez isso? — o mordomo perguntou, evidentemente abatido.

— Porque assim, quando tudo der errado, ela vai me acusar em vez de apontar o dedo para Connell, Dùghlas ou Brendan. — Ele parou no saguão. — Você trouxe a corrente do porão?

— Sim. E lacramos as janelas do quarto ao lado do seu. Imaginei que a quisesse por perto.

— Obrigado, Cowen. — Ele olhou por sobre o ombro para o homem mais velho enquanto seguiam pelo corredor e desciam as três escadas que levavam ao lado mais baixo da casa. — Você parece estar encarando tudo isso com tranquilidade.

— Estou tremendo por dentro, Lorde Maxton, mas pensei que não seria nada bom que o resto da criadagem percebesse.

As batidas abafadas à frente iam ficando mais altas conforme ele se aproximava.

— Eu sei que tem alguém aí fora! — ela gritou. — Exijo falar com Graeme Maxton agora mesmo!

— Oh, Vossa Majestade *exige*, não é mesmo? — ele retrucou, feliz por ela atender às suas expectativas de uma aristocrata rica, delicada e mimada. Embora não conseguisse culpá-la por nada daquilo, por dentro ele acreditava que a jovem merecia um pouco de medo e desconforto. — Estou aqui, então pare de uivar. O que você quer?

— Tem... tem raposas aqui dentro.

Graeme olhou para Cowen, achando graça na situação. Bem que ela merecia, senhorita mimada.

— Raposas?

— Sim. Duas. Elas estão me encarando com seus olhinhos redondos. Uma delas está rosnando.

Droga, ele não queria que ela fosse mordida. Virando a chave, abriu a porta. A garota cambaleou para trás e ele não conseguiu evitar segurá-la pelo braço. A pele dela era macia, quente e lisa, e Graeme a soltou assim que ela conseguiu se equilibrar.

— Está vendo? — ela pronunciou em seu inglês perfeito, apontando para debaixo do sofá. — Raposas.

— Daisy. Pete. Vão procurar Connell — ele ordenou, entrando na sala.

A dupla de raposas saiu às pressas, um borrão vermelho com a ponta das caudas branca. As raposas não poderiam ficar no quarto de Connell enquanto o garoto estivesse com seus coelhinhos lá, mas depois que Graeme levasse Lady Marjorie para o quarto de visitas, os animais poderiam voltar para sua toca.

— Melhor assim, milady? — ele perguntou, enfim olhando para ela com toda sua atenção. Cabelos pretos, sim, um pouco desgrenhados pelo saco na cabeça e pela viagem na caçamba da carroça, mas ainda longos, ondulados e aparentando maciez. Era provável que alguma criada escovasse cada fio doze vezes antes que ela fosse dormir. Contudo, isso não aconteceria esta noite.

— Sim. Obrigada. Se bem que o senhor poderia ter me avisado que eram animais de estimação.

— Eu poderia lhe perguntar, por outro lado, se você acha que todas as casas das Highlands têm raposas selvagens aninhadas em suas salas de estar — Graeme comentou, cruzando os braços à frente do peito. Ele inclinou a cabeça para o lado. — Como foi que você conseguiu ser raptada por um punhado de crianças? Ou é tonta o suficiente para pensar que estaria segura sozinha nas Highlands?

— Eu não estava sozinha — ela retrucou, conseguindo manter a aparência nobre apesar do cabelo desfeito e do vestido verde enlameado. — Eu saí para tomar ar fresco e o garotinho me atraiu pedindo ajuda. — Ela pôs as mãos nos quadris esguios. — Você costuma usar crianças em seus negócios nefastos? Isso é uma vergonha, meu senhor.

— Você está com lama no rosto. — Ele observou, fechando os dedos contra o desejo de limpá-la. — Acho que iria parecer menos indignada se estivesse limpa e com o cabelo feito.

— Eu *estava* limpa e com o cabelo escovado antes de seus capangas me raptarem — ela retrucou. — E minha boa vontade está se esvaindo rapidamente. Liberte-me antes do pôr do sol ou...

Graeme encurtou a distância entre eles.

— Ou o quê? — ele murmurou. — Não faça ameaças contra mim ou os meus, *Sassenach*. Você não faz ideia do que está em jogo aqui, nem de como estou me controlando.

Ela ergueu o queixo para continuar a encará-lo.

— É claro que não sei o que está acontecendo. Tudo que eu *sei* é que estava a caminho de ver meu irmão e agora sou prisioneira de Graeme Maxton em algum lugar das Highlands. Você diz para eu não o ameaçar, mas já fez muito pior comigo, meu senhor.

Um homem podia se perder naqueles olhos azuis como o céu, ele pensou. E ela provavelmente sorriria e sairia dançando para envolver o próximo infeliz que cruzasse seu caminho, e depois mais outro.

— Você vai continuar aqui por cerca de uma hora, depois vou mudá-la para um quarto um pouco mais confortável. Não vai ser nada tão luxuoso quanto o que você está acostumada, mas é o que temos.

— E depois? — ela quis saber, e pareceria furiosa não fosse pelo tom fantasmagórico de suas bochechas... a menos que esse tom de porcelana fina fosse sua cor natural.

Graeme forçou um sorriso.

— Depois nós veremos.

Graeme saiu e a porta foi fechada e trancada de novo. Marjorie inspirou fundo para se acalmar. Oh, como ele a irritava. Se continuava com medo, bem, ela não admitiria para ninguém a não ser para si mesma. Isso não lhe adiantaria de nada e, era bem possível, apenas o favoreceria.

Marjorie andou até a janela mais próxima, levantando um pouco as cortinas pesadas para espiar lá fora. Um campo imenso se abria diante dela, pontuado por árvores, colinas rochosas e trechos cobertos pela neve. Ela tinha ficado durante muito mais de uma hora na caçamba daquela carroça, e só Deus sabia em que direção tinham seguido. Podia estar a três horas do Castelo Lattimer. Ou nove.

Contudo, isso não a impediria de tentar fugir. Acabaria encontrando alguém que a ajudaria, ou que pelo menos lhe indicasse a direção correta. Contraindo o rosto, pousou os olhos no homem parado ao lado de uma bétula muito grande, que trazia um chapéu enterrado sobre os olhos e prestava atenção nela. Marjorie já tinha olhado pela janela que dava para um rio torrencial, onde havia outro homem de guarda.

Os dois vestiam *kilts* em xadrez vermelho, preto e verde — o padrão do clã Maxwell, ela deduziu, já que Graeme Maxton tinha lhe informado que ela estava no meio do território Maxwell. Ele usava calças e botas de trabalho enlameadas, mas ela acreditava que Graeme fazia parte do mesmo clã.

Deixando as cortinas se fecharem outra vez, ela deu mais uma volta pela saleta. Um sofá azul, duas poltronas macias demais feitas do mesmo material, a cadeira de encosto duro onde inicialmente a tinham amarrado, quatro mesinhas espalhadas e uma escrivaninha entre as janelas que davam para o rio. Ela já havia procurado alguma coisa que servisse de arma, mas era óbvio que os garotos tinham retirado tudo que fosse mais afiado que um tinteiro.

Acertar Maxton com aquilo poderia lhe dar alguma satisfação, mas não faria com que conseguisse escapar da casa. E, quando ela tentasse fugir, precisaria ter sucesso.

Acima da escrivaninha, preso à parede, havia um pequeno armário de portas de vidro com uma bela exposição de conchas marítimas, pedaços de madeira e pedras, mas completamente ineficazes como armas. Fechando as portas do armário, ela se observou no reflexo ligeiramente distorcido. Uma mancha de terra na bochecha esquerda, como Maxton tinha dito, e era provável que o cabelo assustasse até um espantalho.

Fazendo uma careta, ela tirou os grampos que ainda restavam e usou a fita decorativa verde para prender o cabelo em um rabo de cavalo. Era horrivelmente informal, mas deixá-lo solto seria escandaloso até mesmo naquelas circunstâncias.

Marjorie começou a esfregar a bochecha, então parou. Por que ela estava se limpando? Por que ele notou que estava suja? Bem, com certeza ela não tinha feito isso a si mesma. E se ela estava desgrenhada e mal-humorada, tinha todo direito para tanto.

Depois de mais alguns minutos estudando a meia dúzia de pinturas penduradas em três das paredes, ela sentou em uma das poltronas azuis. Duas das pinturas, de um homem e de uma mulher, não impressionavam pela qualidade, mas pareciam ser os pais — ou quem sabe os avós — de Connell e Graeme, os dois Maxton que ela havia visto. A mulher tinha os mesmos olhos azul-claros e o olhar franco, enquanto Graeme tinha o mesmo maxilar pronunciado e as mesmas sobrancelhas do homem. Ele tinha uma mistura das cores de cabelos dos dois, pois a mulher tinha possuía uma massa cacheada de cabelos ruivos, que contrastava com os cabelos lisos e castanhos do outro retrato.

Por que a cor do cabelo dele importava, senão para descrevê-lo com exatidão para seu irmão e as autoridades locais, ela não tinha ideia, mas não havia outra coisa para fazer a não ser pensar nisso. Nele, na verdade. Agora que sabia que as raposas eram domesticadas, Marjorie quase desejou não ter reclamado delas. Os animais pelo menos a manteriam distraída.

Sem relógio na sala, ela só podia tentar adivinhar as horas, mas a vela solitária que ele tinha deixado na sala estava chegando ao fim. Talvez Maxton quisesse que ela enlouquecesse ou morresse de tédio. Com uma careta, Marjorie se levantou e foi até a porta outra vez.

— Olá? — ela gritou, batendo na madeira.

Silêncio.

— Olá? Eu sei que tem alguém aí fora. Se vou ficar presa aqui, preciso de outra vela. E de um livro, pelo amor de Deus. Nunca vi uma sala de estar que não tivesse um mísero livro descansando em alguma prateleira.

Prestando atenção, ela ouviu murmúrios e depois passos se retirando com pressa. Era possível que ela não devesse ter insultado a falta de literatura; Marjorie não fazia ideia, afinal, se algum daqueles pagãos sabia ler. Mas seu instinto de ser conveniente e educada devia ir pelos ares. Se fosse menos educada, ela teria ordenado à Sra. Giswell que saísse de sua mesa na estalagem para deixá-la jantar em paz, e nesse momento estaria se aproximando do Castelo Lattimer e de Gabriel. Mas como preferiu engolir sua contrariedade e sair para espairecer, tinha ido parar ali, e não estava nem um pouco satisfeita com isso.

Passos mais pesados, provavelmente com botas, se aproximavam, e ela se afastou da porta. Marjorie tinha quase caído da última vez em que ele irrompeu na sala, e não queria ser segurada de novo. Muita gente a tinha segurado nesse dia.

A porta foi aberta, mas dessa vez ele não entrou. Não precisava, na verdade; grande e imponente como era, Graeme ocupava todo o vão da porta. Ele se encostou no batente para observá-la, com um fio longo de seu cabelo rebelde caindo-lhe sobre o rosto.

— Um livro e uma vela? — ele perguntou, afinal.

— A menos que eu deva ficar aqui no escuro, sim — ela respondeu.

— Pode ficar, se quiser. Ou pode vir comigo, Vossa Alteza.

Marjorie juntou as mãos à frente do corpo, imaginando como conseguia olhar para o homem que a tinha raptado, que a mantinha presa em uma sala, e reparar que ele possuía belos olhos azul-claros, uma cintura esguia e um... algo indescritível que a fazia querer continuar olhando para ele.

— Imagino que esteja me levando para minha cela nas masmorras?

— Sim. — Ele piscou. — Mas tem uma lareira e uma cama quente. Imagino que esteja com frio.

— Estou há horas sentada numa sala fria com um vestido molhado. Devo me sentir grata por você finalmente ter se dado conta de que posso estar desconfortável?

— Não. Mas pode parar de falar a respeito e me seguir até um lugar mais quente. — Com isso, ele deu as costas para ela e desocupou o vão da porta.

O homem era um bárbaro. Essa era a única conclusão que fazia sentido. Um bárbaro ignorante, insensível e arrogante.

— Pagão — ela murmurou enquanto o seguia.

— Não ouvi muito bem — ele respondeu, diminuindo a marcha no longo corredor.

— Eu o chamei de pagão — Marjorie disse, com mais clareza.

— Ah. Foi o que eu pensei ter ouvido.

Um homem mais velho, de uniforme preto, emergiu de uma porta lateral para ficar atrás dela. Alguém para garantir que ela não tentasse sair correndo pelas portas duplas à frente, Marjorie imaginou. Pelo menos agora ela sabia exatamente onde ficava a saída. Precisaria encontrar papel para começar a esboçar um mapa da casa e do terreno em volta. Quando uma oportunidade de fuga surgisse, ela pretendia aproveitá-la.

No pequeno saguão, Maxton se virou para encará-la, arqueou uma sobrancelha e se encaminhou para a escadaria à esquerda. Havia retratos pendurados em todas as paredes; homens com o mesmo padrão de xadrez que ela tinha visto fora da casa, alguns barbados com olhar enfezado, outros parecendo mais contemplativos, e a maioria com os mesmos olhos azul-claros e cabelos castanho-avermelhados de seu "anfitrião". Era evidente que os ancestrais dele adquiriram o hábito de casar com mulher ruivas.

Apesar das roupas sujas e gastas, ele não parecia ser um colono comum. Pelo menos aquela não era a casa de um colono. Simples e bastante austera, sim, mas só pelo tamanho notava-se que pertencia a uma família importante. Pastores não penduravam retratos de seus ancestrais nas paredes.

As portas dos dois lados do corredor no andar de cima estavam fechadas, provavelmente para que ela não pudesse enxergar dentro dos quartos. Afinal, não seria bom que ela descobrisse onde eram guardados os mosquetes e as espadas.

Maxton se deteve a duas portas antes das janelas que marcavam o fim do corredor. Transformando em espetáculo o ato de tirar uma chave do bolso do casaco, ele destrancou a porta e a abriu.

— Aqui — ele disse, gesticulando para que ela fosse na frente.

A porta parecia ser de madeira maciça e um pouco intimidadora, mas Marjorie manteve os ombros eretos e entrou. Havia uma cama grande perto de uma parede, e uma pequena lareira no lado oposto projetava calor e luz no quarto. Um par de poltronas de aspecto confortável estava diante do fogo, enquanto um guarda-roupa enorme e pesado dividia a parede com a lareira. Se aquilo não fosse uma prisão, ela diria que o quarto era acolhedor.

— As janelas estão lacradas — Graeme disse, entrando atrás dela. — Se você pensar em colocar fogo na casa para tentar escapar, lembre-se de que será a última pessoa a ser salva — depois dos gatos e das raposas. Na verdade, pode ser que eu nem venha buscá-la.

As palavras soaram irônicas, mas ela não se esqueceu nem por um segundo da dureza por trás delas.

— Não importam as circunstâncias — ela retrucou —, eu nunca faria nada que pusesse o pequeno Connell em perigo. Não sou eu a bárbara aqui, meu senhor.

— É bom saber — ele respondeu, observando-a de novo. O que quer que ele buscava, Marjorie esperou conseguir não revelar. — Você vai encontrar a corda da campainha ao lado da cama — ele continuou depois de um momento —, caso precise me chamar.

— Chamá-lo com a campainha? — ela repetiu, enfatizando as palavras. — Você é o mordomo, então?

— Eu sou o homem com quem você vai lidar. O único.

— Ora, que agradável para nós dois. — Ela deu outra volta pelo quarto, sem querer sentar na presença dele. — Imagino que não tenha levado em conta que não tenho uma muda de roupa nem uma escova de cabelo. Para não mencionar o fato de que passei horas sendo jogada na caçamba de uma carroça imunda na chuva.

Os olhos claros a examinaram dos pés à cabeça, o arrastar lento do olhar fazendo seu coração palpitar. Com a escola interna, depois a preparatória, em seguida o trabalho servindo Lady Sarah e seus gatos, e então meses sendo ignorada por todos em Mayfair, Marjorie nunca teve muito contato com homens. Depois que recebeu a notícia da herança de Gabriel, imaginou que fosse ter que lidar com a inevitável multidão de caçadores de fortuna. Pelo menos um homem que necessitasse de seu dinheiro teria motivo para ser educado com ela. Nem mesmo um caçador de fortuna, contudo, olhava para Marjorie como Graeme Maxton estava fazendo — com a expressão de um predador avaliando sua próxima refeição.

— O quarto ao lado tem uma banheira — ele disse depois de um momento. — Vamos enchê-la para você depois que eu terminar aqui. No guarda-roupa tem algumas peças que podem lhe servir. Imagino que não sejam luxuosas nem magníficas como o que você está acostumada, mas estão limpas. E secas.

Ela concordou, esperando que ele saísse e a trancasse de novo. Mas ele permaneceu no meio do quarto e continuou olhando para ela.

— Não espere que eu lhe agradeça, Sr. Maxton — ela disse, afinal, quando o silêncio começou a se alongar. — Não estou aqui porque escolhi vir visitá-lo e fui pega pelo mau tempo.

— Não, você não está aqui porque decidiu me visitar — ele concordou. — Até eu decidir o que fazer com você, podia tentar ser um pouco mais agradável. — Ele inclinou a cabeça, o gesto gracioso, mas sem parecer algo corriqueiro — como se não costumasse, ou quisesse, fazer reverência. — Vou buscá-la quando a banheira estiver cheia. E se vai ficar me agredindo, pode me chamar de Lorde Maxton. Sou uma droga de visconde, milady.

Um momento depois, ela estava sozinha outra vez, trancada em outro quarto sem nada a não ser a roupa do corpo e a noite escura, além do trio de janelas. Estremecendo, ela fechou as pesadas cortinas verdes. Imaginava que aqueles homens continuassem ao redor da casa, observando-a lá de baixo.

Um visconde. Ela nunca teria imaginado isso, nem em cem anos. Mãos calejadas, roupas puídas, maneiras rudes, o jeito de falar — a única coisa aristocrática nele era a arrogância. Se ele era o que se passava por nobreza nas Highlands, Marjorie ficaria muito feliz em voltar para Londres.

Uma lágrima escorreu por seu rosto e ela a enxugou com a mão. Lágrimas não iriam tirá-la daquela confusão. E gritar de frustração só serviria para convencer seu algoz de que ela não podia sair daquele quarto.

Hum. Talvez o comentário de Lorde Maxton fosse útil. Talvez ser educada, agradável e comportada lhe conquistasse alguma confiança. Nesse caso, Graeme Maxton tinha lhe dado a chave para sua derrubada. Porque no momento em que lhe dessem as costas, ela pretendia fugir. E nenhum homem irritante e arrogante — atraente ou não — seria capaz de impedi-la.

4

Como de costume nos dias curtos do outono nas Highlands, Graeme levantou bem antes do nascer do sol. Nessa manhã, enquanto terminava de se barbear e limpar os dentes, ele se perguntou por que tinha se dado ao trabalho de ir para a cama, já que mal conseguiu pregar os olhos naquela noite.

A fonte de sua inquietação provavelmente dormiria a manhã toda no quarto ao lado do seu. E, embora a ideia o aborrecesse, seria melhor para todos se ela continuasse dormindo. Ele precisava pensar no que fazer com ela, já que não conseguiria entregá-la para Dunncraigh e não poderia apenas devolvê-la à Lareira Partida. Ainda que pudesse mantê-la prisioneira por enquanto, isso acarretava um conjunto adicional de problemas — e despesas.

Primeiro, ele teria que contratar uma mulher para cuidar dela. Uma lady precisava de alguém para escovar seu cabelo, ajudá-la a se vestir e mais uma centena de outras coisas que Graeme nem conseguia imaginar. A Sra. Woring não servia; ele confiava na mulher para ficar de boca fechada a respeito da visitante indesejada, mas ela costumava bater na carne até esta amolecer. Delicadeza era algo que ela não possuía.

De qualquer modo, ficar com a majestosa Lady Marjorie só prolongava o perigo para todos eles. Quer ela ficasse um dia ou uma semana, a história que iria contar para as autoridades locais não mudaria. Ele tampouco podia pagar-lhe para ficar em silêncio. Os sapatos dela — que Graeme lembrava com uma clareza irritante — provavelmente custavam mais do que ele tinha conseguido economizar no ano todo. E, diabos, além de suborno, as únicas duas outras formas de evitar que a garota falasse seriam assassinato e casamento.

Casamento.

Uma batida soou na porta.

— Entre — ele falou, sobressaltado.

— Lorde Maxton — Cowen disse, entrando no quarto. — A lady está batendo na porta de novo. Quase arrancou a campainha do gancho.

Graeme inspirou fundo. O que quer que ele tivesse começado a formular precisaria de mais do que dois segundos para terminar.

— Ela deve estar precisando de alguém para abrir a droga das cortinas para ela — ele murmurou, irritado. — Prepare um prato de café da manhã, sim? E chá. Ouvi dizer que ladies gostam de chá.

— Certo. — O mordomo pigarreou. — Pensei em mandar Taog tomar o café dele na Lareira Partida esta manhã.

— É uma boa ideia, Cowen. Eu gostaria de saber se estou prestes a receber metade do exército inglês no meu vale. — E Taog, o criado, era bem sensato, de modo que não faria nenhuma fofoca e perceberia eventuais pistas se a casa Maxton estivesse a ponto de enfrentar algum grande problema.

— Foi o que pensei.

Graeme seguiu o mordomo até o corredor, vendo o homem descer apressado a escada para cuidar de suas tarefas. Garaidh nan Leòmhann tinha cinco criados, enquanto no tempo de seus pais, a chamada Cova do Leão ostentava uma dúzia. Ele pensava se não seria melhor ver a casa ser consumida em chamas — destruída e arruinada de uma vez —, do que assistir ao declínio lento pelo qual a propriedade passava nos últimos doze anos, trazendo um pouco de sofrimento todos os dias.

A garota esmurrava o lado de dentro da porta quando ele se aproximou. A lady era uma maldita herdeira. Uma inglesa mimada e privilegiada. Mas para o que ele precisava, isso não importava. Graeme fechou a mão e bateu na porta.

— Estou aqui, pelo amor de Deus!

— Você é um homem muito grosseiro — ela respondeu, a voz um pouco abafada pela madeira maciça da porta.

— Não me lembro de ter dito que não era. O que você quer? Seu café da manhã vai chegar em um minuto.

— Eu... eu preciso de ajuda.

Apertando os dentes, ordenando-se a não pensar nela ainda de camisolas com os longos cabelos escuros caídos sobre os ombros, ele tirou a chave do bolso, destrancou a porta e a abriu.

Lady Marjorie não estava vestindo a camisola que ele havia encontrado para ela, e os cabelos longos e escuros também não estavam soltos. Mas, embora não visse o que havia imaginado, a visão que tinha diante de si mais o perturbou do que decepcionou. Ela havia encontrado o vestido de musselina azul-claro que era da mãe dele. O caimento tinha ficado um pouco apertado no peito. De algum modo, ela havia prendido o cabelo num coque elegante no alto da cabeça. Se estava tentando convencê-lo de que era um anjo, e aquele era seu halo, contudo, primeiro teria que deixar de ser inglesa, e, segundo, precisava não ser a representação física do enorme problema no qual ele estava metido, qualquer que fosse a decisão que Graeme tomasse a respeito dela.

— Que ajuda? — ele perguntou, sacudindo-se. — Você parece bem arrumada para mim.

As faces dela ganharam um tom suave de rosa.

— Eu... sim. É a fivela do meu sapato. Eu os coloquei na lareira para secar, mas quando tentei calçá-los, uma das fivelas quebrou.

— Seu sapato.

Ela franziu o cenho.

— Sim, meu sapato. Ou você espera que eu ande por aí descalça? Tem neve lá fora.

— Eu espero que você *não* ande por aí — ele retrucou. Só de pensar em um dos homens de Dunncraigh vendo a irmã de Lattimer em *sua* propriedade... A frieza entre o duque e ele pareceria um aperto de mão comparado ao que iria acontecer. É claro que, se ele tivesse dinheiro suficiente para desafiar o controle exercido pelo duque, a história teria um final bem diferente.

— Eu não vou ficar descalça — ela afirmou. — Uma lady deve usar sapatos. Já é ruim o bastante eu ter que combinar este vestido de ficar em casa com sapatos de passear. Se eu...

— Pelo amor de Deus — ele grunhiu. — Onde estão os malditos?

— Nos meus pés. Eu não iria receber você na minha presença com os pés nus. E seu linguajar, meu senhor... Faça-me um favor.

Graeme crispou o maxilar, decidindo se concentrar na segunda parte da declaração dela, mesmo que a primeira parte o fizesse conjurar mais do que os pés dela nus diante de si. Maldição. Ele precisava ir visitar Morag Polk ou Juno Allen em Sheiling. Três irmãos mais novos e uma multidão de colonos sob sua proteção, um homem como ele não podia ficar celibatário por... Deus, quanto tempo fazia? Um mês? Não era de admirar que ele estivesse imaginando uma lady inglesa nua. Claro que, se ele se casasse com ela, poderia muito bem vê-la nua. Mesmo um casamento de conveniência — conveniência dele, nesse caso — precisava ser consumado.

— Meu linguajar? — ele repetiu, esforçando-se para retornar à conversa. — Foi você quem veio para as Highlands, garota. Não me venha com reclamações sobre o modo como falamos.

O rosto dela ganhou cor novamente.

— Estou me referindo ao linguajar chulo. Não ao seu... modo de falar.

— Oh. — Ele tinha xingado? Graeme não se lembrava, embora fosse grande a probabilidade de que sim. — Bem, eu vou falar do jeito que quero.

Ela cruzou os braços sobre o peito, o que chamou a atenção dele para como a musselina azul estava apertada.

— Fisicamente sou sua prisioneira, Sr. Maxton. Minha mente e minhas opiniões, contudo, permanecem minhas.

— Maldição, assim está ótimo para mim — ele retrucou, levantando os olhos para o rosto dela e usando um linguajar grosseiro de propósito. Ele era bem versado nisso, com toda maldita certeza. — Me dê esses sapatos do inferno.

— Eu... — Ela emitiu um som parecido com um gemido. — Não vou lhe entregar meu único calçado.

— Deus nos proteja da peste e das mulheres inglesas — ele grunhiu, alterando um pouco o ditado favorito de seu avô para adequá-lo às circunstâncias. O velho Uisdean Maxton sem dúvida aprovaria, dada sua bem documentada desconfiança de qualquer inglês. — Cowen!

A porta foi aberta com tanta rapidez que o mordomo devia estar escutando do outro lado.

— Pois não, meu lorde?

— Encontre alguns sapatos de mulher. Não me importa se forem sapatos de ordenha ou sapatilhas de dança, desde que sirvam na nossa hóspede.

Inclinando a cabeça, Cowen recuou pela abertura da porta e sumiu de novo. Sapatos femininos eram uma raridade na Cova do Leão, mas eles tinham conseguido encontrar um punhado de vestidos no sótão. O mordomo era um homem engenhoso; ele conseguiria providenciar algo.

— Obrigada.

Isso chamou a atenção dele.

— Então agora você é uma garota educada? — ele perguntou, arqueando uma sobrancelha.

— Sou sua prisioneira, meu senhor. Espero um tratamento gentil.

A inglesa não tinha ideia de como ele estava sendo gentil, considerando o que seus irmãos idiotas tinham em mente para ela, e quanto dinheiro ele provavelmente conseguiria se a entregasse para Dunncraigh. Na verdade, a única coisa que o faria lucrar mais seria guardá-la para si. Tal casamento o colocaria de uma vez por todas contra Dunncraigh, mas pelo menos ele teria dinheiro para lutar. Ele conseguiria fazer isso? Com ela?

Graeme não devia nada à moça, com certeza; ela era uma inglesa tola, cheia de si, que se daria muito pior se outra pessoa a tivesse encontrado. Para ele, uma herdeira forneceria apenas o que precisava. Depois que lhe desse um filho para continuar seu legado, ele poderia ir buscar sexo em qualquer outro lugar. Nunca tinha procurado outra coisa além disso — e nunca procuraria.

— Obedeça e serei gentil — ele respondeu, com certo atraso.

Uma mulher com um pingo de bom senso teria feito uma mesura e ido se sentar perto da lareira enquanto esperava que ele lhe trouxesse o café da manhã. A que estava diante dele, contudo, permaneceu no centro da sala e continuou a encará-lo com aqueles olhos da cor do céu ao meio-dia. Pelo amor de Lúcifer, ele se sentiria tentado a se casar com ela com ou sem dinheiro.

— E o que eu devo fazer, então? — ela perguntou. — Ninguém me disse por que estou aqui, a não ser que eu e meu irmão somos ingleses e que vocês são todos do clã Maxwell. Com certeza não somos os primeiros ingleses a atravessar o território dos Maxwell.

— Pois esse é o problema, Vossa Alteza — Graeme disse, desejando que Cowen se apressasse e encontrasse logo os sapatos para essa moça, para que ele pudesse ir recuperar o fôlego e o bom senso em outro lugar. Parado ali, na presença dela, Graeme parecia não conseguir encher os pulmões com ar suficiente — e ele não podia pôr toda a culpa disso na sua ideia de casamento. Ele tinha procurado uma noiva algumas vezes antes, mas foi superado por Dunncraigh e um de seus muitos filhos e sobrinhos. Ele não tinha notado a aparência da garota inglesa. No momento, contudo, sentia-se incapaz de desviar o olhar. Tirando isso, Marjorie Forrester era alguém que o duque não conhecia. E ele não saberia até ser tarde demais. O fato de Graeme a achar fisicamente atraente podia ser considerado um bônus inesperado. — Vocês não são os primeiros ingleses a passarem por aqui. E os... visitantes anteriores, vamos chamá-los assim, não foram nada gentis.

— Só por curiosidade, você raptou algum desses "visitantes"? Pode ser a explicação para a falta de gentileza.

Droga de mulher atrevida.

— Não. Eu pessoalmente, não. Mas acho que você serve para o momento.

Ele pessoalmente, não. Sem dúvida estava tentando ser sarcástico ou engraçado, mas Marjorie fixou-se nessas palavras com toda sua força. Seus sequestradores — os irmãos mais novos dele, agora ela sabia — tinham feito vários comentários depreciativos a respeito de seus compatriotas e dela em particular, mas apesar das ameaças, da arrogância e da presença intimidadora, Maxton parecia vê-la principalmente como... Ela não tinha certeza, mas ele fazia sua respiração acelerar.

Maxton não parecia ter nada contra os ingleses em geral, nem contra ela em particular. O primeiro pensamento dela, depois de perceber isso, foi que talvez conseguisse convencê-lo de que libertá-la seria benéfico para todos. Mas primeiro ela precisaria de um plano. Ele queria proteger os irmãos, e assim ela tinha que pensar num modo de fazê-lo acreditar que eles não seriam culpados pelo rapto — quer ela pretendesse manter sua palavra ou não.

— Vossa Graça não tem resposta para isso? Consegui domá-la, então? — ele provocou.

Rá. De jeito nenhum.

— O meu bem-estar depende do seu desejo, meu senhor — ela respondeu. — Não diria que estamos em condição de igualdade para discutir.

— Tem razão. — Um leve sorriso curvou a boca dele.

Homem arrogante. Sorrindo para ela como se soubesse o quanto é atraente e pretendesse influenciar seu vulnerável raciocínio feminino a considerá-lo charmoso. *Rá.* E *rá* de novo.

— É claro que tenho razão.

Outro homem, mais jovem e mais alto do que o que parecia ser o mordomo, apareceu na entrada do quarto. A bandeja com torradas, ovos e chá que ele carregava fez o estômago dela roncar, e, para variar, Marjorie não ligou para o quão impróprio para uma lady aquilo podia ser. Ela devia se recusar a comer como protesto contra seu cativeiro, mas, se fizesse greve de fome, não estaria em condições de fugir quando a oportunidade surgisse.

— Meu lorde pediu café da manhã para a lady — o jovem disse, o olhar curioso fixado nela. — Eu trouxe porque Cowen está procurando sapatos.

— Obrigado, Ross — Maxton disse, pegando a bandeja. — Caia fora.

O jovem se foi pelo corredor e o sequestrador fechou a porta atrás de si com um leve chute.

— Não é correto que fiquemos sozinhos neste quarto — Marjorie declarou, mais para saber qual seria a reação dele a isso. Pelos padrões londrinos, ela estaria arruinada no momento em que desapareceu da estalagem. Claro que, pelos padrões londrinos, Marjorie não possuía qualificações para se apresentar em nenhum dos refinados salões de bailes da cidade. Contudo, aquele homem não sabia disso, e tudo que Marjorie pudesse fazer para manter distância dele seria em benefício próprio.

— É o que você diz — ele murmurou e colocou a bandeja na mesinha entre as duas poltronas. — Sente-se e coma.

— Prefiro não comer com você parado aí me encarando.

Ele sentou em uma das poltronas e, com o pé, empurrou a outra para ela.

— Sente-se e coma — ele repetiu.

— Mas eu disse que não é correto que...

— Você é uma droga de prisioneira, *Sassenach*. Não é você quem faz as regras aqui. E não vou falar de novo. Se a senhorita não se sentar logo, vou comer eu mesmo seu café da manhã. Estou faminto, então não pense que eu não comeria.

Com um suspiro, arrastando um dos pés para que o sapato sem fivela não a fizesse tropeçar, Marjorie sentou na cadeira diante dele. Um pano cobria o prato, provavelmente para manter a temperatura dos alimentos. Apesar da fome, primeiro despejou água quente na xícara para preparar o chá corretamente. Então encontrou o garfo e a faca e cortou um pedaço de carneiro.

— Quanto tempo você demora para comer? — Maxton perguntou, apoiando um cotovelo na mesa e o queixo no punho.

Marjorie mastigou e engoliu o bocado.

— Perdão?

— A comida é melhor enquanto está quente — ele continuou, os olhos azul-claros encontrando os dela e então baixando para os talheres nas mãos de Marjorie. — Nesse ritmo vai ficar gelada antes de você terminar.

— Imagino que você pegue grandes pedaços de carne com as mãos e rasgue bocados com os dentes?

— Pode ter certeza de que eu não janto com os dedinhos levantados.

Ela olhou para a própria mão e curvou os dedos para dentro.

— Eu faço o que é considerado educado. E, na minha opinião, você não tem base para criticar o *meu* comportamento. Sequestrar alguém é muito pior do que levantar o dedinho enquanto se come — o que, a propósito, é a etiqueta correta.

Isso só conseguiu fazê-lo sorrir de novo, homem insuportável.

— Se você tivesse permanecido em Londres, que é seu lugar — ele observou —, poderia estar brandindo seus copos e suas xícaras do jeito que quisesse, sem que ninguém a criticasse.

— Rá! — ela exclamou. — Isso mostra que você não sabe de nada. — Com isso, ela voltou ao seu café da manhã, o que, por algum motivo, ele parecia achar fascinante. Talvez talheres fossem mesmo uma novidade para ele.

— E você não estaria arruinada; tem uma alternativa para salvar sua reputação.

Isso a deteve por um instante, fazendo parar seu coração e sua respiração.

— Não sei do que você está falando, meu lorde — ela disse, embora tivesse sim uma ideia muito boa. Ele pensava que os dois precisavam se casar? *Não!* Ele era um bárbaro sequestrador sem educação, enquanto ela... ela tinha planos!. Planos que não incluíam as Highlands escocesas, nem se casar por outro motivo que não amor. Principalmente agora que tinha condições de estar desempregada e solteira.

— Se você pretende me ferir destacando o quão pouco eu sei de Londres, Vossa Senhoria pode economizar o fôlego — ele disse.

Ela descansou o garfo e a faca na mesa e limpou os cantos da boca com o guardanapo, desejando que seus dedos não tremessem.

— Isso, Lorde Maxton, é uma ideia esplêndida — Marjorie respondeu, interpretando mal o comentário dele de propósito. — Até me dizer por que estou aqui, e o que pretende fazer comigo, não vou mais falar com você. — Ela cruzou as mãos sobre as pernas.

O visconde se recostou na cadeira.

— Apesar do fato de eu tê-la arrastado, amarrado a uma cadeira e trancado em um quarto, você acredita que me ameaçar com seu silêncio irá me convencer a lhe contar meus planos maléficos?

Inclinando a cabeça para o lado, ela o encarou.

— Só para deixarmos claro, *você* me desamarrou e me providenciou banho quente e roupas limpas, e me fez companhia enquanto eu tomava meu desjejum. *Você* não me raptou. — Ela fez uma pausa para respirar. — Na verdade, acredito que o senhor não fazia ideia de que isso estava acontecendo até me ver sentada naquela cadeira com a cabeça dentro de um saco. A pergunta para a qual exijo resposta é: o que você pretende fazer comigo agora que estou aqui?

— A senhorita é esperta, não? — ele disse, inclinando-se para pegar a faca e o garfo antes de se levantar. O que precisa saber, *Sassenach*, é que fui *eu* quem fez tudo isso, o que estou disposto a jurar sobre uma pilha de Bíblias. E, agora que você *está* aqui, vou fazer o que é certo.

— E o que seria certo? — ela perguntou, embora não quisesse ouvir o que ela acreditava que ele diria a seguir. — Você vai me deixar ir embora, eu suponho?

— Não. Decidi me casar com você.

Ela soltou uma exclamação quando ele pronunciou as palavras; Marjorie não imaginou que conseguiria se conter mesmo que quisesse.

— Não! O senhor não vai! Eu me recuso!

O sorriso sem graça dele apareceu de novo, mais desagradável que amistoso.

— Você pode se recusar agora; serão necessários alguns dias para que eu consiga uma licença. Enquanto isso, pode ficar aqui refletindo sobre o que eu terei que fazer com você caso não possa contar com sua cooperação. Você pode não gostar da ideia, mas é o melhor para nós dois continuarmos vivos e protegidos. Não sou a coisa mais perigosa nas Highlands, *Sassenach*.

— Receio ter que discordar disso, Lorde Maxton.

Maxton não tinha pregado tábuas sobre as janelas, embora as tivesse fechado com pregos. Pelo menos, Marjorie refletiu, ela tinha luz do dia e uma vista. A lady arrastou uma poltrona confortável até a janela assim que ele a trancou de novo. Enquanto estava ali, bebendo o resto frio do chá que ele havia lhe deixado, ela teve que admitir que aquele canto das Highlands era bastante... pitoresco. Montanhas com neve nos cumes, um rio correndo em meio às rochas enquanto árvores velhas e retorcidas se erguiam na margem oposta, campos verdes interrompidos por trechos de branco brilhante... Ela nunca tinha visto nada tão rústico e selvagem.

Marjorie desejou sair para passear naquela paisagem. Como ela era uma prisioneira, contudo, e ninguém tinha lhe trazido sapatos, não era provável que isso aconteceria. Também não tinha ideia de quanto tempo duraria aquela situação — ou mesmo se terminaria em algum momento. Deveria estar tremendo de medo, desmaiando, exigindo um médico para cuidar dela, mas embora essa pudesse ser uma reação adequada, não lhe parecia lá muito útil. E, na verdade, embora se sentisse irritada, frustrada e extremamente preocupada com seu próprio futuro, mais do que tudo ela estava furiosa.

Casar com ela? Teria sido nobre, ela pensou, se tivesse vindo de alguém que possuísse alguma noção de nobreza ou decoro. Marjorie não acreditou nem por um segundo que Graeme, Visconde de Maxton, estivesse motivado por alguma dessas coisas. Como o matrimônio não seria para o benefício dela, tinha que ser para o dele. Sendo esposa de Graeme, Marjorie não poderia testemunhar contra ele no tribunal, o que poderia salvá-lo da prisão. O casamento também o salvaria da fúria do irmão dela, embora ele talvez não tivesse pensado nisso. Ela iria garantir que ele pensasse.

Havia também, é claro, o dinheiro. Marjorie tinha visto uma parte limitada da casa, mas o que viu estava em péssimo estado. Um dote de milhares de libras faria uma diferença enorme. De novo, isso podia ser bom para ele, mas ela não tinha a menor intenção de concordar com a proposta. Tinha despendido muito tempo e dinheiro em sua educação para terminar sustentando um homem abominável. Pelo amor de Deus, os caçadores de fortuna londrinos foram os únicos aristocratas que se dignaram a falar com ela, e Marjorie tinha colocado todos para correr.

Graeme disse que ele não era a coisa mais assustadora das Highlands. E seja lá o que fosse, também sugeriu que, ao se casar com ela, estaria protegendo-a disso. A princípio ela pensou que iriam usá-la para pedir uma soma de dinheiro como resgate ao seu irmão. Ou talvez vacas, ou ovelhas. Highlanders gostam de ovelhas. Mas era evidente que Maxton não estava falando de resgate. Será que ela poderia ser enviada para outro lugar? Para alguém que podia decidir se casar com ela sem que sua opinião importasse? *Homens, argh! Highlanders!*

Em silêncio, porque uma lady não pronuncia tais palavras em voz alta, ela xingou o irmão. Não porque ele tinha lhe escrito, mas porque só tinha lhe enviado uma carta. Quando os dois se encontraram em Londres há mais de três meses e Gabriel lhe contou a respeito da herança inesperada, dando-lhe a Casa Leeds, ele prometeu escrever com maior frequência. Se o tivesse feito, ela saberia que o clã Maxwell tinha problemas com ele. Saberia que não devia fazer aquela viagem para o Norte para surpreendê-lo, pelo amor de Deus.

Algo atrás dela farfalhou e Marjorie virou a cabeça na expectativa de encontrar mais raposas, ou talvez um gato selvagem, invadindo seu quarto através de algum buraco. Mas era uma folha de papel dobrada, que entrou no quarto pelo vão estreito da porta. Marjorie se levantou, o coração apressado. Será que ela tinha um aliado?

Movendo-se o mais silenciosamente que podia com o sapato quebrado, ela correu para pegar o bilhete, então o desdobrou, com as mãos tremendo, e encontrou uma caligrafia infantil, trêmula.

— "Cara Lady Majori" — ela leu. — "Sinto munto por ter ajudo meus irmaos a secuestrar voce. E por favor nao fica braba com Graeme, poque foi culpa do Brendan e do Duglas. Mais do Brendan. Eu teno coelinos no meu cuarto. Voce qué vê? Seu amigo, Connell Maxton."

Bem, a ortografia e a gramática eram atrozes, mas pelo menos alguém tinha se desculpado por jogá-la naquela situação. Isso também confirmava sua suspeita de que o irmão mais velho, o juba de leão, não tinha planejado trazê-la até ali — embora isso não parecesse o estar impedindo de se aproveitar da presença dela.

Mas o mais importante — será que ela tinha mesmo um aliado? Marjorie encostou o rosto na madeira fria da porta.

— Você ainda está aí? — ela sussurrou.

— Estou — a voz abafada do garotinho respondeu. — Pegou meu bilhete?

— Peguei. Eu...

— Escreva a resposta — ele a interrompeu.

Marjorie fechou a boca. Ainda que a situação fosse séria e precária, para o menino de 8 anos aquilo era evidentemente uma brincadeira. E um aliado era um aliado.

— Não tenho nada com que escrever — ela respondeu com um sussurro.

Um toco de lápis rolou por debaixo da porta. Ela o pegou e franziu o cenho quando virou o bilhete do garoto. Quão desesperada ela estava para querer usar uma criança? E quão ridícula ela era para desprezar a possibilidade de ajuda porque preferia recebê-la de alguém mais alto, atraente e consideravelmente mais maduro?

— Você vai esperar minha resposta? — ela sussurrou.

— Não. Eu preciso fazer minha lição — ele respondeu. — Graeme encheu duas drogas de páginas com tarefas de matemática. Se eu não fizer os exercícios, nada de jantar para mim. Antes do pôr do sol eu vou bater três vezes, depois duas. Aí você vai saber que sou eu e pode me passar o bilhete por debaixo da porta.

Pelo menos isso lhe daria tempo para decidir quão infame ela estava preparada para ser.

— Muito bem — ela disse, e um momento depois ouviu os passos leves dele se afastando.

O jovem Connell já tinha provado ser uma valiosa fonte de informações. Por meio dele, Marjorie descobriu que Graeme não tinha ordenado seu rapto. Ainda mais surpreendente, o bárbaro passou exercícios de matemática para o irmão resolver. Que Deus ajudasse a todos ali se aquele homem era o único responsável pela educação dos irmãos — embora isso explicasse o linguajar grosseiro de todos.

Marjorie sentou-se à escrivaninha e pegou uma folha nova de papel em uma das gavetas. Se ela decidisse mesmo se utilizar de Connell Maxton, a culpa só poderia ser do irmão mais velho; quer Graeme estivesse ou não por trás do seu sequestro, era ele quem decidiria o que fazer com ela. E estava sendo excessivamente rude e arrogante.

Atraente como era, se fosse mais paciente e ponderado, poderia — quem sabe — quase ter uma chance de conquistar o afeto dela. Ou, no mínimo, ela podia fingir isso. Porque Marjorie conseguia se imaginar beijando-o — e gostando de beijá-lo. Mas isso tinha mais a ver com... a solidão que ela sentia do que com o suposto charme do escocês. De qualquer modo, isso era apenas imaginação.

Fazendo uma careta, ela levou o lápis ao papel. Bons modos, etiqueta, decoro — Marjorie tinha passado anos aprendendo as regras e nuanças necessárias à sobrevivência na boa Sociedade. Mas a situação presente envolvia moralidade, e ela tinha bastante certeza de que discordava da Sociedade em alguns pontos nessa área.

O fato que importava, contudo, era que ela precisava retornar à Sociedade, porque sua casa ficava no centro desta. E Marjorie precisava viver em sua casa, com aquelas pessoas ao seu redor, mas quanto mais tempo ficasse sumida, menos provável era que essas pessoas algum dia a aceitassem. Tudo de que precisariam era uma desculpa para dizer que ela estava arruinada, que era um escândalo, como se o fato de ser a irmã de um duque acidental não fosse o suficiente para lhe fazer ser alvo do escárnio da Sociedade. Mas a mulher de um visconde escocês provavelmente pobre? Isso tinha a mesma chance de acabar com ela quanto a notícia de que tinha sido raptada.

Marjorie escondeu a carta de Connell e a que tinha acabado de escrever debaixo dos papéis em branco na escrivaninha, colocando o lápis dentro de um velho vaso sem flores que jazia em uma prateleira. Na opinião dela, o lápis não se qualificava como arma, mas era algo que Maxton parecia não querer que ela tivesse. Talvez ele imaginasse que um corvo pudesse entrar pela chaminé, dando a Marjorie a oportunidade de amarrar uma mensagem em sua perna e enviar um pedido de socorro.

A porta do quarto rangeu. Marjorie deu um salto, quase jogando o vaso no chão. Ela teria que esperar horas até que Connell aparecesse com sua batida secreta, mas antes que ela pudesse sequer acreditar que o garoto estava empolgado demais para esperar pelo pôr do sol, a pesada porta foi aberta. E não era o garoto.

5

— Então não posso ter nenhuma esperança de privacidade? — ela perguntou, afastando-se do vaso.

O leão de ombros largos e juba castanho-avermelhada entrou no quarto.

— Você estava aprontando algo que precisava de privacidade?

— Não. Essa não é a questão.

— Não consigo me decidir se você é louca ou só uma pessoa difícil — ele murmurou, passando o saco pesado que carregava de uma mão para a outra.

Se ele pretendia colocar de novo aquela coisa na cabeça dela, Marjorie lhe acertaria um soco no nariz.

— Estou lhe causando problemas? — ela perguntou, deixando o sarcasmo que sentia aparecer na voz.

— Diabos, está sim. Sente-se. — Ele apontou para a cadeira que ela tinha arrastado até a janela.

Marjorie cruzou os braços sobre o peito para que ele não percebesse que ela tremia.

— Não vou ser vendada de novo, seu palerma. Não para ser arrastada até o altar, nem para qualquer outro lugar.

Ele baixou o rosto e olhou para o saco que trazia nas mãos, como se o estivesse vendo pela primeira vez.

— São sapatos — ele disse, olhando para ela de novo. — Então você não é totalmente destemida.

— Mostre-me alguém que seja e eu lhe mostro um tolo.

— Imagino que esteja se referindo a mim. Sente essa bunda na cadeira. — Ele passou a mão livre pelo cabelo avermelhado.

— Eu já disse que não gosto que fique me encarando.

Com uma expressão ainda mais exasperada, Graeme agarrou as costas da poltrona próxima à lareira e a arrastou até ficar de frente para a outra. Então ele sentou nela e arqueou as duas sobrancelhas, como se a desafiasse a encontrar outra coisa de que reclamar.

Embora ela pudesse ter observado — com razão — que um cavalheiro não devia se sentar antes de uma dama, manteve a boca fechada. Nem ela nem ele próprio consideravam-no um cavalheiro, e lembrá-lo disso também poderia lembrá-lo de outras coisas que homens que não eram cavalheiros faziam com prisioneiras — quer dizer, além de anunciar que iriam se casar. Um arrepio desagradável subiu pelas costas dela. Tentando ignorar por que sua boca de repente ficou seca, ela se sentou com toda a graça que possuía e dobrou as mãos sobre as pernas.

Ele colocou o saco entre os próprios pés.

— Dê-me seu pé — ordenou.

— Não vou ficar com o pé para cima.

— Espero que um dia você perceba como tenho me esforçado para ser gentil com você, Vossa Alteza — ele entoou.

— E eu espero que um dia você perceba que nada do que fizer poderá me convencer de que casar com você seja do meu interesse. — Um pouco dura, talvez, caso precisasse da boa vontade dele, mas pelo amor de Deus, dizer que estava sendo gentil *enquanto* a mantinha prisioneira?

Rosnando em gaélico algo que devia ser pouco elogioso, ele deslizou para a frente da cadeira e se colocou de joelhos. Era uma posição vulnerável; olhos azul-claros procuraram os dela por baixo de cílios inesperadamente longos, um olhar sugerindo algo secreto e envolvente.

Pare com isso, Marjorie!, ela ordenou para si mesma, mas quando percebeu que deveria tê-lo chutado em algum lugar sensível e corrido para a porta destrancada, Graeme já tinha envolvido seu tornozelo com uma mão, segurando-o com firmeza. Afastando as dobras da saia dela com a outra mão, ele apoiou o pé de Marjorie em um de seus joelhos dobrados.

— Isso é... indecoroso, meu senhor — ela articulou, sentindo o rosto esquentar.

— Bem, o que é menos indecoroso? — ele retrucou, pegando o sapato pelo salto e tirando-o do pé dela. — Eu tocar seu pé ou você usar sapatos quebrados?

Ainda que tivesse certeza de quer era ele tocar seu pé, Marjorie hesitou para responder. Homens não costumavam se ajoelhar diante dela, muito menos tocar suas pernas e tirar seus sapatos. As sensações que corriam pela parte de trás de suas pernas e subiam pela coluna não tinham nada a ver com o fato de estar aprisionada naquela sala; tinham a ver com um homem — aquele homem — a estar tocando.

Graeme colocou o sapato quebrado de lado, ainda segurando o tornozelo dela, e enfiou a outra mão no saco. O sapato que tirou dali era velho, com o cabedal bordô puído de um lado. Apesar disso, a qualidade era óbvia, desde o bordado dourado no tornozelo até os pontos precisos acima do salto baixo. Desviando os olhos para o pé de Marjorie, ele lhe calçou o sapato.

— Está bom? — ele perguntou depois de um instante. — Acha que serve para você marchar por aí?

Já aquilo parecia ter menos a ver com os sapatos e mais com ele tentando fazer com que ela... confiasse nele? Concordasse em se casar com ele apesar de seus protestos veementes? Seria isso? Ela contraiu os dedos.

— Uma dama não marcha. Mas sim, parece servir muito bem.

Ele levou a mão ao outro pé e substituiu esse sapato também, movendo-se bem mais devagar do que ela sabia ser necessário. Marjorie não gostou disso. Não gostou da intimidade nem do modo como o toque dele fez seu coração bater mais rápido. Aquele homem estava arruinando sua vida; Marjorie deveria chutá-lo no rosto, lutar contra... seu desejo ou o que quer que fosse que a fazia querer passar os dedos por aquela cabeleira desgrenhada.

Percebendo que continuava com um pé descansando no joelho dele, envolto por aquelas manzorras, Marjorie puxou o pé de repente e plantou os dois no chão.

— Não espere que eu lhe agradeça, Maxton. Eu e meus sapatos estaríamos muito bem se não fosse por você.

Ele estendeu a mão e puxou a barra da saia dela.

— Não espero sua gratidão, Vossa Graça. Só estou feliz porque minhas mãos brutas não arranharam sua pele delicada.

Isso provocou a imagem inesperada das mãos dele deslizando pelas pernas nuas dela. Marjorie afastou o pensamento, imaginando se talvez não estivesse com febre. Afinal, ela tinha sido transportada debaixo de chuva.

— Não o considero nada divertido, meu senhor. Agora tenho sapatos para usar, mas a menos que você pretenda me soltar, gostaria que não invadisse mais este quarto para me molestar.

Ele se endireitou, ainda olhando para ela.

— Oh. Agora estou molestando você, é mesmo? Por concordar em me casar com você e salvar sua reputação?

— E salvar suas finanças também, imagino — ela retrucou. — Prefiro arriscar a ruína, muito obrigada.

Graeme inclinou a cabeça.

— Se é assim que se sente, vou deixar que converse consigo mesma. Isso deve lhe dar uma amostra de como uma jovem arruinada passa seus dias. Espero que goste de sua própria arrogância mais do que eu. — Jogando os sapatos dela no saco, ele se levantou. — Eu lhe trouxe algo para ler, mas agora estou pensando que não deve ser digno de você. É melhor que eu a deixe se pavoneando sozinha em seu pedestal.

Marjorie se levantou, de repente.

— Algo para ler? — ela repetiu alto, impelida pela perspectiva de outras tantas horas sozinha. Corresponder-se com o garotinho podia lhe ocupar alguns minutos, mas não lhe proporcionava a sensação de ter saído daquele trancado do modo como só um livro podia fazer.

Ele a encarou de novo.

— Sim. Algo para ler.

— Dê para mim, então.

Os lábios sensuais dele se curvaram.

— Não.

— Não? Por que não? Você já trouxe o livro até aqui, pode muito bem dar para mim.

Os olhos azuis a examinaram de alto a baixo, fazendo com que um calor inebriante tomasse seu corpo.

— Acho que gostaria de ouvir você me pedindo com educação — ele disse depois de um momento. — Já que estamos noivos. E também gostaria de um beijo ou de uma mesura. Vou deixar que você escolha. Mas apenas desta vez.

Oh, céus. Ele queria constrangê-la, lembrá-la do pouco controle que tinha sobre qualquer coisa naquele lugar. Ainda assim, ela precisava pesar as alternativas — uma segunda noite sem nada a não ser suas preocupações para lhe fazer companhia, contra uma demonstração de respeito, uma mesura para um vilão. Porque com certeza ela não iria beijá-lo. Nem por todo chá da China ou por um manuscrito de Shakespeare.

Endireitando os ombros, Marjorie se abaixou em uma mesura completa, fazendo as saias flutuarem ao redor de si. Deus sabia que ela tinha bastante prática naquilo; a arte da mesura tinha sido uma disciplina na escola preparatória. Além disso, há pouco mais de três meses, praticamente todo mundo que ela encontrava em Mayfair enquanto fazia tarefas para sua patroa era superior a ela.

Por um longo momento depois que ela ergueu a cabeça, Maxton a observou. Era bem provável que ninguém nunca lhe tivesse feito uma mesura antes, então era bem possível que ele não soubesse o que falar. Ela se sentiu assim na primeira vez em que um homem lhe fez uma reverência, há sete semanas atrás.

Visivelmente abalado, Maxton enfiou a mão no saco, de onde retirou um volume encadernado em couro que estendeu para ela.

— Isso foi muito bonito, *Sassenach* — ele entoou. — Eu não pensava que você conseguiria.

Ela pegou o livro, tomando cuidado para não encostar nos dedos dele.

— A totalidade do que sabe a meu respeito, senhor, não cabe num dedal — ela retrucou, aninhando o livro junto ao peito. — Agora vá embora, por favor. E bata na porta antes de entrar da próxima vez.

— Sim, e também vou usar minha melhor roupa e pentear meu cabelo para você, que tal? — ele resmungou, com certo divertimento transparecendo em sua voz.

— Bem, alguém deveria fazer algo com essa sua juba de leão.

Ele se encaminhava para a porta, mas parou e se voltou para olhar de novo para ela, um sorriso inesperado nos lábios.

— Uma juba de leão, é? — ele perguntou, passando os dedos pela massa avermelhada. — Gostei disso.

Graeme fechou a porta atrás de si, virou-se para trancá-la e depois guardou a chave no bolso. O que quer que ele pensasse sobre aristocratas como ela, Lady Marjorie possuía em personalidade. Ela também não parecia tão cabeça-oca como ele esperava. Depois de mais de um dia de cativeiro, a irmã do duque deveria estar histérica, jogando coisas e exigindo uma criada para escovar seu cabelo.

E, maldição, ela deveria estar grata por ter um visconde — qualquer visconde — disposto a se casar com ela. Graeme tinha lido histórias sobre como um beijo ou uma risada fora de hora arruinaram a reputação de uma lady inglesa. Marjorie já estava sumida há mais de um dia. Por mais magnânimos que fossem os amigos dela, ele duvidava que relevassem o dano. Ela podia afirmar o quanto queria que não se importava, mas Graeme não acreditava. Nem pela droga de um minuto.

Quando Cowen apareceu à sua frente, ele mal conseguiu conter um salto, alarmado. Maldição. Em uma casa com três garotos rebeldes, ele não podia se dar ao luxo de se perder em seus pensamentos.

— Mande isto para o sapateiro — ele disse, entregando o saco com os sapatos para o mordomo. — E uma galinha como pagamento. Deus sabe que ele não vai receber dinheiro por isso.

— Sim, milorde. Você queria saber o que seus irmãos estão aprontando. Não sei dizer, mas os três jovens estão na sala de bilhar.

Concordando, Graeme seguiu pelo corredor. Ficou claro, no dia anterior, que ele tinha se tornado leniente demais com seus irmãos mais jovens; preocupado em manter um teto sobre a cabeça deles, não reparou na estupidez que se desenrolava *dentro* da mente dos garotos. E era uma estupidez perigosa, como Graeme tinha testemunhado.

Ele abriu a porta da sala de bilhar.

— Então vocês pensam que vão jogar depois de amarrarem uma garota, quase a matarem de medo e depois a jogarem no meu colo?

Dois pares de olhos verdes e um de olhos azul-claros olharam para ele.

— Não estamos jogando — Brendan anunciou, voltando-se para os papéis espalhados sobre a mesa de bilhar.

— Nenhum jornal diz que Lady Marjorie está desaparecida — Connell anunciou, rasgando uma folha de dente-de-leão e guardando os pedaços nos bolsos do casaco.

— Nenhum jornal que você tenha visto — Graeme emendou. — Vai demorar dias para conseguirmos um jornal de Londres.

— Mesmo assim — Brendan retrucou —, Sam Woring pôs um anúncio sobre um forcado sumido. A irmã de um duque é mais importante que um forcado e não tem nenhuma menção a ela.

Graeme admitiu para si mesmo que a omissão era um pouco... estranha, mas o silêncio não significava que seu problema alto de olhos azuis tinha sumido.

— Essa é sua preocupação, Brendan? Que nenhuma alma saiba o que você fez?

— Não é a sua também, Graeme? Que ela não nos traga mais problemas?

O simples fato de fitar os olhos dela era um problema.

— Essa é *uma* preocupação — ele admitiu. — Minha maior preocupação é saber por que você e Dùghlas pensaram em sequestrar uma garota, e por que nenhum de vocês foi contra. — Ele deu mais um passo para dentro e fechou a porta atrás de si. — Vocês não entendem? Pegaram uma garota, que tiraram dos amigos e da família, meteram medo nela e a tornaram, junto com o irmão, em nossos inimigos.

Brendan deu um soco na mesa.

— Sim, nós arrumamos um inimigo inglês, mas isso é porque você e nosso pai transformaram em inimigo o chefe do nosso próprio clã. Se você fizer o que planejamos, vamos ter Dunncraigh do nosso lado. E então, com o apoio de todo clã Maxwell, nenhum duque inglês invasor vai poder conosco.

— Vocês...

— Nós estamos desesperados para ajudar você, Graeme — Dùghlas o interrompeu. — Você fica dizendo que vai lidar com Dunncraigh, mas só o que faz é ignorar o duque. Então, quando vimos a lady na estalagem, não pudemos perder a chance de agir de alguma forma.

Graeme bufou. Por Satanás, eles não conseguiam entender. Eles não viam em Lady Marjorie nada além de uma moeda de troca. E talvez ele próprio não fosse muito diferente. Ou talvez estivesse tentando fazer o melhor possível em uma situação ruim.

— Bem, agora que vocês a trouxeram até aqui e arruinaram a reputação dela, eu tenho que decidir o que vai ser melhor para todos nós. Enviei uma carta para o Padre Michael perguntando a respeito de uma licença especial para que eu possa me casar com Lady Marjorie Forrester.

Os três rapazes olharam atônitos para ele.

— Mas... — Brendan enfim gaguejou. — Ela deve ir para Dunncraigh, para que a gente possa recuperar Lattimer. Se você...

— Se eu o quê? — Graeme perguntou. — Se eu casar com ela, vamos ter dinheiro para enfrentar qualquer um. Diabos, nós vamos até transformar o Duque de Lattimer em aliado.

— Se ele não matar você por se casar com a irmã dele — Brendan retrucou.

— Você só pode se casar com ela se a amar — Connell disse com toda a convicção de seus 8 anos de idade. — E você só conhece ela há um dia. E se ela não gostar de gatos?

— Vou arriscar — ele respondeu. — E amor não é o que estou procurando. O dinheiro dela basta.

— Ela também não vai poder nos acusar — Dùghlas observou. — Se está fazendo isso por nós, Graeme, não deve...

— É claro que é por vocês, seus bárbaros — Graeme o interrompeu. — Vocês fizeram algo errado, e eu estou tentando consertar do modo que é melhor para todos nós, incluindo a *Sassenach*.

— A gente podia pedir para ela não falar nada — Connell insistiu.

— Ela não tem por que fazer isso. A lady não nos deve nada. — E essa era a grande dificuldade. Ela não lhes devia nenhuma gentileza, nenhum favor, e mesmo que Lady Marjorie jurasse não mencionar o nome dos garotos, Graeme não tinha motivo para acreditar nela. Seria melhor emparedá-la naquele quarto e nunca mais tocar no nome dela.

Só de pensar nisso, contudo, sentia um aperto no peito. No dia em que os Maxton do clã Maxwell estivessem tão desesperados a ponto de cometer assassinato — no dia em que *ele* estivesse tão desesperado assim —, Graeme iria embora das Highlands para sempre. Mesmo assim, ele não iria mais vasculhar baús antigos atrás de sapatos para ela, ainda que considerasse divertida a insistência absurda da moça em decoro.

Quando ele pôs as mãos ásperas naquela droga de tornozelo delicado, contudo, não achou divertido. Ele sentiu... Com os diabos, ele não sabia dizer o que sentiu, mas soube que não deveria sentir. Não por uma inglesa de nariz em pé com poder de mandá-lo para prisão ou degredo. Com poder de prender ou degredar seus irmãos. Era por *isso* que ele precisava se casar com ela. O dinheiro apenas tornava a situação mais tolerável. O resto... não importava, ainda que seu pau tentasse convencê-lo do contrário.

— Nós estamos com ela aqui agora! — Brendan exclamou, obviamente não confuso pela presença feminina. — E não podemos deixar que vá embora. Era melhor que você a entregasse para Dunncraigh e tirasse algum proveito disso. Deixe que *ele* se preocupe com ela.

— Não vou aceitar conselhos de você até que lhe cresçam pelos no rosto — Graeme retrucou. — E até que sua primeira solução para os problemas não seja sequestrar uma garota.

O rosto de Brendan ficou vermelho.

— Mas você está querendo se casar com ela. Como isso faz de você melhor do que nós?

Graeme fez uma careta de deboche.

— É covardia da sua parte dizer isso, porque sabe muito bem que não vou bater em uma criança pequena como você, Brendan.

— Não sou pequeno! Nem criança! Tenho só dez centímetros a menos que você, Graeme Maxton, e luto com você o dia que quiser.

Era verdade que Brendan já tinha quase um metro e oitenta, mas o garoto continuava magricela, quase tanto quanto Connell. Em mais três ou quatro anos ele ganharia músculos para uma luta interessante. No momento, porém, uma briga só serviria para humilhar o garoto, deixando-o ainda mais revoltado — o que faria com que nenhum deles aprendesse a lição que Graeme tanto precisava lhes ensinar.

— Bem, não vai ser hoje, porque Will, filho do Sean Moss, está com febre, e vocês vão ajudá-lo a ensacar os grãos no moinho. Você e Dùghlas.

Brendan bateu a mão de novo na superfície da mesa de bilhar.

— Mande a gente ensacar merda se quiser, Graeme, mas você continua sendo um idiota teimoso.

— Eu não quero ensacar merda — Dùghlas retrucou.

— Feche a matraca, Dùghlas — o irmão mais velho grunhiu. — Estou falando sobre algo importante. — Os três garotos se direcionaram à porta.

— Eu também — Dùghlas insistiu. — Sobre merda, e como eu não quero trabalhar com isso.

— Dùghlas, você é um...

— Connell — Graeme chamou, estendendo a mão para segurar o garoto pelo colarinho. — Você fica.

— Eles cuidam de mim — Connell disse, franzindo o cenho.

— Certo. E da última vez que cuidaram, você fez com que uma garota fosse raptada. Hoje vai ficar em casa.

— Tá bom — Connell resmungou. — Mas não gosto.

— Ótimo. Não é para gostar.

Depois que os irmãos mais velhos saíram, Connell se voltou para Graeme de novo.

— Será que o duque vai machucar Lady Marjorie? — ele perguntou, enfiando as mãos nos bolsos para acariciar, distraído, os filhotes de coelho que Graeme não deveria saber que estavam ali. — É por isso que você quer que ela fique aqui?

— Não sei se ele a machucaria ou não — Graeme respondeu, pondo a mão no ombro do irmão mais novo e levando-o de volta ao corredor. — Mas se eu a entregasse e Dunncraigh a machucasse, isso pesaria na minha consciência. E eu já tenho muito com que me preocupar.

Connell concordou.

— Você não pode deixar ela ir embora, então, enquanto os rapazes estão no moinho? Você pode dizer para eles que ela escapou.

— Eu deixaria, se pudesse confiar que ela não iria acusar vocês três, cabeças de batata, de raptá-la. — E se ele tivesse certeza de que a história que ela iria contar não chegasse até Dunncraigh e causasse ainda mais problemas entre ele e o chefe do seu clã. E se não acabasse na prisão, o que parecia ser o resultado mais provável. — Cá entre nós, patinho, casar com ela é o meu melhor plano.

— Bem, espero que ela goste da gente, já que vai fazer parte da família.

Hum. Ela iria fazer parte da família, o que significava que ficaria perto de Connell, que era sensível e impressionável.

— Ela só não vai gostar de nós se for louca. Mas não se preocupe com isso, patinho. Eu cuido de tudo.

O garoto de 8 anos riu enquanto subia a escada, encaminhando-se para seu quarto cheio de animais.

— Certo. Do jeito que você cuidou de Fionan Polk? — Ele deu um soco no ar. — Foi sangue por todo lado! Até no meu sapato.

Graeme sorriu.

— Ela é uma garota, então acho que vou precisar ser mais delicado.

Dessa vez Connell gargalhou.

— Você não é delicado, Graeme.

O irmão tinha razão. Quatro rapazes na casa, sendo que três deles eram responsabilidade de Graeme desde que ele tinha 20 anos. Isso significava que, com frequência, resolvia os problemas elevando a voz e aplicando um castigo severo: um tapa no traseiro ou um mergulho no gelado rio Douchary. Mão pesada, mas eficaz.

Até o momento, de qualquer modo. Deixando de lado a forma como ela havia aparecido, ter uma mulher debaixo daquele teto mudava tudo. A última mulher na casa tinha sido a mãe deles, e embora Graeme se lembrasse muito bem dela, a lembrança mais definida era do tamanho diminuto da mãe, de como parecia delicada e, ainda assim, absolutamente feroz. A garota prisioneira parecia mais inteligente e mais indefesa, mas ele não tinha intenção de comparar as duas mulheres. Marjorie Forrester não tinha nada a ver com sua mãe.

Ela saberia ser uma esposa? E por que começou a ter importância para Graeme que ela gostasse deles? *Dele*? Ela era uma maldita prisioneira, e deveria ficar grata por qualquer solução que oferecesse.

— Milorde — Cowen disse do saguão antes mesmo que Graeme chegasse ao patamar. — Padre Michael chegou. Ele disse que vocês vão falar da programação da festa de Samhain.

E isso ocuparia o restante de seu dia. Por um instante, Graeme pensou em transferir para Cowen o dever de fazer a programação, mas, por tradição, a tarefa cabia a um líder do clã, e Graeme era o líder. Além disso, ele tinha pedido uma licença de casamento pela manhã. Graeme pediria discrição, mas não ficaria surpreso se metade do vale já soubesse que ele estava decidido a se casar.

— Você o colocou na sala matinal?

— Sim. Com uma xícara daquele chá preto que ele gosta.

Graeme concordou e desceu de novo a escada.

— Venha me chamar dentro de uma hora com algum desastre e eu o dispenso. — Graeme fez uma pausa. — E não diga nada sobre nossa hóspede.

— Eu nunca diria — Cowen respondeu. — Nem consigo imaginar de quantas horas seria o sermão sobre isso.

Estremecendo só de pensar, Graeme foi até a sala matinal. O padre estava sentado junto à lareira, com o chá na mesa de apoio e a Bíblia e o plano — bastante manuseado — da festa aberto sobre o colo.

— Padre Michael — Graeme disse, oferecendo-lhe a mão quando o padre levantou.

— Graeme. Peço desculpas por chegar tão tarde. Morag Moss perdeu Tabby, o gato, e me pediu para rezar por ele. Depois ela insistiu em assar biscoitos para mim.

— Foi muita gentileza sua — Graeme observou, ocupando a outra poltrona. Consigo mesmo, pensava que Morag Moss quis apenas ter por perto o sacerdote de cabelos brancos e aparência distinta. Era dia de lavar roupa, e metade da vila saberia que ele estivera na casa dela.

— É uma jovem muito devota. E tão sozinha depois da morte do marido, e agora de Tabby.

— Sim.

O padre tomou um gole do chá, observando Graeme por sobre a borda da velha xícara.

— Então, meu jovem? Vai me contar quem finalmente roubou seu coração?

Graeme bufou.

— Nenhuma garota roubou meu coração, padre. Mas eu decidi que está na hora de me casar.

— Mas meu jovem, você...

— Ainda não concordei com você em relação ao amor, então não espere que eu concorde especialmente hoje. — Se Graeme foi um pouco rude, a essa altura o padre já devia esperar. Fazia oito anos que eles tinham a mesma conversa.

O Padre Michael pigarreou.

— Você está errado, mas respeito sua opinião. Quem é ela, então? E ela sabe que não conquistou seu coração?

— Não estou pensando em uma garota específica — ele disse lentamente, imaginando se haveria pecado pior do que mentir para um homem de Deus. — Mas, pretendo me casar em breve, e não quero atraso quando tudo estiver decidido. Você enviou o pedido?

Se não fosse um visconde, não teria se preocupado com uma licença. O ritual de amarrar as mãos era mais respeitado nas Highlands do que um pedaço de papel. Mas com os nobres, a Coroa queria garantias de que certas coisas fossem oficiais.

— Sim, pela carruagem do correio. Vai demorar alguns dias até que tenhamos resposta da Cantuária, mas como você é visconde, não espero nenhuma dificuldade. Quando de fato encontrar uma garota, Graeme, espero que possa...

— Chega de casamento — Graeme interrompeu o padre. — Você veio para falar sobre ser contra a dança em Samhain, imagino.

O Padre Michael suspirou.

— Faça como quiser, meu jovem. Você é mais teimoso que uma montanha. Certo. Eu me oponho à dança, embora não imagine que vá conseguir convencê-lo este ano, assim como não o convenci ano passado. — O padre colocou mais um torrão de açúcar no chá. — A propósito, você sabe que eu não gosto de fofoca, mas como é líder dos Maxwell nessas bandas, está sabendo dos ingleses que se hospedaram na Lareira Partida, certo?

Graeme manteve a expressão neutra, apesar de ter focado toda a sua atenção nas próximas palavras do padre.

— Não — ele disse, arrastando a palavra. — Deveria? Eles atravessam minhas terras de tempos em tempos.

— Atravessam, de fato. Mas esses três, dois homens de uniforme e uma mulher mais velha, estão dizendo que a sobrinha da mulher desapareceu. Pensei que alguém o tivesse informado para que pudesse mandar o povo daqui ficar de olho na garota.

Alguém deveria mesmo tê-lo avisado. Informações sobre Lady Marjorie deveriam ser mantidas em segredo de todo mundo fora daquela casa, mas não dele. Maldição. Se Taog já tivesse voltado da estalagem e não lhe contado sobre o que estava acontecendo lá, o rapaz passaria as próximas duas semanas encerando os balaústres.

— Irei à Lareira Partida amanhã para conversar com essa mulher — ele afirmou. — Não gosto de ingleses, como o senhor bem sabe, mas se pudermos ajudar a encontrar essa moça, é claro que o faremos.

O Padre Michael concordou com a cabeça.

— É bondade sua. Além das bênçãos que qualquer samaritano merece, não vai ser bom para ninguém se a notícia de que uma jovem inglesa se perdeu nesta região se espalhar. — Com um breve sorriso, ele recolocou a xícara no pires. — Agora, eu sei que todos os rapazes gostam de uma competição de bebida na festa, mas você não acha que isso é um pouco... pecaminoso? Talvez nós possamos substituir por uma boa competição de comer tortas?

Graeme não queria falar de beber cerveja ou de competição de tortas, muito menos da briga que provavelmente aconteceria se cancelasse uma coisa em função da outra. O que Graeme queria era galopar até o fim do vale largo e curvo, atravessar o rio Douchary e ver ele mesmo quem estava procurando Lady Marjorie, e por que a estavam descrevendo como "uma garota inglesa" em vez de a irmã do Duque de Lattimer.

Isso não fazia sentido. Ainda que os highlanders não gostassem dos ingleses, dizer quem era a mulher sumida, bem como o tamanho da recompensa pelo retorno dela em segurança, seriam incentivos suficientes para os moradores da região vasculharem a área à procura de Marjorie. Os companheiros de viagem dela não tinham feito isso. Pelo menos ainda não. Mas por quê?

— ...concordam que a dança é provocadora demais — continuava o Padre Michael, e Graeme piscou, sem saber muito bem há quanto tempo ele estava falando. — Eu sugiro um grupo de leitura das escrituras adequadas, relativas à colheita de outono e à chegada inevitável do inverno.

— Talvez nós devêssemos todos nos deitar no cemitério, no lugar onde queremos ser enterrados.

O rosto do padre ficou vermelho.

— Estou tentando conduzir um rebanho de pecadores de ânimos exaltados, meu jovem, você está entre eles. Eu agradeceria se não brincasse com isso, nem com a vocação à qual dediquei minha vida.

Graeme inspirou fundo pelo nariz.

— Perdão, Padre Michael. Deus sabe que não invejo a sua tarefa.

— Obrigado, meu jovem.

— Mas acredito que seus pecadores estarão mais dispostos a ouvir suas boas palavras se tiverem um pouco de cerveja e dança para refletir.

O velho suspirou.

— Eu me consolo ao lembrar de que, se não tivéssemos pecadores, não precisaríamos de sermões.

Depois de os dois negociarem algumas coisas, tanto o concurso de beber cerveja quanto o de comer torta permaneceram na programação, e por pena, principalmente, Graeme permitiu uma exposição de bordados religiosos em uma das barracas. Seria um longo dia de confusões, mas um pouco de diversão antes que a neve pesada chegasse ajudava a fazer o inverno parecer mais curto.

Quando o assunto voltou para sugestões de moças com bom caráter na região, e como era importante que um líder de clã garantisse a continuação de sua linhagem, Cowen irrompeu na sala.

— Lorde Maxton, a... você... tem algo de errado com uma das janelas do primeiro andar — ele disse, ofegante.

— Com certeza você não precisa incomodar o senhor da casa por causa de uma janela — disse o Padre Michael.

Graeme levantou em um salto. Deus, será que ela tinha fugido? Pulado? Caído?

— Sirva mais chá para o padre — ele ordenou, passando pelo mordomo. Se ela tivesse se machucado... — Eu volto logo.

Ele subiu a escada dois degraus de cada vez. Não estava pensando nas implicações para ele ou seus irmãos caso algo tivesse acontecido com Marjorie, nem na perda de dinheiro e poder. Ele estava pensando *nela*. Um dos dois criados da casa, Ross, batia na porta trancada no fim do corredor, e seus chamados sem resposta fizeram o coração de Graeme ir parar na garganta. Sim, ela era uma inglesa rica com o mundo a seus pés, mas também era obstinada, algo que ele não esperava.

Empurrando o criado para o lado, ele pegou a chave no bolso, destrancou a porta e invadiu o quarto. Ofegante, olhou para as janelas. Nenhuma estava quebrada, as duas continuavam fechadas, e a garota estava parada entre as duas com uma vela acesa nas mãos.

— Não vou ser forçada a me casar com você — ela declarou, de queixo em riste.

Quando o coração dele voltou a bater, Graeme olhou de novo para as janelas. *Diabinha*. Fechando a porta na cara surpresa de Ross, ele foi até ela. Sustentando o olhar de Marjorie, apagou a vela com um sopro, então passou a mão pelas letras ao contrário que ela tinha escrito no vidro com o que parecia ser geleia de morango.

Com a luz por trás das letras, SOCORRO deve ter aparecido em vermelho brilhante na janela para quem estivesse passando por ali. Se o Padre Michael tivesse chegado uma hora mais tarde, ou se tivesse ido embora alguns minutos antes, a conversa sobre a garota inglesa perdida — e o casamento iminente de Graeme — teria seguido um rumo bem diferente.

A inteligência do ato ele deixaria para admirar depois, no momento, precisava impedir que isso acontecesse de novo.

— Você não vai dizer nada? — ela perguntou, o queixo erguido e o olhar desafiador traídos pela voz um pouco trêmula. Então ela não gostava que a olhassem de cima para baixo, e com certeza era o que ele estava fazendo no momento.

Ele pairava a meros centímetros do rosto dela, da boca fechada com firmeza e de seus lábios carnudos, rosados. Raiva, fúria, admiração, frustração e desejo se agitavam dentro dele. Pegando os ombros dela com as mãos grandes e cobertas de geleia, ele a prendeu contra a parede estreita entre as janelas. Então abaixou a cabeça e a beijou.

Graeme não foi delicado. Depois que ele a tocou, relâmpagos correram por debaixo de sua pele, quentes e elétricos. A boca de Marjorie se moveu contra a dele, provavelmente protestando contra seu comportamento não cavalheiresco, e os punhos dela se fecharam e abriram contra o peito dele.

Depois que sentiu o gosto dela, Graeme levantou a cabeça.

— Aposto que nunca tinha sido beijada por um bárbaro — ele murmurou, usando de todo autocontrole que possuía para não beijá-la de novo.

— Eu... isso não merece uma resposta.

— Eu lhe disse que haveria consequências, Vossa Alteza. — Firmando as mãos nos ombros dela, ele a virou e a empurrou em direção à cama.

Ela tentou se livrar dele, o olhar azul alternando entre Graeme e a cama.

— O senhor não ousaria! Eu... eu faria com que o enforcassem!

Pelo mais breve dos momentos, Graeme se sentiu tentado a bancar o bárbaro que ela acreditava que ele fosse. O desejo esquentou seu sangue. Mulher cheia de decoro como ela, Marjorie seria obrigada a se casar com ele depois que a levasse para a cama. Se ele cedesse à tentação, com ela claramente assustada e contrariada, Graeme mereceria o enforcamento com o qual Marjorie o havia ameaçado — se é que já não tinha feito por merecê-lo. Sem dizer nada, ele a empurrou até a cama. Enquanto ela se esforçava para sentar ereta na cama, ele se abaixou e pegou a corrente que não tinha usado na noite anterior, prendendo-a rapidamente no tornozelo esquerdo da moça.

— Eu pensei... eu pensei...

— O quê, garota? — ele perguntou. — Pensou que eu a teria contra sua vontade? — Graeme se endireitou, recuando um passo antes que ela recuperasse o autocontrole e lhe desse um chute na cabeça. — Se eu fosse esse tipo de homem, seria sensato não me testar, não acha?

Lady Marjorie puxou, mas a corrente não cedeu.

— Não vou ficar acorrentada como um animal, meu senhor — ela retrucou, entoando o "senhor" como uma arma, com apenas o tremor de sua voz indicando que não era só raiva que ela sentia.

— E eu não vou deixar que você coloque em perigo meus irmãos e eu — ele respondeu. — Aqui não é a Londres civilizada, onde você e suas amigas fazem jogos sobre quem dança com quem. Aqui, os jogos terminam em sangue. Não tenho muitas regras, mas você irá segui-las, ou vai ficar acorrentada na cama até o dia do juízo final.

Graeme queria continuar no quarto para gritar com Marjorie, para garantir que ela entendesse que ele não estava brincando, para informá-la de que ele podia muito bem forçá-la a se casar se escolhesse fazê-lo. Mas ela tinha encolhido os pés debaixo de si, e se colocou sobre a cama o mais longe dele que podia. Sim, tudo ficaria muito melhor se ela o temesse, mas a parte dele que tinha cedido ao impulso absurdo de beijá-la não gostou da ideia de ela se afastar com medo dele.

Apertando o maxilar, Graeme se virou para a porta — e então se contraiu quando uma xícara de chá o atingiu nas costas. A porcelana delicada caiu no chão de madeira e se espatifou em uma dezena de pedaços. Bem, parecia que ele não a tinha domado, afinal. Continuando em frente, ele abriu a porta.

— Cowen, mande Ross limpar a janela e a bagunça no chão — ele ordenou e entregou a chave para o mordomo. — Não quero que nenhum dos dois converse com ela. Tranquem a porta e me tragam a chave quando terminarem.

— Pode deixar conosco, Lorde Maxton — o mordomo respondeu. — Não se preocupe.

Graeme olhou de novo para a figura esguia recolhida na cama. Ele *estava* preocupado, mas não com o que Lady Marjorie Forrester pudesse tentar a seguir. O que o atormentava era que, apesar de todos os protestos sobre o tratamento que recebia e sobre o que iria ou não tolerar, ela não tinha reclamado do beijo.

Com toda certeza ele também não tinha nenhuma reclamação a respeito. Na verdade, ele queria beijá-la de novo. E isso só tornaria tudo pior... para todos eles.

6

A maldita corrente era grande o suficiente para que Marjorie pudesse sentar na poltrona mais próxima, que os criados tinham carregado de volta para perto da lareira, mas a janela e a porta ficavam vários passos fora de alcance. Ela sentia a perna dormente, pesada, um sinal claro de que tinha cometido um sério erro de cálculo.

Devido à localização da casa no alto da colina e à posição das janelas no segundo andar, era boa a chance de que alguém tivesse visto seu pedido de socorro. Afinal, ela via pessoas passarem por ali o dia todo. Tudo que precisava era que um par de olhos, uma pessoa que Graeme Maxton não controlasse, visse e contasse para alguém — qualquer um — o que tinha visto.

Marjorie se mexeu de novo, tentando encontrar uma posição em que a corrente pesada não ameaçasse puxá-la da cadeira para o chão. Nem em suas fantasias mais malucas poderia ter imaginado algo tão extravagante como ser acorrentada a uma cama em uma casa no meio das Highlands escocesas, enquanto um escocês grandalhão ameaçava se casar com ela. E, com certeza, ela nunca teria imaginado ser beijada por seu algoz — muito menos que pudesse gostar do beijo.

O modo como ele se aproximou, como se não conseguisse se segurar, sua boca quente na dela, o aroma de uísque e floresta... Ela levou a ponta dos dedos aos lábios. Seu primeiro beijo... Um tanto irônico quando ela pensava que seus primeiros sonhos — após se tornar Lady Marjorie e levar seus escassos bens pessoais do porão de Lady Sarah Jeffers para a imensa Casa Leeds — estavam cheios de rapazes atraentes e bem-nascidos fazendo fila para se apaixonar por ela.

Sim, apesar do... desdém passivo com que foi tratada desde que Gabriel foi elevado de major do exército a Duque de Lattimer, ela tinha se encontrado com alguns cavalheiros, todos caçadores de fortuna. Ela providenciou para que nenhum deles chegasse perto o bastante para beijá-la.

Maxton também era um caçador de fortuna, ou quase. Ela continuava sem poder dizer se o objetivo principal dele, ao querer forçá-la a se casar, era ficar com o dinheiro dela ou proteger a família de alguma atitude não confiável de sua parte. Porque eles a tinham sequestrado e metido nisso, claro. Mas dada a afirmação convicta de que ele estava salvando a reputação da lady, e depois o modo como ele a acorrentou na cama e a trancou no quarto enquanto gritava para que ela se comportasse, Marjorie não acreditava que o beijo tivesse sido intencional. E ela sabia muito bem que deveria ter ficado tão ofendida com o beijo quanto ficou com a ideia de ser forçada a se casar.

Pelo amor de Deus, ela deveria estar temendo a perda de sua virtude, a ruína de sua reputação e a extinção de suas chances futuras de arrumar um cavalheiro apropriado e ter um casamento digno em Londres. Mais do que tudo, porém, ela desejava que ele tivesse lhe trazido algo mais envolvente para ler do que *O herbolário completo*, de Nicholas Culpeper.

Em seu coração, ela sabia porque se sentia mais aborrecida do que temerosa. Sim, ela podia aplicar tudo que tinha aprendido no internato e na escola preparatória, usar todos os conselhos dados pela sempre otimista Sra. Giswell, mas Marjorie sabia. Anos de paciência e presentes generosos para pessoas estrategicamente colocadas poderiam lhe garantir alguns convites para jantar ou para festas, agradecimentos mínimos que as pessoas teriam que lhe oferecer para não parecerem indelicadas. Mas, se ela quisesse ir ao teatro, teria que alugar seu próprio camarote. Se quisesse ir a um baile da Sociedade, teria que oferecê-lo — para depois esperar que ninguém mais fosse. Se ela quisesse se casar com alguém da sua nova posição social, teria que ser com um homem que precisasse de dinheiro. Mas, maldição, ele teria que pedir para só então ela aceitar. Não forçá-la a algo, anunciando que era para o seu próprio bem.

Marjorie suspirou, puxando de novo aquela corrente ridícula que devia ter sido forjada para segurar um cavalo de tração, ou talvez um elefante. Graeme Maxton agora era dono de duas chaves que a aprisionavam. E agora que ele tinha transformado aquilo em um desafio, bem, Marjorie teria que garantir que a próxima tentativa de fuga trouxesse mais resultado — ou que pelo menos causasse mais problemas para ele.

Um trio de batidas ecoou baixo na porta, assustando-a. Duas mais se seguiram. Então, antes que ela pudesse dizer qualquer coisa, outro bilhete passou por baixo do vão da porta e deslizou vários centímetros além da entrada. *Droga.*

— Connell, não consigo alcançar a porta — ela disse, o mais alto que ousou.

— Mas você disse que ia escrever um bilhete para mim.

— Eu escrevi. Mas seu irmão me acorrentou e não consigo pegá-lo. Nem chegar à porta.

— É porque você passou geleia na janela? Isso foi uma maluquice.

Ela franziu a testa para a porta.

— É, acho que foi mesmo. Mas eu tinha que tentar algo.

— Você não pode deixar o Graeme ficar bravo com você. Uma vez, ele me bateu no traseiro porque eu trouxe uma fuinha para casa. Eu tinha escondido ela no estábulo, mas ela fugiu e matou nove galinhas. Foi quase metade das galinhas que tínhamos, e as outras ficaram tão assustadas que pararam de botar ovos. Ficamos sem ovos por quase quinze dias.

— Há quanto tempo o Graeme cuida de você? — ela perguntou, sem conseguir controlar a curiosidade, sobre ele, aquele lugar, a família deles e o que os tinha levado a pensar que sequestrá-la parecia ser a melhor opção.

— Há 8 anos — o garoto logo respondeu. — Desde que eu era um bebezinho de dois dias de idade. E eu cheirava mal, também. — Connell suspirou alto. — Você vai se casar com o Graeme? Ele disse que vai. Você gosta de gatos?

Marjorie com certeza não gostava dos gatos gordos e mimados de Lady Sarah, que sempre pareciam comer melhor do que ela.

— Eu preciso conhecer os gatos para saber se gosto deles, e se eles gostam de mim. E não, não vou me casar com seu irmão.

— Bem, isso também não vai deixar Graeme feliz. E como você vai responder minhas cartas se não consegue chegar até a porta?

— Não sei. Talvez você possa falar com seu irmão e sugerir para ele que eu não preciso ficar acorrentada à cama.

— Vou tentar — ele respondeu, parecendo relutante. — Mas o Graeme é teimoso. Ele fez os rapazes irem ajudar no moinho como castigo por terem raptado você, e ouvi ele dizer que amanhã nós todos temos que ir limpar as porcarias dos canais de irrigação antes que a água congele.

Todos eles? Isso incluía Graeme também? Em caso positivo, podia ser a chance de ela fugir. Mas primeiro precisava se livrar da corrente.

— Agradeço qualquer coisa que você puder fazer. A corrente está arranhando meu tornozelo.

— Depois eu conto o que aconteceu; espere minha batida na porta.

— Obrigada, Connell.

Depois que os passos dele se distanciaram, Marjorie se debruçou para aumentar a chama da lamparina sobre a mesa de cabeceira. Ela só podia tentar adivinhar a hora, mas sabia que nessa época do ano o sol se punha cedo nas Highlands. Quatro horas? Quatro e meia? Várias horais antes que o bruto lhe trouxesse o jantar. E a menos que ele decidisse que ela passaria fome essa noite. Considerando que seu ombro esquerdo cheirava a geleia de morango e que o estômago já tinha roncado por causa disso, *essa* não era uma perspectiva lá muito agradável.

Em vez de se concentrar nisso, tentou organizar o que sabia daquele lugar e dos seus sequestradores. Quatro irmãos — Graeme, Brendan, Dùghlas e Connell Maxton. Um mordomo chamado Cowen, um criado de nome Ross, uma cozinheira que nem de longe devia ter o mesmo tamanho que Marjorie.

Eles possuíam uma carroça e pouco mais que uma dúzia de galinhas — ou tinham, antes que a fuinha as comesse. Havia um moinho em algum lugar ali por perto, e foi um castigo mandar os garotos até lá para trabalhar. Da janela, ela tinha visto que um rio caudaloso atravessava a propriedade no pé da colina, logo depois do que parecia ser a estrada principal. A casa tinha um estábulo com pelo menos dois cavalos de montaria, e o feno vinha de uma carroça de algum lugar no leste. Será que era lá que ficava o moinho?

Os dois cavalos seriam úteis. Como os residentes da casa eram todos homens, era provável que nenhum dos animais fosse treinado para sela de amazona. De qualquer modo, Marjorie nunca tinha passado muito tempo cavalgando, mas se fosse para escapar, ela montaria com uma perna de cada lado — e mesmo sem sela — se fosse necessário. Na hora de fugir, precisaria saber onde poderia encontrar ajuda. O moleiro devia ser leal aos Maxton, então ela não podia ir para o leste. Isso ainda lhe deixava três outras direções e um bom pedaço de território muito frio e selvagem.

Mas Marjorie tinha algo a seu favor. Dada a reação de Graeme ao seu pedido de socorro escrito na janela, ela estava disposta a apostar que os vizinhos não sabiam a respeito dela. A essa altura, provavelmente o irmão e seus homens estavam à sua procura, alertados pela Sra. Giswell, então de quanto mais gente ela conseguisse chamar atenção, melhor. Gabriel podia até mesmo estar oferecendo uma recompensa por seu retorno em segurança, o que alguns meses atrás teria sido impossível.

— Deixe aí, Ross. Eu levo para dentro.

Marjorie teve um sobressalto. Bom Deus, quanto tempo ela ficou refletindo? Quando olhou por sobre o ombro para a janela, viu que o céu além das cortinas fechadas estava escuro. Então ela avistou o bilhete em frente à porta.

Ah, não! A nova carta de Connell. Segurando uma imprecação indigna de uma dama, ela se levantou e se arrastou para frente — e foi detida pela corrente. Colocou-se rapidamente de joelhos e esticou a mão direita. *Maldição.*

Metal raspou em metal quando Graeme inseriu a chave na fechadura.

— Não ouse entrar aqui sem bater primeiro! — ela vociferou e deitou de barriga no chão. *Quase...*

A porta foi aberta. Botas se aproximaram, parando bem na frente dela.

— O que você acha que está fazendo? — ele perguntou em uma voz baixa, em tom divertido.

Marjorie voltou a se colocar de joelhos, usando o momento para parecer que estava ajeitando o vestido, quando na verdade aproveitou para guardar a carta no bolso da frente antes de se levantar.

— Eu queria ver se conseguia chegar à porta — ela respondeu, alisando a saia. — Eu me estiquei demais. E lhe disse para não entrar sem bater.

— Se eu tivesse batido, teria perdido isso.

Ela o fuzilou com os olhos, mais para efeito dramático. O bilhete do irmão dele — e a... amizade do garotinho, pelo menos era o que ela achava — estavam em segurança.

— Você não possui um mínimo de decoro e educação, não é?

— Não, não possuo. Sente-se na poltrona se quiser jantar. — Ele mostrou a bandeja que carregava. — Decidiu que não vai me castigar com seu silêncio, então?

Mancando e exagerando na dificuldade de se mover com a corrente pesada, ela sentou.

— Decidi que meu silêncio lhe é favorável. Como você não tem moral, talvez ceda diante de uma enxurrada de reclamações.

Uma gargalhada irrompeu do peito dele, genuína e surpreendentemente contagiante.

— Inglesa ou não, gosto da sua perspicácia, milady. — Colocando a bandeja sobre a mesa, ele puxou a outra poltrona e sentou de frente para ela, como tinha feito no almoço.

Ele gostava da perspicácia dela. Acontece que a aprovação de Graeme Maxton era a última coisa que ela queria no mundo. Afinal, carregava a prova da brutalidade dele. Ainda assim, lá no fundo de seus pensamentos, ela não pôde deixar de reconhecer que nunca tinha recebido um elogio melhor. Professores, tutores, instrutores de dança tinham notado sua bela postura, seu rosto bonito, o formato elegante de suas mãos e a graça de seus movimentos. Mas, até este momento, ninguém tinha elogiado sua inteligência. Marjorie pigarreou.

— Nenhuma resposta para isso? Oh, você não liga para o que eu penso, não é? — ele continuou depois de um momento, seu sorriso encantador sumindo. — Você é uma grande dama, afinal.

— Eu nunca disse algo assim — Marjorie retrucou. — Embora eu não tenha ideia do porquê você acredita que eu dê importância para qualquer coisa que pronuncie. E se você dá valor à minha perspicácia, deveria ouvir o que tenho a dizer em vez de tentar me forçar a algo que nenhum de nós quer.

Ele cruzou os braços diante do peito.

— Eu não disse que não quero, minha garota, embora esteja começando a achar que você talvez seja louca. Se eu fosse, você saberia. Agora coma a droga da carne.

— Não sou sua garota, e eu gostaria de ser levada de volta ao lugar de onde me abduziram.

— “Abduziram”, é? — ele repetiu, evidentemente achando graça.

— Sim. “Abduziram”. A palavra está certa.

Ele estava certo de uma coisa: ela começava a enlouquecer, e após apenas alguns dias de cativeiro. Não havia outra explicação para a tolice que se passava por sua cabeça. Endireitando os ombros e tentando afastar o pensamento, ela pegou garfo e faca.

— Você nunca teve fome de verdade, teve? — ele perguntou depois de alguns momentos, encarando com deselegância a boca de Marjorie enquanto ela comia.

— Não, não tive. — Até pouco tempo atrás, sua alimentação era simples, mas Gabriel sempre conseguiu lhe enviar o bastante de seu soldo para lhe pagar escola, roupas, alojamento e refeições. — E você?

— Tenho dificuldades de vez em quando. Mas com três irmãos, se eu demorasse tanto quanto você para engolir cada bocado, já teria morrido de fome.

— Então nenhum de vocês tem boas maneiras. Que surpresa. Imagino que até mesmo me ver escovando o cabelo deve ser bizarro para você. Minha nossa, o que aconteceria se os seus irmãos vissem alguém usando talheres?

— Acho que eles pensariam que esse alguém está para começar uma briga — ele respondeu, com mais calma do que ela esperava. — Você tem razão; somos uma matilha de lobos, dormindo em pilhas de feno e roendo ossos. Você tem sorte de a cozinheira lembrar como se assa o cervo que está jantando, ou teria que comê-lo cru como nós.

Não obstante o que ele dizia, Marjorie sabia que o mais novo deles lia e escrevia, mas não podia dizer isso sem admitir que andava se correspondendo com Connell. Ela ficou curiosa, porém, com o fato de ele insistir em retratar sua família como um bando de bárbaros. Claro que ele *era* um bárbaro, mas Graeme Maxton parecia... orgulhoso disso. Highlanders, a Sra. Giswell tinha afirmado, não podiam ser explicados. Aquele homem diante dela era prova viva disso.

— Você pelo menos vai me dar a oportunidade de provar que pode confiar em mim? De que eu não causarei problemas para você ou seus irmãos? — ela perguntou.

— Não, não vou. Quer perguntar mais alguma coisa?

A resposta não a surpreendeu.

— Então você tomou uma decisão e não vai ser demovido. Antes que cheguemos a um ponto sem volta, contudo, pense que uma licença especial ainda exige um padre, e que não vou ficar em silêncio porque não vou concordar em me casar com você.

Ele inclinou a cabeça.

— Quer que eu peça de joelhos?

— Eu tenho uma vida em outro lugar, meu senhor, e não tenho nenhum desejo ou incentivo para desistir dessa vida por você. Mesmo...

— Então você tem um pretendente em Londres, é isso? — ele perguntou, a voz ficando um pouco mais séria.

Estava na ponta da língua dela responder que sim, mas a parte que continuava extremamente irritada queria que Maxton reconhecesse que a culpa era dele, não de algum pretendente imaginário.

— Faria diferença para você se eu tivesse?

— Não. Mas estou achando que não tem ninguém a esperando. A senhorita não estaria tão cheia de dedos se tivesse.

— Eu não sou... — Ela inspirou fundo e depositou o garfo no prato. — Pelo amor de Deus, você nem me conhece. Assim como eu não o conheço.

— Essa é sua objeção, então? Que não nos conhecemos?

Homem impossível.

— Essa é *uma* das minhas objeções, sim. É claro que também existe a questão de eu estar acorrentada e de eu não gostar de você! — Marjorie inspirou fundo. Damas não gritam. Mas ele era simplesmente... enlouquecedor além de qualquer medida.

Aquele sorriso atraente curvou a boca dele.

— Eu acho que você *gosta* de mim. Mas não aprecia o fato de gostar de mim.

— Oh, pelo... — Aquilo não iria chegar a lugar nenhum. Ou ele a estava irritando de propósito, ou tinha uma suprema falta de consciência. Ela preferia acreditar que era a primeira opção, mas de qualquer modo não iria aceitar os planos dele. — Pense o que quiser, Lorde Maxton. Estou mais interessada em saber se você possui outro livro além de *O herbolário completo* de Culpeper. Eu prefiro algo mais literário. — Ela fez uma pausa para pegar outro bocado, mastigar e engolir. — E meu vestido está sujo de geleia. Pode me trazer um pouco de água e uma escova de lavanderia?

Isso fez com que ele a examinasse de alto a baixo de novo, o que causou um formigamento estranho na coluna de Marjorie.

— Depois que vestir sua roupa de dormir, jogue o vestido perto da porta. Vou bater antes de entrar para pegá-lo.

Ela deu de ombros para disfarçar o constrangimento diante da ideia de ele entrar para vê-la nua — ou quase.

— Não espere que eu seja tomada por vertigens com a ideia de você tocar em um vestido que não irei usar.

Maxton inclinou a cabeça, uma mecha de sua juba de leão caindo sobre o olho.

— Diga-me uma coisa: se eu não fosse me casar com você, estaria arruinada aos olhos da Sociedade inglesa, certo?

— Estou sem acompanhante há dois dias, na companhia de homens. Não vou ganhar um desfile por isso. Vou ser alvo de fofocas e cochichos, e vou receber muito menos convites para festas. — Não que ela já tivesse recebido algum, mas ele não precisava saber disso.

— Casar comigo não consertaria isso?

Uma pergunta honesta?

— Não. Você é um visconde, sim, mas ninguém em Londres conhece seu... *pedigree*. E você é escocês.

— Mas não diriam que está arruinada.

Marjorie suspirou.

— Por favor, não finja que está tentando me ajudar. Nós dois sabemos que eu estou aqui porque você quer meu dinheiro.

— Não é só isso que eu quero de você — ele disse, inclinando-se para frente.

De repente, o rosto dela se tingiu de vermelho.

— Não faço ideia do que você está querendo dizer.

Ele a encarou por um momento, depois se recostou de novo na poltrona.

— Casar com você não é o único meio que eu tenho para ganhar algum dinheiro, *Sassenach*. Se eu contasse para Dunncraigh quem está debaixo do meu teto, ele me daria dinheiro suficiente para eu comprar uma lady inglesa como esposa. — O olhar direto dele a perturbou. — Mas isso só poderia acontecer se nunca mais ouvissem falar de você, então tenha cuidado com quem você escolhe como aliado nas Highlands.

Ela sentiu uma onda de medo frio e sombrio — a primeira vez que sentiu medo, de verdade, na presença dele.

— Por que o Duque de Dunncraigh desejaria o meu mal? Eu não o conheço nem nunca ouvi falar dele, a não ser quando leio seu nome de vez em quando no jornal.

— Ele e seu irmão estão em guerra, garota. Lattimer pode pensar que está tudo acabado, mas Dunncraigh ainda não terminou com ele.

Oh, céus.

— Então me leve até meu irmão. Peça um resgate. Ou apenas haja como um bom samaritano e prometo não contestar sua história. Ele irá recompensá-lo.

— Ah, garota, se Dunncraigh souber que eu ajudei Lattimer, que a entreguei para seu irmão e não para ele, seria *eu* a desaparecer. E eu não seria o primeiro com quem aconteceria isso. O problema é que não sou só eu. Tenho irmãos e centenas de colonos dependendo de mim. — Distraído, ele pegou a taça de vinho dela e tomou um gole. — Então agora você sabe qual é meu dilema. Não quero ser seu inimigo nem seu sequestrador. Mas você não me ofereceu uma solução melhor do que casar com você.

— Eu compreendo. — Ela concordou. — Mas ainda assim não vou cooperar. Eu gostaria que você acreditasse que, quando chegar a hora, não vou acusar seus irmãos. Também não vou acusar você, meu lorde.

— O que eu gostaria de fazer e o que estou disposto a arriscar são duas coisas diferentes. Então você vai ficar neste quarto, com essa corrente, até ter juízo.

Aquilo era pior, muito pior, do que ela tinha imaginado. Esse Dunncraigh, que, pelo que Marjorie tinha lido, recentemente tinha sido acusado de ameaçar e negligenciar seu próprio clã, queria fazer mal a ela e a Gabriel. E ela tinha caído nas mãos de um Maxwell.

— Eu não deveria perguntar — ela disse em voz baixa, esforçando-se para manter a voz firme —, mas por que você não me entregou para Dunncraigh em troca dessas pilhas de ouro?

Graeme inspirou fundo e então se levantou.

— Acho que vou guardar essa explicação para mim.

— Mas se você casar comigo, ele com certeza vai descobrir.

— Sim, ele descobriria. Mas se viesse atrás de mim, primeiro eu teria dinheiro para enfrentá-lo. Segundo, imagino que seu irmão não iria querer que algo acontecesse com você, e assim me ajudaria contra Dunncraigh. Não vejo do que eu me arrependeria.

— Mas você não me conhece! Com certeza não me ama!

Ele deu de ombros.

— Nunca soube que amor era necessário para um casamento. Prefiro dessa forma.

— Isso é muito... triste.

— Na sua opinião. — Em silêncio, ele recolheu talheres, prato e taça, deixando-a com apenas uma lata de água, provavelmente para que não a quebrasse na cabeça dele. Maxton. Ele carregou a bandeja até a porta, que abriu para depositar sua carga no corredor.

Marjorie suspirou, grata porque teria algum tempo para pensar. Mas então ele a encarou de novo.

— Agora — ele murmurou, fechando a porta com delicadeza atrás de si e aproximando-se lentamente dela —, preciso cuidar de mais uma coisa esta noite, *Sassenach*.

Mesmo sabendo qual era a situação, entendendo que ele havia dito, mais ou menos, que não precisava de amor, o coração dela vacilou um pouco quando Maxton disse "*Sassenach*" com aquela voz baixa e íntima. Marjorie ficou de pé, resistindo ao impulso de alisar a saia. Uma lady nunca demonstrava incerteza, porque uma lady sempre sabia o correto a se fazer. E claro que, se ele tentasse beijá-la de novo, a coisa correta seria esbofeteá-lo. Exceto que ela não tinha certeza se desejava esbofeteá-lo — o que não conseguia explicar nem para si mesma.

Ele parou diante de Marjorie, seu olhar vasculhando o rosto dela como se procurasse... algo. Verdade? Lealdade? Interesse? Desejo? Quando ele estendeu a mão até seu rosto, Marjorie parou de respirar. Ele era um palmo mais alto do que ela, muito mais forte e, enquanto guardasse aquelas duas chaves, tinha total controle físico sobre ela. Depunha a favor dele o fato de não ter tentado mais do que gritar com ela — mas isso, o modo como estava olhando para Marjorie, poderia ser muito mais perigoso.

Aquela boca, quente e surpreendentemente sensual para um bárbaro, tocou a dela, fazendo com que Marjorie quisesse se derreter nele, sentir os braços firmes e fortes ao seu redor. Aquilo era tão, tão errado, mas a sensação não era de erro. E ela conseguiu se convencer de que, talvez, só talvez, se ele gostasse dela o suficiente, iria perceber que a melhor opção era deixá-la ir.

Ele pôs a mão no ombro dela, aprofundando o beijo enquanto deslizava um dedo pelo decote conservador do vestido. Ela deveria ficar escandalizada; uma lady respeitável nunca permitiria um toque tão íntimo de um homem, quer tivesse declarado que pretendia se casar com ela ou não. Mas nenhuma de suas professoras tinha estado em situação semelhante. Disso ela tinha certeza.

Ainda a beijando, ainda a tocando de um modo que fazia arrepios descerem por sua coluna, ele enganchou os dedos na frente do vestido dela... e retirou o bilhete dobrado que ela tinha guardado ali. No mesmo instante, ele recuou um passo.

— Devolva isso! — ela exigiu. *Maldição.* Ele a tinha enganado, e Marjorie caiu feito um patinho. Ela foi até ele, mas a maldita corrente a deteve.

Graeme ficou parado ali, fora de seu alcance, o olhar imperscrutável sobre ela enquanto desdobrava a carta. Então olhou para baixo e crispou visivelmente o maxilar.

— Você tem um admirador, não é? — perguntou, brusco. — Ele tem 8 anos e você está tentando jogá-lo contra a própria família?

— Eu nunca faria algo assim — ela protestou, embora tivesse considerado a possibilidade. — E ele ficaria muito magoado se o ouvisse falando isso.

Graeme semicerrou os olhos.

— Não preciso que você me diga como criar meu irmão. E como ele está dizendo que quer mostrar para você como pescar no rio, estou pensando que você pediu para ele a ajudar a fugir.

Graças a Deus ela não tinha escrito nada disso. Na verdade, tudo que ela tinha sugerido, mesmo em voz alta, foi que o garotinho pedisse para ela ser desacorrentada, para que pudesse alcançar a porta e a escrivaninha.

— Nada disso!

— Então por que você escondeu o bilhete de mim?

— Porque você é um homem irritante e arrogante, e eu não tive vontade de me explicar para você. — Ela fez uma careta. — Mas eu prometi que não causaria problemas para ele, então olhe debaixo dos papéis em branco na gaveta. — Ela apontou o dedo para a escrivaninha.

Mesmo estando bem fora do alcance dela, Maxton foi de costas até a escrivaninha, como se não confiasse nela o bastante para deixar de observá-la por um instante. Ela, por outro lado, queria um momento de tranquilidade para poder refletir sobre aquele beijo. Se o único propósito dele foi servir de distração, Graeme Maxton era um mentiroso contumaz, porque ela não tinha sentido nada além de curiosidade e desejo. Ou talvez fosse só ela — nesse caso, Marjorie precisava parar com isso nesse instante.

— O primeiro bilhete foi dele — ela disse, explicando-se, enquanto Maxton tirava as folhas da gaveta. — E você pode ver que eu não precisava lhe contar nada sobre isso.

Ele examinou os bilhetes, depois guardou todos os três no bolso.

— Vou lhe dar dez minutos para se trocar e jogar o vestido perto da porta. — Com isso, ele se encaminhou até a saída do quarto.

— Eu... eu não consigo alcançar a camisola — ela disse, desejando que não parecesse uma desculpa para fazê-lo ficar.

Lançando outro olhar duro para ela, Maxton andou até o guarda-roupa e pegou a camisola na prateleira. Então embolou a peça nas mãos e a levou até o rosto, inspirando fundo.

Minha nossa. Arrepios recomeçaram nos braços dela.

— Isso não é decoroso, meu senhor — ela conseguiu dizer, o rosto esquentando.

— Baunilha — ele disse, levantando a cabeça.

— Eu coloco baunilha no banho quando posso — ela disse. — Eu gosto do cheiro que fica no meu cabelo.

— Eu também gosto. — Ele se adiantou e entregou a peça de roupa para ela, os dedos roçando nos de Marjorie. — Vou mandar preparar outro banho para você de manhã. Não lhe prometo baunilha.

— Eu não pedi. — Marjorie levantou o queixo.

— Eu sei.

7

De manhã, Graeme saiu para a neve fina e a escuridão de antes da alvorada. O casaco pesado o protegia do frio, mas não fazia nada contra o breu. A garota acordaria em uma ou duas horas esperando banho e café da manhã, então ele precisava cuidar de suas tarefas enquanto podia.

Enquanto Johnny selava Clootie para ele, Graeme se encostou na parede do estábulo e tirou a carta do bolso mais uma vez. Não estava endereçada a ele, e com certeza ela pretendia conquistar a amizade de Connell. Quaisquer fossem os motivos dela, algo no bilhete o fascinava.

Talvez fosse a letra regular e encantadora — sem dúvida simplificada para facilitar a leitura de Connell.

— "Caro Connell" — Graeme leu pela quarta ou quinta vez. — "Muito obrigada por sua carta. É claro que aceito suas desculpas; eu também tenho um irmão mais velho, e quando era uma garotinha eu o seguia por todo lado — e com frequência me metia em confusões por causa dele."

O irmão a que ela se referia era, claro, o Duque de Lattimer, motivo de toda aquela maldita confusão. Por Satanás, como ela era inteligente, mostrando para Connell que o garoto e o Duque tinham algo em comum.

Era o bastante para provocar uma centena de perguntas sobre por que Dunncraigh tinha declarado Lattimer um inimigo. Graças a Satanás ele tinha interceptado a carta antes que seu irmãozinho pudesse tê-la lido.

— "Eu adoraria ver seus coelhinhos. Eles são macios e quentes como eu imagino?" — ela continuou, admirando o carinho de Connell por animaizinhos. — "E você tem que me contar sobre as suas raposas! Elas se dão bem com os coelhos? Já que eu não posso ver seus animais agora, quem sabe você não pode me fazer um desenho deles? Também, quando você me responder, por favor, diga o nome do rio que eu vejo da minha janela. Acho que nunca vi nada tão lindo. Sua amiga, Marj Forrester."

Então ela estava atrás de pistas sobre o lugar, ainda que as pedisse de forma tão singela. Ele podia ouvir a voz dela enquanto lia, as palavras suaves e o sotaque instruído. Sim, ela sabia como usar as palavras, brandindo-as como um punhal, ainda que ele estivesse se arriscando por ela. E talvez parte do que ela dizia fizesse sentido, mas no fim tudo dependia de confiança — e ele não confiava em Marjorie.

Endireitando-se, dobrou o bilhete novamente e o guardou no bolso antes de montar no cavalo cinza.

— Vou tomar café da manhã na Lareira Partida, depois vou ver qual o problema de Pòl Maxwell com os cervos — ele informou ao cavalariço-chefe enquanto guardava o rifle no coldre da sela.

— Ouvi dizer que esses animais irritantes comeram todos os repolhos da mulher dele — Johnny disse, dando um tapa na anca de Clootie quando Graeme saiu trotando do estábulo.

Ele tinha pelo menos três coisas para fazer nesta manhã, antes de arrastar os irmãos para ajudarem a limpar os canais de irrigação com o resto dos colonos. Sim, eles estariam congelados dentro de um mês, mas a última coisa que ele queria era que galhos de árvore caídos ficassem presos nas comportas para, então, quebrá-las quando o gelo os retorcesse.

Ao se afastar cavalgando, ele não conseguiu evitar olhar para a fileira de janelas escuras no andar superior da casa. Com a corrente presa na perna, ela não poderia estar olhando para ele nem se estivesse acordada, mas mesmo no escuro, e mesmo com ela dormindo, ele sentia a presença de Lady Marjorie. Ela o estava atrasando em suas tarefas, mas Graeme queria ir observá-la tomando café, queria ouvir que insulto ela iria disparar contra ele naquela manhã — mesmo que incluísse os motivos pelos quais ela não se casaria com ele.

A última coisa que ele queria era que ela soubesse que o estava fazendo hesitar — não por causa de suas palavras belas e mordazes, mas porque ele não conseguia sentir... a satisfação que esperava experimentar ao domar uma inglesa mimada. De fato ela poderia lhe trazer fortuna, e, com isso, poder, mas acima de tudo, ele não gostava da ideia de que ela fosse infeliz ali. Ele era um highlander, valorizava sua própria liberdade e não gostava de ter que acorrentá-la, mesmo que para proteger sua família.

Não, ele não precisava de amor, nem o queria, mas ela parecia uma mulher feita para o amor. Feita para noites longas e exaustivas de sexo também, a julgar por aqueles dois beijos. Mas ela iria querê-lo? Ou apenas consideraria seu dever conjugal, o que tornaria qualquer contato físico muito menos interessante?

Sacudindo-se para tentar se livrar dela em seus pensamentos, Graeme cavalgou em paralelo ao rio Douchary por cerca de dois quilômetros, depois pegou a ponte onde a estrada esburacada cruzava o curso de água. Pelo menos Brendan tinha pensado em fazer círculos com a carroça antes de levá-la para casa. Se Lady Marjorie soubesse que estava a menos de cinco quilômetros da pousada, iria se esforçar mais para fugir.

Depois de mais um quilômetro e meio, ele chegou às construções espalhadas que marcavam o início do vilarejo de Sheiling. O vilarejo dele. Mesmo com o sol tímido atrás das montanhas do leste, a fumaça já saía da maioria das chaminés, e ele podia ouvir metal batendo em metal vindo da direção de Robert, o ferreiro.

Quando apeou no estábulo da estalagem, um dos cavalariços se aproximou correndo enquanto colocava o chapéu de lã.

— Bom dia, Will — Graeme disse com um sorriso, entregando-lhe as rédeas. — Ele já foi alimentado, mas se você puder arrumar uma maçã e um cobertor para cobri-lo enquanto me espera, eu ficaria grato.

O garoto puxou a frente do chapéu.

— Eu cuido deste velho diabo, Lorde Graeme. Não se preocupe com ele.

Marjorie havia se dirigido a ele usando o tratamento correto, embora pensasse nele como isso e nada mais: um visconde, um nobre menor em um país não civilizado, um lorde qualquer. Ele já tinha amplas evidências de que ela não compreendia os highlanders e seus costumes. Porque ele não era apenas um lorde. Ali, ele era *o* lorde, o líder do clã Maxwell, responsável por manter seguras as pessoas perto dele, por transmitir as orientações, regras e desejos que vinha de Dunncraigh; ele era responsável por cobrar o dízimo, resolver controvérsias, manter a segurança do clã e preservar seus interesses naquela parte das Highlands.

Ele jogou uma moeda para Will e andou em meio à neve que escasseava, até a porta de entrada da estalagem. Aparecer ali podia ser arriscado; ao vê-lo, alguém podia dizer para os amigos de Lady Marjorie que se lembrava de ter visto os irmãos dele por ali alguns dias antes, bem quando ela desapareceu. Mas ele precisava descobrir o que eles sabiam, o que estavam dizendo e para quando podia esperar o Duque de Lattimer batendo em sua porta.

Na verdade, quando entrou no salão quente, Graeme ficou surpreso de não o encontrar repleto com os homens de Lattimer. E por que não estavam ali, procurando a irmã sumida de seu lorde?

— Bom dia, milorde — o estalajadeiro, do outro lado do salão, cumprimentou Graeme. — Maddie acabou de assar os pães, e o presunto está uma delícia.

Inclinando a cabeça e sorrindo para cumprimentar o rotundo anfitrião, Graeme sentou na cabeceira de uma das mesas mais próximas.

— E uma cerveja quente, se é que você gosta de mim.

— Claro. A manhã está refrescante.

Pouco mais de um minuto depois, o estalajadeiro colocou a caneca quente sobre a mesa, depois se sentou no banco de frente para Graeme.

— Acho que sei por que você está aqui esta manhã — ele disse, baixando a voz de modo pouco habitual.

Sinetas de alarme começaram a badalar na cabeça de Graeme, mas ele manteve a expressão inalterada.

— Ouvi dizer que você está com visitantes ingleses, e que uma garota sumiu. O que pode me dizer sobre isso?

— A coisa é feia, milorde. Uma moça bonita. Saiu para tomar ar e desapareceu. — Ele apoiou os cotovelos na mesa rústica. — O estranho, por outro lado, é que a mulher que está aqui, Sra. Giswell, diz que a garota é sobrinha dela, mas a carruagem guardada atrás da estalagem traz o brasão de Lattimer.

Graeme não precisou fingir seu espanto.

— Isso é estranho — ele concordou. — Qual o nome da garota desaparecida?

— Marjorie Giswell, dizem os ingleses. Eu vi a moça, sabe. Bonita, cabelo preto e olhos azuis. Nem no escuro parece com a tal da tia. Por outro lado, a Sra. Giswell e os dois homens que estão com ela parecem preocupados de verdade com a moça.

— Estão oferecendo recompensa?

— Sim. Cem libras, o que faz dela uma princesa, eu acho. Não faz sentido, mas ela sumiu de verdade, e nós não queremos casacos-vermelhos ingleses marchando pelas charnecas à procura dela.

Graeme concordava com tudo isso. Quanto a ninguém do grupo dela admitir que Marjorie era irmã de Lattimer, isso fazia sentido quando se pensava no assunto. Mas se eles sabiam como era perigoso para ela estar em território Maxwell, por que, em primeiro lugar, tinham permitido que ela viesse, e mais, por que a deixaram andar sozinha? E por que *ela* não sabia do risco que estava correndo?

— Essa é ela — o estalajadeiro disse, apontando o queixo para a escada que levava para a meia dúzia de quartos no andar de cima. — Sra. Giswell. Acho que ela vai para Garaidh nan Leòmhann amanhã ou depois; ela, os dois sujeitos e Robert Polk foram para o sul e para o oeste nos últimos dois dias.

— Robert Polk? — Graeme repetiu, levantando uma sobrancelha. Eles contrataram nosso ferreiro?

— Não. Acho que ele se encantou pela mulher. Ela o chamou de "sir" e ele ficou com a cabeça tão grande que vou precisar aumentar minhas portas.

— A cabeça dele já é bem grande. — Com um sorriso, Graeme tomou um gole da abençoada cerveja quente. — Vou falar com ela, então, e oferecer minha ajuda.

— Fique aqui, milorde. Vou trazê-la até o senhor, que é o modo correto. — O estalajadeiro se levantou.

— Obrigado, Ranald.

Assim é que devia ser. Qualquer pessoa que fosse ficar mais do que alguns dias no território do clã precisava se apresentar a um líder e declarar suas intenções e seus motivos para estar ali. Então o líder decidia se permitiria ou não que os estranhos permanecessem, e se o chefe do clã precisava ser avisado.

O poder dos líderes e chefes de clã tinha minguado consideravelmente desde a maldita derrota na Batalha de Culloden. Os chefes destruíram suas próprias plantações para abrir espaço para as ovelhas, em um esforço desesperado para não ter que vender sua terra ancestral, conquistada a duras penas. E homens como ele, que discordavam com veemência de seu chefe, mas não possuíam recursos para se desligar por completo, lutavam com unhas e dentes para manter o que tinham.

E agora seus irmãos lunáticos lhe arrumaram mais esse problema. Se o exército britânico se envolvesse, ele podia perder não só sua importância dentro do clã, mas a capacidade de ajudar e proteger seus colonos. Ele podia perder Garaidh nan Leòmhann — a Cova do Leão, como chamavam sua propriedade —, batizada assim por ferozes guerreiros highlanders e seus inimigos, que temiam pisar ali.

— Lorde Maxton — o estalajadeiro o apresentou, inclinando a cabeça enquanto a mulher grisalha aproximava-se por trás dele. — Sra. Giswell, este é o líder do clã Maxwell nesta região, Graeme, Visconde Maxton.

Ela fez uma mesura completa, graciosa, com tal perfeição que no mesmo instante ele se lembrou de sua perspicaz futura noiva.

— Lorde Maxton — ela disse com um sotaque de extremo refinamento. — É uma grande satisfação conhecê-lo. Preciso da sua ajuda, meu lorde. Já foi informado de que minha sobrinha está desaparecida?

— Sim. Ouvi a respeito ontem à tarde — ele disse, estranhamente feliz por isso, pelo menos, ser verdade. — É por isso que estou aqui esta manhã. Sente-se e tome o café da manhã comigo, Sra. Giswell, e veremos o que pode ser feito para lhe ajudar.

Hortensia Giswell sentou-se com o máximo de elegância que pôde no banco em frente ao belo Visconde Maxton. Até que enfim, alguém que saberia fazer mais do que recitar que jovens inglesas não deviam sair passeando sozinhas pelas Highlands. Ela sabia disso. Mais importante ainda, Lady Marjorie sabia disso.

O estalajadeiro simpático, mas extremamente inútil trouxe-lhe ovos cozidos e torrada, seu café da manhã habitual, e ela guardou para si sua impaciência, suas críticas a respeito das Highlands e dos highlanders, e comeu com o líder escocês.

— Qual o nome da sua sobrinha? — ele perguntou, parecendo achar algo engraçado no modo como ela comia. Talvez ele não estivesse habituado a pessoas que soubessem usar talheres.

— Marjorie — ela respondeu. — Marjorie Giswell. — Qualquer que fosse o sobrenome que ela lhe desse, Marjorie saberia que era ela que estava sendo procurada, e isso bastava. — Ela tem 21 anos, estatura média, olhos azuis e cabelos castanho-escuros. Não é uma herdeira, de jeito nenhum, mas estou oferecendo cem libras pelo retorno dela em segurança.

— É muita generosidade sua — ele comentou. — Diga-me, essa garota tem um pretendente? Eles poderiam se casar aqui na Escócia, mesmo sem residência ou consentimento dos pais?

— Você está sugerindo que ela fugiu para se casar? Ridículo. À parte o fato de que isso a envolveria em um escândalo, ela não tem pretendente. — Depois de passar dois meses na companhia da jovem, com certeza ela saberia se existisse algum cavalheiro especial. E não havia. Pobre garota solitária. Hortensia estava começando a desejar que houvesse alguém para ela. Alguém que não fosse um maldito caçador de fortuna. Mas, de qualquer modo, homens eram um problema. Todos eles.

— O que a traz às Highlands, então? — ele insistiu, observando-a enquanto tomava um bom gole da cerveja fumegante, com aroma de canela. — Você não mandou pedir ajuda a ninguém, Ranald me disse, então imagino que não tenha conhecidos por aqui.

O sotaque charmoso dele não a enganou nem por um instante. Provavelmente tinham lhe contado do brasão Lattimer na carruagem e ele estava tentando desencavar mais informações. Bem, ela não iria declarar para o mundo que uma herdeira, irmã de um duque inglês, tinha desaparecido. Se alguém estivesse com ela, cem libras pareceria uma oferta justa, generosa. Se esse alguém soubesse a verdade, recuperar Lady Marjorie envolveria política, muito mais dinheiro e possivelmente o exército, o que terminaria com a demissão dela.

— Meu falecido marido serviu com o Duque de Lattimer — ela mentiu, falando devagar, esperando que a história fizesse sentido para quem ouvia como fazia na cabeça dela. — Sua Graça me convidou, gentilmente, para visitá-lo, e até me ofereceu a carruagem que mantém em Londres. Mas não gosto de viajar sozinha, assim Marjorie se ofereceu para me acompanhar.

Ele terminou de comer uma fatia grossa de presunto.

— Meus colonos estão bem espalhados, mas vou garantir que todos saibam a respeito da sua sobrinha, que ela deve ser encontrada e trazida até você em segurança — ele disse, terminando a refeição com o restante da cerveja.

Pelo menos o visconde parecia acreditar na história dela. Mas se o fato de ela esconder a verdade sobre a identidade de Lady Marjorie causasse algum mal à garota, contudo... Hortensia nunca se perdoaria. Oh, ela era adepta de tramoias sociais, mas tinha fracassado por completo em seu último emprego, quando Sofia desapareceu, e desta vez a situação parecia ainda pior.

A Sra. Giswell estendeu o braço para tocar o dorso da mão de Maxton.

— Minha sobrinha é muito querida, meu lorde — ela disse, sem tentar esconder sua preocupação. — Você conhece as Highlands muito melhor do que eu algum dia vou conhecer. O que acha que aconteceu com ela?

— Esta terra tem mais vazio do que gente — ele respondeu, baixando os olhos para o garfo, que ficou mexendo. — Nem a terra nem sua gente costumam ser gentis com os ingleses. Com um forasteiro, quero dizer. Mas uma garota sozinha... nosso costume é oferecer ajuda a quem precisa. Ela pode estar na cabana de um pastor, esperando que você a encontre, ou que o pastor tenha tempo de trazê-la de volta até aqui.

— Oh, espero que seja isso que tenha acontecido — ela disse, soltando a mão dele. — Vou continuar procurando com toda paciência que tenho. Mas, se eu não a encontrar nos próximos dias, vou enviar alguém a Sua Graça pedindo mais ajuda.

Um músculo no rosto de Maxton se contraiu.

— Trazer um soldado inglês e seus homens não é aconselhável.

Hortensia não pensava mesmo que essa ideia seria bem aceita, mas forneceria mais incentivo àquele "lorde" para que a ajudasse.

— Eu compreendo, Lorde Maxton. Antes de mais nada, contudo, devo pensar na segurança da minha sobrinha. Espero que *você* possa entender isso.

— O que eu entendo, Sra. Giswell, é que, em primeiro lugar, você não deveria ter perdido a garota de vista — ele afirmou, tomando um fôlego que o fez levantar os ombros. — Continue procurando que eu farei o que for possível. Se ela não caiu em algum precipício ou lago, você tem uma boa chance de encontrá-la. — Ele se levantou; alto, forte e imponente. — Agora, se me dá licença, preciso ir falar com alguns colonos e colocar rastreadores atrás da garota.

Hortensia permaneceu sentada no banco durante vários minutos depois que ele se foi. Se alguém naquela maldita confusão de árvores, charnecas, lagos, precipícios e montanhas impossíveis podia ajudar a encontrar Lady Marjorie, esse alguém parecia ser Graeme Maxton. A pobre moça não era boba, então o que quer que os highlanders dissessem, Hortensia podia apostar — se damas apostassem — que alguém a tinha levado. A questão era *quem* a tinha levado, e para onde. E por quê, claro.

— Vejo que Lorde Maxton veio até aqui para vê-la esta manhã, moça — uma voz arrastada, com forte sotaque, comentou atrás dela, e Hortensia deu um sorriso que logo conteve. — É uma honra, levando em conta tudo com que esse rapaz precisa lidar hoje em dia. — Robert Polk, o ferreiro grande e barbado, deu a volta na mesa para ocupar o lugar deixado por Graeme Maxton.

— Estou honrada, sem dúvida — ela disse em concordância. — Mas Marjorie continua desaparecida.

— Tem razão, Sra. Giswell. Para mim, Graeme Maxton é a solução para encontrar sua sobrinha, nada mais que isso. Ele chamou os homens para fazer uma busca? Posso dizer para ele onde já estivemos, se desejar.

— O lorde disse que os colonos estão espalhados, mas que fará com que fiquem de olhos abertos e que a devolvam em segurança se a encontrarem. — Hortensia franziu o cenho. — Ele deveria ter organizado um grupo de busca?

O ferreiro coçou a barba castanha.

— A festa de inverno é em menos de quinze dias, e todos vamos nos encontrar nela. Reunir o clã Maxwell antes disso, com todos trabalhando para trazer os rebanhos das montanhas e terminar as últimas colheitas antes que congelem... Não, acho que ele fez a coisa certa.

Fazia sentido, por menos que ela gostasse da situação.

— Então vou continuar minha busca. Não consigo ficar sentada sem fazer nada.

Ele sorriu, enrugando os olhos castanhos.

— Eu não esperava que ficasse. É por isso que já preparei a carroça. O que acha de irmos para o norte? O rio Douchary fica a pouco mais de um quilômetro daqui, e podemos segui-lo por algum tempo.

Embora a maioria dos moradores da região parecesse se contentar em menear a cabeça diante da ideia de uma garota inglesa tola o bastante para sair andando sozinha, nem todos eram tão inúteis. Quando ele deu a volta na mesa para lhe oferecer o braço musculoso e sujo de fuligem, Hortensia o aceitou. Sir Robert, como ela o tinha chamado por acidente, e como ele agora se apresentava, estava sendo atencioso e prestativo desde o primeiro momento em que se deu conta do desaparecimento de Lady Marjorie.

Na verdade, ela tinha mais do que uma leve suspeita de que o homenzarrão pudesse estar interessado nela. Ela, viúva há vinte anos. Era, de certo modo, emocionante ter um homem tão grande, em forma, sonhando com ela, mesmo que seus modos fossem bárbaros e sua gramática assustadora. Se havia uma coisa que ela tinha aprendido em tantos anos como tutora e acompanhante, era que qualquer pessoa podia ser ensinada. O truque residia em se encontrar o incentivo correto.

Mas isso podia esperar. Primeiro ela precisava encontrar e resgatar Lady Marjorie. E isso precisava acontecer logo, pelo bem de todos.

Com a orelha colada no chão, Marjorie escutava o trovejar grave da voz de Graeme, e então ouviu os passos dele subindo a escada. Rapidamente, ela passou a corrente em volta do sarrafo de madeira que tinha conseguido quebrar e tirar da parte de baixo da cama.

Os dedos dela estavam vermelhos e marcados, e seus dois braços e suas costas doíam de empurrar e puxar a cama pesada durante metade da noite. Mas ela tinha avisado Maxton que se recusava a ficar acorrentada. Esfregando as mãos com vigor, pulou na cama e puxou as cobertas até o queixo. A corrente se chocou na mesa de cabeceira, por sorte ao mesmo tempo em que ele bateu na porta.

— Pode entrar — ela disse ofegante, passando a mão pelo rosto e pelos cabelos soltos, esperando não ter recolhido nenhuma teia de aranha.

Um instante depois a porta foi aberta e ele entrou no quarto.

— Por que você está debaixo das cobertas?

— Porque estou de camisola. O que você acha, que estou escondendo um vestido de baile e pretendo dançar até conseguir me libertar?

Um leve sorriso torto tocou a boca dele.

— Eu não ficaria surpreso se essa fosse realmente a sua ideia, Vossa Magnificência — ele respondeu.

Ela não gostou de achar o sorriso dele encantador.

— Bem, não estou. Portanto, preciso de um vestido, e você me prometeu um banho.

Um braço dela ainda cheirava a geleia de morango, e ela tinha passado várias horas enfiada debaixo da cama — não que ele precisasse saber disso.

— Certo. Eu prometi. — Ele continuou olhando para ela, então deu um passo à frente, brandindo a chave na mão enquanto se aproximava. — Você vai ter que me mostrar o tornozelo, a menos que considere isso indecoroso demais e prefira ficar com a corr...

Ela crispou o maxilar e estendeu a perna para fora das cobertas, só até o joelho. Ainda assim a sensação era bem escandalosa, e o modo como ele olhou para sua pele nua também não ajudou.

— Faça-me o favor — ela disse, brusca, esperando que seu rosto não estivesse tão vermelho quanto o sentia.

— Hein? Ah, sim. Eu me perdi nos meus pensamentos por um instante. — Pondo a mão na panturrilha dela com firmeza, ele virou a fechadura até conseguir alcançá-la, depois inseriu a chave e a virou.

Ela suspirou de alívio quando aquela coisa pesada caiu no chão. Só um instante depois, contudo, ela se deu conta de que ele não tinha soltado a perna dela. Na verdade, ele observava o tornozelo dela, que Marjorie tinha arranhado e machucado enquanto tentava soltar a outra ponta da corrente. *Maldição.* Se ele percebesse o que ela estava tramando, era provável que quisesse acorrentá-la à parede do porão.

— Desculpe-me, *Sassenach* — ele murmurou em vez do comentário mordaz que ela esperava. Então ele passou os dedos com delicadeza sobre a pele machucada. — Minha intenção não era essa.

Maxton estava se culpando pelos ferimentos dela. Era verdade que ele tinha colocado aquela coisa nela, mas foi ela quem ficou arrastando a perna pelo quarto. Marjorie abriu a boca para dizer que aquilo não era nada, levando tudo em conta, mas conseguiu se segurar no último segundo.

Se pudesse usar a culpa dele a seu favor, era isso o que ela deveria fazer. Sim, ele a tinha beijado, e sim, a sensação foi imensamente perturbadora — de um modo empolgante —, mas os dois não eram amigos. E, com toda certeza, não eram aliados.

— Parece que sua intenção não participou de muitas coisas que me dizem respeito, mas elas têm acontecido mesmo assim.

Os olhos azul-claros dele ficaram gelados, um sinal de que ela tinha acertado no alvo. Contudo, Marjorie não se sentiu exultante nem vingada. Ela fez uma cena se envolvendo nos lençóis e levantando, tudo para evitar o olhar dele. Não importava se ela tivesse magoado Maxton; *ela* não era a vilã daquela história. Mas a sensação era de que importava, sim, como se ela o tivesse... traído ou algo assim.

— Você consegue andar? — ele perguntou, com a voz entrecortada.

Esse seria o momento de dizer algo ainda mais mordaz sobre como ela teria que se virar, porque ele não poderia cuidar dela e não permitia que mais ninguém na casa cuidasse. Em vez disso, ela segurou os lençóis bem apertados junto ao corpo e foi mancando até a porta.

— Consigo, sim.

Era evidente que ele tinha ordenado que todo mundo mantivesse distância, porque o corredor estava vazio e silencioso quando ela saiu do quarto. Se isso era para o bem dela ou dos outros, Marjorie não tinha ideia, mas ela se sentia grata por não ter ninguém a observando enquanto só vestia uma camisola fina de algodão e um lençol.

— Sua roupa de baixo e o vestido estão aí dentro — ele disse, aproximando-se dela por trás. — E seus sapatos. Vou estar aqui fora, bem ao lado da porta, esperando por você, então não tente fazer nenhuma bobagem.

A maior bobagem que Marjorie tinha feito foi ajudar um garoto de 8 anos a salvar filhotes de gato. Desde então, ela tinha se esforçado para não fazer *nenhuma* bobagem. O olhar irritado dela não pareceu ter o efeito desejado nele, porém, porque o olhar *dele* parecia estar fixo no traseiro dela. Corando, ela se apressou a entrar no pequeno quarto de banho e fechar a porta atrás de si. Claro, não podia ser trancada. Não era ela quem tomava as decisões relativas à sua privacidade. E esse fato podia ser mais problemático do que tinha imaginado.

Graeme Maxton disse que não precisava de amor, mas era certo que ele a desejava. Com certeza... Marjorie sentia isso toda vez que o pegava olhando para si. E não era porque pretendia se casar com ela, pois ele já tinha deixado claro que *isso* tinha mais a ver com estratégia do que com sentimentos. Mas *isso* mostrava que ele desejava Marjorie, coisa com a qual ela não estava acostumada.

Deixando o lençol cair no chão de madeira, ela tirou a camisola. Ele — ou alguém — tinha deixado sabão numa banqueta ao lado da banheira fumegante, para que ela pudesse lavar o cabelo dessa vez — até que enfim. Uma pequena tigela coberta também jazia ali, e, com um olhar rápido para a porta, ela levantou o pano áspero que a cobria.

Baunilha. Ao tirar o pano que cobria a especiaria, o aroma tomou o ar imediatamente, lembrando-a de calor e luz do sol, duas coisas que tinham se tornado muito raras desde que ela começou a viagem para o norte. Lágrimas inesperadas encheram seus olhos e correram por suas faces, e Marjorie as limpou com a mão, surpresa por se sentir tão tocada.

Ele tinha escutado o que ela disse e lhe trouxe um presente. Se isso era para acalmá-la ou para comprar sua cooperação, ela não fazia ideia, mas sentir aquele cheiro reconfortante já significava muito para ela.

Marjorie despejou metade do conteúdo da tigela na água quente do banho. Ela guardaria o restante para o cabelo. Então, muito consciente de que estava nua, voltou-se lentamente até a porta.

— Obrigada pela baunilha — ela disse em voz baixa, apoiando a palma da mão na madeira fria.

— Não tem de quê, *Sassenach* — veio a resposta quase imediata, de muito perto. Ela o imaginou descansando a testa na porta como ela, suas mãos quase se tocando, não fosse a lâmina de carvalho que os separava.

Antes que o frio do quarto pudesse penetrar além de sua pele, Marjorie voltou e entrou na banheira. Com o bendito calor a envolvendo, ela não se apressou; primeiro se enxaguou, depois lavou o cabelo com sabão e a baunilha, tentando se convencer de que só estava sorrindo porque era gostoso estar limpa, não porque seu raptor, irritante de tão teimoso, também mostrou ser muito mais atencioso e interessante do que ela jamais teria esperado.

8

No instante em que ouviu Marjorie entrar na banheira de metal, Graeme se afastou da porta e foi rapidamente para seu próprio quarto. A pele clara e perfeita da perna dela, marcada por feridas vermelhas e roxas — que ele tinha causado —, deixou-o bravo. Furioso. Ele tinha lutado com pessoas — homens — antes, provocado e recebido cortes e hematomas muito piores do que os dela. Mas tinham sido lutas justas, oponentes que se enfrentaram por vontade própria. Marjorie, contudo, não teve escolha, porque ele não lhe deu nenhuma desde o momento em que ela chegou.

Praguejando, pegou no guarda-roupa uma de suas camisas de algodão mais macias e, com a faca que trazia na bota, cortou-a em tiras longas e largas. Pegando também um cachecol grosso de lã, Graeme voltou ao quarto dela e sentou-se no chão para forrar o grilhão do tornozelo com a lã grossa e, depois, envolver a corrente toda, exceto a fechadura, com camadas de tecido de algodão. Ele teria que deixar a corrente um pouco mais frouxa para caber em volta da perna dela, mas maldito fosse Graeme se ele a prendesse de novo sem algo para protegê-la.

Ele queria se livrar por completo da corrente; na verdade, ele queria soltar aquilo da cama e jogar pela janela. Se fossem apenas os dois, ele teria se arriscado a deixá-la solta, mesmo que depois ela conseguisse fugir para mandar a lei e Lattimer atrás dele. Mas como se lembrava todos os dias nos últimos oito anos, Graeme não podia tomar suas decisões baseado apenas no que *ele* queria.

Porque o que ele queria estava nua a poucos passos de distância. Uma mulher inglesa respeitável, aristocrática, toda composta, e Graeme queria a pele perfeita dela na sua, queria sua boca na dela, queria ver o rosto dela corado de paixão e queria ouvi-la gritar seu nome enquanto gozava dentro dela.

Foi por isso que ele perguntou à autoproclamada tia se Lady Marjorie tinha um pretendente — embora por que isso fosse importante, ele não fazia ideia. Ele simplesmente a queria, e isso não tinha nenhuma relação com o que uma aliança com o irmão dela podia fazer por seu lugar no clã Maxwell. Ele queria saber se a linda irmã de um duque desejava um líder de clã escocês, quase pobre, que consertava cercas, tosava ovelhas e fazia o parto de bezerros com a droga das próprias mãos.

Com a corrente o mais confortável que ele conseguiu deixar, Graeme guardou a faca na bota, colocou o livro de poesia de Robert Burns — que tinha desenterrado do sótão — sobre a cornija da lareira, onde ela conseguiria pegá-lo, e voltou a montar guarda junto à porta do quarto de banho.

Alguns minutos depois, essa porta foi aberta e Marjorie, dentro de um vestido esmeralda cintilante, saiu para o corredor envolta em aroma de vapor e baunilha. O corpo inteiro de Graeme reagiu, e ele teve que se esforçar para ficar onde estava. Para piorar, o longo cabelo castanho dela caía, úmido, até o meio das costas, com fios emoldurando seu rosto e acariciando suas bochechas. Ela o fitou, os olhos azul-escuros procurando os dele.

De repente, ela piscou e olhou para baixo.

— Você achou outro vestido para mim — ela disse, deslizando os dedos pelo cetim verde-escuro da saia.

Ainda bem que ele tinha guardado a maioria das coisas da mãe no sótão, junto com os pertences da avó e da bisavó.

— Era uma peça bem elegante, imagino, há cerca de dez anos — ele se ouviu dizer. — E é um pouco mais quente do que o outro.

Claro que ela não iria lhe agradecer por isso, porque ela disse que não o faria, mas Lady Marjorie inclinou a cabeça.

— Acredito que não posso sair para caminhar? — ela perguntou, parando diante da porta aberta de seu quarto. — Esticar as pernas um pouco?

Graeme sabia que estava pensando com o membro inferior, mas ainda assim ficou tentado a levá-la para uma caminhada.

— Não — ele disse alto. — Quanto menos gente souber que você está aqui antes de nos casarmos tanto melhor para todos nós.

— Para todos *vocês*, talvez.

Ele fez uma careta.

— Eu conheci a Sra. Giswell esta manhã — ele contou, sinalizando para ela entrar no quarto. — Ela está dizendo que você é sobrinha dela e oferecendo cem libras por seu retorno em segurança.

Ela parou e se virou para ele.

— Por que...

— Acho que ela imaginou, pelo modo como você sumiu, que alguém a levou. Se for o caso, seria melhor que ninguém soubesse que você é irmã do Lattimer. Cem libras é uma fortuna por aqui, mas não levanta muitas suspeitas. Não quando são oferecidas por uma velha inglesa louca.

— Pelo menos alguém está me procurando — ela murmurou, mancando ao passar por ele e entrar no quarto.

— Sim. E é melhor nós dois chegarmos a um acordo antes que ela traga seu irmão e todos os homens MacKittrick até minha porta.

— Quem é MacKittrick?

Não devia haver mal em contar para ela, e se isso a distraísse por algum tempo, tanto melhor.

— Seu irmão começou um novo clã. Ele não lhe contou?

Ela meneou a cabeça, e a cascata escura de cabelo caiu sobre um ombro coberto de tecido esmeralda.

— Eu não tinha ideia de que isso era possível.

— Não é, na verdade. O Castelo Lattimer costumava se chamar MacKittrick, que era o nome de um antigo líder Maxwell. Mas quando os colonos do seu irmão se aliaram a ele contra o Duque de Dunncraigh, foram expulsos do clã Maxwell. Então eles decidiram que seu irmão era Lorde MacKittrick, e agora são os homens MacKittrick. E assim surgiu o clã dele — do modo que mais importa.

— Isso é... Por que Gabriel não me escreveu contando tudo isso? — ela soltou, indo até a janela e então se virando rapidamente, como se lembrasse que não deveria estar ali. — Por que ele não me contou que estava no meio de uma guerra de clãs contra o clã Maxwell? E que o clã Maxwell, ao que parece, rodeia Lattimer?

— Rodeia mesmo — ele comentou. — E com toda certeza, o maldito silêncio dele não foi nada bom para você.

Ela cruzou os braços à frente do peito.

— Sim, acredito que possamos concordar quanto a isso. E modere seu linguajar, meu senhor, por favor.

Aquilo de novo, sério? Tudo bem. Nenhum dos dois tinha muito incentivo para mudar, então ele imaginou que teriam a mesma discussão até o dia do juízo final.

— Certo. Meu linguajar imundo. Você pode sentar na cama ou na poltrona — ele disse, abaixando-se para pegar a ponta da corrente. — Eu forrei, mas deixo você escolher em que perna vou colocar.

Marjorie fez uma careta.

— A perna direita, então. Assim vou conseguir sentar na poltrona com mais conforto. — Ela disse isso e sentou, com a elegância de uma princesa, na velha poltrona estofada. — E não importa o quão bem a cubra, continua sendo uma corrente, e o senhor continua a prendê-la no meu tornozelo.

Graeme crispou o maxilar.

— Eu sei disso, *Sassenach*. Concorde em se casar comigo, jure sobre algo em que acredita, e eu tiro a corrente.

Ela o encarou no fundo dos olhos.

— Não.

— Mulher teimosa — ele resmungou, sem se surpreender. Tentando ignorar o aroma de baunilha da pele dela, seu calor macio, ele prendeu com cuidado a corrente ao redor do tornozelo, garantindo que nenhuma parte de metal nem mesmo a beliscasse, e então se levantou. — Volto com seu café da manhã daqui a pouco — ele disse, retirando-se para a porta. — Você precisa de mais alguma coisa, além de sua liberdade e de uma carruagem com quatro cavalos brancos para levá-la embora daqui?

— Os cavalos não precisam ser brancos — ela retrucou. — Não sou exigente.

Sempre que ele pensava ter entendido Lady Marjorie, sempre que concluía que era a grande dama mimada que imaginava, ela dizia algo assim, que o fazia se sentir perdido de novo.

— Vou me lembrar disso — ele respondeu, fechando a porta atrás de si. Mais um ou dois dias daquilo e era provável que ele se tornasse um louco raivoso. Quando chegou ao pé da escada, chamou Cowen.

— A Sra. Woring já preparou a bandeja da nossa convidada?

— Sim, milorde. Eu estava para mandar Ross pegá-la para você.

— Eu mesmo pego. Preciso que você mande o Ross até a Casa Moriasg, onde deve dizer ao meu tio que preciso falar com ele o mais breve possível.

Raibeart Maxton era um homem prático, e Graeme precisava muito de conselhos práticos — e de um plano que não terminasse com alguém preso ou morto.

— Você devia falar com ela — Connell Maxton pediu enquanto jogava pedaços de frango no ar para suas raposas, que pulavam para pegá-los. Se Morag Woring soubesse onde tinha ido parar um dos frangos que ela tinha separado para o jantar, o garotinho não conseguiria se sentar para comer, mas as raposas pareciam bem felizes.

— Ela está trancada — Brendan respondeu, franzindo o cenho diante de uma página repleta de problemas matemáticos que pareciam muito complicados. — E ela é inglesa. Não quero falar com ela.

— Quando Graeme se casar com ela, você vai ter que conversar — Dùghlas observou.

— Não vou, não. — Brendan traçou uma linha com um lápis grosso. — Maldição. Eu preferia estar limpando as valas do que fazendo isto.

— Graeme disse que a neve deve derreter até amanhã, e é quando nós vamos limpar as valas — Connell recitou, como se todos não tivessem ouvido o anúncio quatro horas atrás, durante o café da manhã. — E por que você não quer falar com ela? Tem medo? De uma garota? *Eu* falei com ela.

— É, mas você faz amizade até com sapos. E aí chora quando um falcão pega um deles. Não cometa o mesmo erro com ela. Fique longe dessa mulher.

Na cadeira debaixo da janela da sala de estar do térreo, Dùghlas pôs seu lápis de lado. Geralmente as tardes eram ocupadas com as reclamações de Brendan sobre ter que continuar a estudar mesmo tendo a incrível idade de 16 anos, enquanto Connell continuava se aplicando no texto que lhe tinha sido dado para ler. Dùghlas ajudava Connell e terminava sua própria lição.

Mas, nesse dia e nos anteriores, as lições estavam mais longas e difíceis, o que eles percebiam como um castigo — ou um modo de mantê-los dentro de casa. Dùghlas pensou que fazia sentido, dado o problema que tinham criado para Graeme, mas ele se perguntava se o irmão mais velho fazia alguma ideia do quanto Brendan continuava bravo.

Sim, Brendan estava bravo quase todo dia, mas em geral era porque uma garota de quem ele gostava tinha sorrido para outra pessoa. Então ele ficava resmungando sobre sua vontade de acabar com Rory Polk, ou Eran Howard. Dessa vez, contudo, parecia diferente. E quando eles amarraram a garota, Brendan teria levado a carroça diretamente para Dunncraigh, se não estivessem com Connell. Ele ficava dizendo que agora não se importava com o que acontecesse com a inglesa, nem com os planos de Graeme, e Dùghlas estava começando a acreditar nele.

— Pare de provocar o Connell — ele disse alto. — Ele gosta da inglesa, e sabe que nosso patinho tem o coração mole.

— Meu coração não é mole; é muito grande — o menino o corrigiu. — E Brendan pode dizer o que quiser. Eu acho que ele é mau e pronto.

— Não se é mau quando se está disposto a fazer o que for necessário. É ser prático. Eu sou prático.

Dùghlas bufou.

— Você é como um touro numa loja de porcelana.

— Pelo menos eu fiz alguma coisa. Graeme quer brigar quando Dunncraigh o ameaça — e a todos nós. O duque deveria ser nosso aliado, não nosso inimigo. E nós podemos voltar à mesa do nosso lorde só enviando uma droga de carta! Se isso causar algum problema, eu aceito a responsabilidade. O Graeme é necessário aqui.

— E o que eu seria — Graeme disse, parado no vão da porta —, se deixasse que alguém levasse você daqui, Brendan?

O jovem de 16 anos bateu o punho fechado na mesa.

— Não vou começar essa discussão de novo, Graeme! Sem que entre dinheiro de algum lugar, você vai ter que vender Garaidh nan Leòmhann antes que o Connell tenha idade para ir para a universidade, mesmo que não tenha dinheiro para pagar faculdade para ele, nem para mim ou Dùghlas.

— Eu não vou para a universidade! — Connell gritou. — Vou ficar aqui para ajudar! E você não vai vender a Cova do Leão, vai Graeme?

— Não, não vou — o líder Maxwell respondeu com um sorriso. — Se não tivermos dinheiro, vou vender Brendan para os ciganos.

Dùghlas também sorriu, aliviado de ver que seu irmão mais velho estava bem-humorado de novo.

— Bem, isso vai nos render um ou dois xelins, pelo menos.

Brendan se levantou, o rosto vermelho como beterraba.

— Vocês todos são tão engraçados.

Ele foi pisando duro até a porta, mas Graeme não se moveu.

— Aonde você acha que está indo? — ele perguntou, levantando uma sobrancelha.

— A neve parou. Alguém tem que ir dar uma olhada nos canais de irrigação e ver o que vamos ter que fazer amanhã. Então acho que é até os canais que estou indo.

Concordando, Graeme saiu de lado.

— Ótimo. Fique longe da Lareira Partida para que ninguém se lembre que você estava lá no mesmo dia em que a lady inglesa desapareceu.

— Sim, Lorde Maxton, meu senhor e líder.

Connell também correu na direção da porta, com as raposas logo atrás.

— Então eu vou pegar meu casaco e ajudar o Brendan.

— Você vai pegar seu casaco *depois* de me ler o texto — o irmão mais velho o corrigiu, pondo a mão na cabeça do garoto para virá-lo para dentro do quarto.

— Maldição — Connell murmurou. — Você não vai mesmo vender Garaidh nan Leòmhann, né? E não minta para mim. Já sou velho o suficiente para saber quando me dizem a verdade.

Graeme sentou diante da escrivaninha.

— Não vou vender nossa casa, Connell. E essa é a verdade. Pode ser que eu tenha que arrendar parte das colinas para um de nossos vizinhos usar como pasto, mas esta sempre vai ser sua casa. A não ser quando for estudar em Edimburgo.

Com um grito de protesto, mas rindo, Connell se jogou em Graeme, e os dois, mais as raposas, terminaram no chão em um bolo que só se desfez quando Graeme levantou o irmãozinho sobre a cabeça.

— Quem é o rei? — ele perguntou, baixando Connell até eles ficarem olhos nos olhos, com o irmão de cabeça para baixo.

O garoto soltou uma gargalhada.

— Eu sou o rei!

— O quê? — Graeme o fez girar rapidamente, com as raposas dando saltos ao redor deles. — Eu não consegui ouvir. Quem é o rei?

— Eu me rendo! Você é o rei!

Com um urro de triunfo, Graeme jogou Connell no ar e o pegou na queda. Em mais um ou dois anos o garoto estaria pesado demais para ser jogado para cima. Hoje ainda não, contudo. Hoje ele precisava ouvir o irmãozinho gargalhar, assim como o garoto precisava de uma boa risada e de uma luta — outra coisa que ele tinha negligenciado nos últimos dias.

As próximas três coisas aconteceram todas ao mesmo tempo.

Uma risada feminina suave ecoou atrás dele, próxima à porta.

— Você a soltou! — Connell guinchou. — Eu sabia que soltaria, Graeme!

Brendan bateu na janela da sala de estar pelo lado de fora.

— O tio Raibeart está aqui! Sir Hamish Paulk está com ele!

Foi uma ideia boa. Marjorie sabia que tinha sido. Ela tinha ficado esperando cerca de uma hora em seu quarto depois que Graeme lhe deixou a bandeja com a refeição. No instante em que ele saiu, ela se arrastou com a corrente e enfiou um pedaço de papel de carta entre a porta e o batente. Depois, retirou o forro da corrente em volta do tornozelo e soltou a perna. Marjorie ainda não tinha ideia de para onde fugir, e era provável que ele fosse atrás dela, obstinado, a menos que confiasse nela pelo menos um pouco.

Antes que ela pudesse abrir a boca para dizer que poderia ter fugido, mas escolheu não o fazer, Graeme derrubou o irmão mais novo sobre as almofadas macias do sofá e foi até ela, agarrando-a pelo braço.

— Paulk é o cão de estimação de Dunncraigh. Você precisa voltar para o seu quarto — ele sibilou, o rosto pálido. — Agora.

O tom de voz mortalmente sério, aliado à expressão sombria, convenceu-a por completo. Graeme não estava bravo por ela ter fugido de sua prisão. Isso viria mais tarde. Com um aceno rápido de cabeça, ela levantou as saias e correu até o corredor — onde seu caminho até a escada foi bloqueado por dois homens mais velhos para os quais Cowen tinha aberto a porta da frente.

O mordomo arregalou os olhos de um modo cômico quando a viu.

— Eu... você... — ele gaguejou. — Você não deveria estar aqui.

— Bobagem, Cowen — o mais alto dos dois homens entoou, observando Marjorie com um sorriso que lembrava o de Graeme. — Uma mulher na Cova do Leão? Apresente-nos.

Esses dois homens eram o motivo de Graeme estar mais preocupado em escondê-la do que em descobrir como Marjorie tinha escapado. A questão para ela, contudo, era se eles iriam ajudá-la ou enviá-la para o Duque de Dunncraigh.

Porém, Marjorie era habilidosa na arte da conversa, e isso podia ajudá-la de várias formas. Ela fez uma mesura graciosa.

— Boa tarde, cavalheiros. Falaram-me que um de vocês é tio de Lorde Maxton, e que o outro é Sir Hamish Paulk, mas receio não ter recebido uma descrição.

O que parecia uma versão mais velha de Graeme pôs a mão no peito.

— Raibeart Maxton. Este é Sir Hamish Paulk, líder do clã Maxwell.

— Um líder? Assim como Lorde Maxton?

Olhos cinzentos de aço a examinaram de alto a baixo antes de voltarem ao rosto dela.

— Não. Não sou nada como Graeme Maxton. Eu não ignoro as ordens do duque nem deixo de pagar meu dízimo. E você é inglesa.

Isso encerrava a questão. Ela e Sir Hamish não se tornariam grandes amigos.

— Sim, eu sou inglesa.

— E qual é seu nome, então? Acho que está evitando dizê-lo.

— Tio Raibeart — a voz de Graeme trovejou mais perto dela do que Marjorie imaginava que estaria. — Obrigado por ter vindo tão rapidamente. E Sir Hamish, o que o traz para tão longe das botas de Dunncraigh? E quem as está lambendo enquanto você está aqui?

— Eu vim ver seu tio e pescar em Moriasg, não que seja da sua conta. Quem é a inglesa?

Graeme olhou para Marjorie enquanto se colocava entre ela e os visitantes.

— Não que seja da sua conta, mas esta é Marjorie Giswell, ela é...

— Sou a nova governanta — ela interveio, apressada. Pronto. Isso punha fim ao plano dele de se casar com ela.

Ele lhe deu um olhar contrariado.

— Isso. Governanta — Graeme confirmou.

— Uma governanta? — Raibeart perguntou, arqueando uma sobrancelha. — Você é bem nova para isso, não, Srta. Giswell?

Então ela tinha virado uma governanta, a única coisa que tinha jurado que nunca se tornaria. Acompanhante já tinha sido bem ruim. Cuidar dos filhos de alguém e ainda educá-los porque não conseguia arrumar uma família para si própria parecia o pior tipo de tortura possível. Mas era um avanço em relação a ser noiva a contragosto de alguém. No momento, era o melhor que poderia pensar. A Sra. Giswell desmaiaria quando soubesse que ela tinha se tornado atriz, governanta e escapado de um casamento, tudo ao mesmo tempo. Ela colocou um sorriso no rosto.

— Eu tenho 21 anos, meu senhor. Quantos anos deve ter uma governanta?

— Ela não deveria ser inglesa, com toda certeza — Sir Hamish interveio. — Não numa casa escocesa.

Marjorie inclinou a cabeça.

— Bem, eu não posso mudar o lugar em que nasci, mas se puder ensinar ao jovem Connell a diferença entre uma exclamação e uma interjeição, acredito que ficarei satisfeita. — Ela começou a voltar pelo corredor, afastando-se dos três homens. — Por favor, desculpem-me. Não pretendia atrapalhá-los.

Assim que virou o corredor e encontrou a primeira porta aberta, ela entrou e se deixou cair contra a parede. No momento em que Hamish

Paulk colocou os olhos nela, Marjorie sentiu-se correndo mais perigo do que todo o tempo na presença de Graeme. Isso não fazia sentido, claro. Um deles a mantinha prisioneira, enquanto o outro apenas a olhou de modo enviesado, mas ela sentiu esse olhar penetrar seus ossos. Ela não iria se colocar à mercê de Sir Hamish Paulk.

No momento ela não era uma prisioneira, mas se fugisse agora, depois de ter dado a todos uma razão para estar ali, levantaria ainda mais suspeitas. Considerando que ali, pelo menos, tinha abrigo e alimento, a última coisa que Marjorie queria era fugir a pé pelas Highlands enquanto pelo menos dois grupos de homens a caçavam. A prioridade absoluta de Graeme seria proteger os irmãos. Mas, se ela fugisse enquanto aqueles dois homens estavam na casa, ele poderia não ter escolha a não ser dizer a verdade a respeito dela, para salvar os irmãos.

Decidindo tudo isso no mesmo tempo em que seu coração deu duas batidas descompassadas, ela passou de adversária a aliada de Graeme Maxton — pelo menos do seu ponto de vista. Marjorie não tinha ideia de como Graeme veria a situação. Tudo que ela sabia era que não voltaria a aceitar aquela corrente. Não sem lutar muito.

— Aí está você — uma voz mais jovem disse.

Com uma exclamação de surpresa, ela se endireitou.

— Oh, nossa! Você me assustou.

Olhos azul-claros debaixo de uma moita de cabelos lisos a encararam. Este seria o Brendan que, segundo Connell, era o chefe dos sequestradores? Ou o outro? Ele tinha a mesma altura que ela, o que não lhe dizia muito, e embora tivesse ouvido as vozes dos dois garotos durante a demorada e acidentada viagem de carroça, Marjorie não sabia que voz pertencia a qual Maxton.

— Como você se soltou?

— Acho que vou guardar essa informação para mim.

Um sorriso franziu os olhos dele.

— Você está brava comigo e Brendan? Acho que sabe que não pode culpar o Connell.

Então este era Dùghlas, o de 14 anos. Ela guardou essa informação para mais tarde.

— Eu *estava* brava — ela admitiu. — E ainda não estou convencida de que você e Brendan não mereçam uma surra.

O garoto concordou com a cabeça, o cabelo abanando frente à testa. Todos os Maxton que ela tinha visto até então, com exceção do tio, precisavam muito de um corte de cabelo.

— É justo — ele disse. — Mas você não pode sair de casa, se ainda não tinha entendido isso.

Ela inclinou a cabeça.

— E é você quem vai me impedir, se eu quiser sair?

— Nós todos vamos agarrar você e arrastá-la para o seu quarto. Você não é tão delicada quanto eu pensei, mas aposto que dois ou três de nós conseguem dar conta de você.

O modo franco com que Dùghlas falava fez com que Marjorie se sentisse mais calma. Pelo menos ele não estava bravo, nem amedrontado, nem especialmente preocupado com a presença de Paulk. Talvez ele não entendesse as implicações daquela situação. Ou quem sabe ela tivesse formado uma ideia errada sobre eles.

— Eu acredito que vocês conseguiriam. Muito bem, então. Eu vou continuar dentro da casa.

— Que bom. Graeme está fechado no escritório com o tio Raibeart e Sir Hamish. Acho que ele está tentando explicar por que precisava falar com nosso tio. Eu vou levar você de volta para a sala de estar e mostrar como ajudo Connell com as lições, para que você não pareça uma tonta se eles ficarem para o almoço, e imagino que vão ficar.

Claro que ele supunha que ela não tinha ideia de como ser uma governanta; dado o número de formas com que Graeme tinha se referido a ela como uma princesa, o garoto provavelmente pensava que ela tinha nascido rica e nobre. Ele não fazia ideia de que ela tinha ido para a escola pensando trabalhar para uma família, mesmo que fosse como acompanhante em vez de governanta ou tutora. Bem, no momento ela não pretendia corrigir aquele mal-entendido.

— Vá na frente — ela gesticulou. — E por favor, me diga onde ficam as coisas da casa, já que eu deveria saber.

— Não. Não vou lhe contar porcaria nenhuma sem a permissão do Graeme — ele retrucou. — Se precisar de alguma coisa, Connell ou eu podemos pegar para você.

Droga.

— Mas não o Brendan?

— Brendan acha que mandar você para Dunncraigh é a resposta para todos os nossos problemas, então é melhor você ficar longe dele.

Eles voltaram para a sala de estar onde Connell continuava sentado no sofá, os olhos arregalados deixando claro que ele sabia pelo menos parte do que estava acontecendo.

— Sir Hamish está aqui? — ele sussurrou alto. — Graeme falou para ele vir aqui pegar...

— Quieto, irmãozinho — o irmão o interrompeu, desarrumando o cabelo ruivo de Connell. — Tudo que você precisa saber é que está é a lady... quero dizer, a senhorita Marjorie Giswell, e ela é sua governanta.

— Eu sou velho demais para ter uma governanta — Connell respondeu, sem baixar a voz.

— Então serei sua tutora — Marjorie emendou. — E você pode me chamar de Marj. — Ela sentou no sofá ao lado dele. — Eu acho que, como acabei de começar no emprego, isso explica por que ainda não nos conhecemos muito bem.

— Você sabe que eu tenho filhotes de coelhos? Porque Graeme ainda não sabe deles.

Dùghlas revirou os olhos.

— Você acha mesmo que Gra...

— Eu acho que você me contou dos coelhinhos porque somos amigos — ela interrompeu.

Connell concordou.

— Eu também acho.

— Amigos? — uma voz masculina mais grave ecoou da porta da sala. — Eu não sou seu amigo. Ainda estou pensando por que não a arrasto pelo maldito cabelo e conto para Sir Hamish exatamente quem você é.

E esse era o Brendan. Ao olhar para ele, Marjorie pensou que, mesmo que não soubesse quem ele era, teria percebido que era um dos irmãos Maxton. Olhos azul-claros que a fuzilavam debaixo de uma massa rebelde de cabelos castanho-avermelhados. Ele era mais magro que Graeme, alguns centímetros mais baixo, mas mais alto do que ela. E ele a estava provocando, desafiando-a a dar um passo em falso, qualquer coisa que o levaria a fazer exatamente o que tinha sugerido.

Marjorie juntou as mãos sobre as pernas.

— Em primeiro lugar, mulheres não gostam de ouvir um homem praguejando em sua presença. Praguejar faz um homem parecer sem educação nem consideração, e nenhuma mulher quer passar seu tempo com alguém mais preocupado em provar que é durão do que em fazê-la se sentir especial. Segundo, meu...

— Isso explica por que Isobel Allen chamou você de bobalhão e não quis sair para passear.

Segurando o riso, ela levantou e encarou o jovem de 16 anos.

— Em segundo, meu irmão é o Duque de Lattimer. Eu não sou uma donzela indefesa que grita e desmaia. Se me tratar mal, serei a pior inimiga que pode imaginar. Seja justo e gentil comigo e serei a melhor amiga que poderia ter. — Enquanto falava, ela se aproximou lentamente dele, parando quando estava a apenas dois passos de distância. Fazia meses que ela queria dizer algo parecido para seus vizinhos de Londres, mas não tinha ousado. A sensação foi boa de falar isso, nesse momento. Ela só esperava não estar desperdiçando um bom discurso.

Ele não recuou, e ela sustentou o olhar dele por um longo momento, tendo que levantar o queixo para fazê-lo. Brendan praticamente irradiava raiva. Marjorie entendia o que era querer mais e não ser capaz de encontrar um modo de conseguir o que queria.

— Você acha que eu sou o meio pelo qual pode ajudar sua família — ela disse depois de algum tempo. — Talvez eu seja; só não do modo que está imaginando.

— Rá! — ele exclamou. — Você iria nos ajudar, de boa vontade, depois do que fizemos com você? Depois que Graeme tentou forçá-la a se casar com ele? Você se safou dessa sendo esperta, mas eu não sou bobo, garota. E nós não precisamos da caridade de ingleses. — Com uma careta de escárnio, ele se virou e saiu pisando duro.

Marjorie soltou o ar que não percebeu estar segurando. Brendan ainda podia mudar de ideia e ir dar com a língua nos dentes a respeito dela para Sir Hamish, e ela não podia fazer nada a respeito. Ela esperava, contudo, ter dado algo para ele pensar. Algo que o fizesse hesitar antes de agir.

— Você conseguiu fazer o Brendan parar de discutir — Connell disse, pulando para se aproximar dela e pegar sua mão, como se fossem aliados há meses e não apenas há dez minutos. — Normalmente o Graeme tem que arrastar o Brendan lá para fora e jogar ele no rio para fazer ele calar a boca.

— Eu não queria ser arrastada pelo cabelo — ela observou, armando um sorriso que esperava ser convincente. — Agora, por favor, me mostre o que está aprendendo de matemática e gramática, se não se importa. — Porque, quer ela quisesse ser uma governanta ou não, hoje preferia esse emprego a ser trancada de novo no quarto ou arrastada para se casar.

Marjorie imaginou o que Graeme poderia estar dizendo para seu tio e Sir Hamish Paulk a respeito dela, porque com certeza ela era algo estranho naquela casa. Quaisquer que fossem as verdadeiras intenções dele, hoje Graeme tinha tentado protegê-la, mantê-la em segurança e, para tanto, tinha mentido para seu próprio clã.

Isso também a fez pensar de novo nos beijos dele. E fez com que refletisse se continuava sendo uma prisioneira ou, se em algum momento da última hora, tinha se tornado uma colaboradora voluntária, maluca.

9

— É claro que me sentirei honrado de julgar as geleias e biscoitos da festa, meu jovem — Raibeart Maxton disse, uma ruga surgindo entre suas sobrancelhas retas. — Mas você podia ter me enviado um bilhete perguntando. Eu pensei que algo estivesse muito errado por aqui, com você pedindo para eu vir "assim que possível".

Enquanto Hamish Paulk estivesse na sala com eles, ninguém falaria de nada mais preocupante do que geleias e biscoitos.

— Certo — ele disse alto, observando o líder favorito do duque se servir de um segundo copo generoso da vodca mais cara da casa. — Acho que Ross ficou entusiasmado demais quando entregou a mensagem. Foi por isso que fiquei surpreso quando o vi.

— Então nós cavalgamos três quilômetros por porcaria nenhuma. — Sir Hamish sentou de novo para beber seu drinque. — E perdemos meio dia de pescaria. — Ele bateu os nós dos dedos na superfície da velha escrivaninha. — Eu gostaria de saber onde você encontrou aquela bela garota inglesa. Quinze dias atrás você não podia pagar o dízimo a Dunncraigh.

— Acho que se eu decido gastar com a educação do meu irmão em vez de mandar para Dunncraigh algumas moedas de que ele não precisa, isso é problema meu — Graeme retrucou. Ele não gostou do modo como Hamish chamou Marjorie de "bela", como se a garota não fosse pelo menos trinta anos mais nova do que ele. E, definitivamente, não gostou do modo como o velho tinha olhado para ela.

Quanto ao truque inteligente que ela inventou, transformando-se em empregada em vez de noiva, ele se sentiu, de certo modo, aliviado. Mais aliviado do que imaginava. Certo, ele teria se casado com ela e Marjorie provavelmente o odiaria por isso. Agora ele podia tentar algo mais carnal, sem sentir que a estava forçando em uma união na qual ela não tinha escolha. Agora ela podia dizer não para ele — embora Graeme pensasse que ela não diria. Não se ele tivesse avaliado bem aqueles beijos. Não, ele não se apaixonaria por ela, mas desejá-la parecia mais seguro agora que a situação não seria... permanente. Agora que podia colocar uma distância entre eles, se assim quisesse.

— Mas uma garota inglesa, Graeme? — Raibeart interveio. — Mesmo eu tenho que questionar isso. Você sabe que temos algumas highlanders instruídas, que ficariam contentes de trabalhar em uma bela casa como esta. Rapazes também, que, acredito, seriam tutores mais adequados para Connell.

— Você sabe que estamos em guerra com um duque inglês — Hamish observou. — Está tentando irritar Dunncraigh ainda mais do que já conseguiu?

Oh, pelo amor de Satanás.

— Se tem uma coisa que Garaidh nan Leòmhann não precisa é de outro rapaz. Com ela por perto, pelo menos eles têm que usar talheres.

Fazia vinte minutos que ele tinha visto Marjorie indo para os fundos da casa. Ele só podia esperar que Dùghlas tivesse compreendido suas instruções sussurradas às pressas, que o garoto a tivesse encontrado e, de algum modo, conseguido convencê-la a cooperar. Caso contrário o irmão, e quem quer que encontrasse para ajudá-lo, teria que agarrá-la e jogá-la de volta no quarto — embora ele não soubesse como diabos ela tinha conseguido fugir.

— Eu ouvi algo a respeito de uma garota inglesa perdida, em Sheiling — o tio continuou. — Tem uma recompensa para quem a encontrar. O nome dela não é Margaret ou Marjorie?

Maldição.

— Sim, é ela mesma — Graeme concordou, pensando com rapidez. — Sua tia está hospedada na Lareira Partida enquanto arrumamos um quarto para ela. Nós não sabíamos que ela viria para a festa. A velha é praticamente maluca. Tive que ir até lá esta manhã para lembrá-la de que ninguém está sumido, que a sobrinha está onde ela a deixou e que estamos na Escócia, não na Prússia.

Os dois homens ainda pareciam céticos, mas como nenhum dos dois disse nada, Graeme decidiu não complicar. Quanto mais simples a história, mas fácil seria sustentá-la. Ao mesmo tempo, ele percebeu que não podia deixar a Sra. Giswell na estalagem anunciando para todo mundo que sua suposta sobrinha tinha desaparecido. Aquela maldita carruagem Lattimer é que precisava sumir.

— Bem, meu filho, como Brendan não tocou fogo no estábulo e Connell não está criando um veado vermelho no sótão, convide-nos para o almoço que depois vamos embora.

Graeme forçou um sorriso enquanto se levantava.

— Acredito que Connell não está criando um veado no sótão, mas não posso jurar. Quanto tempo você vai ficar em Moriasg, Paulk? Eu gostaria de saber quando posso ir visitar meu tio sem ter que ver você lá.

— Acho que isso depende das trutas — Sir Hamish respondeu com frieza. — É claro que, quando Dunncraigh enfim decidir que você não vale o trabalho que dá, tudo isso vai virar meu território, já que sou o líder mais próximo. Talvez eu fique um pouco mais, para me acostumar com o terreno.

Eles não podiam lhe tirar a casa, nem sua propriedade, mas se não fosse mais considerado parte do clã Maxwell, ficar ali seria uma possibilidade bem desagradável. Ele perderia colonos e renda, e suas dívidas poderiam lhe tirar o que Dunncraigh não conseguisse. Não era uma possibilidade agradável, mas não significava que ele fosse se curvar para um homem que tinha maltratado e posto em perigo sua própria gente. Não enquanto Graeme pudesse fazer o oposto.

Marjorie tinha alterado o plano que ele considerava empregar com Dunncraigh, mas ele a conhecia há poucos dias, um tempo curto demais, que fazia com que a noção de estar vencendo aquele embate parecesse ter sido apenas um sonho fugaz. Um sonho que tinha escorrido por entre seus dedos antes que ele tivesse a chance de fechar as mãos.

Os dois homens pareciam determinados a não largar do pé dele, então Graeme informou a Cowen que teriam dois convidados para o almoço, fez uma prece rápida para quem quer que estivesse escutando e se dirigiu à sala de estar. Ele parou, contudo, no vão da porta.

Marjorie estava sentada à mesinha de estudos ao lado de Connell. Algo no peito dele se soltou enquanto admirava a curva do pescoço dela, o coque de cabelos castanhos no alto de sua cabeça, o vestido verde-esmeralda chique demais, apertado no busto, e o sorriso no rosto dela quando ergueu os olhos para ele. Ela não tinha tentado fugir. Continuava ali. Ele não a tinha perdido.

Graeme tentou dizer para si mesmo que era alívio o que estava sentindo, alívio por ela não ter complicado ainda mais as coisas, mas aquela agitação que o fazia tremer parecia mais próxima de empolgação. Ela tinha ficado. Ele não sabia por quê, mas no momento, pelo menos, ele podia acreditar que tinham escolhido ficar do mesmo lado.

— Eu não teria aprendido droga nenhuma se ela tivesse sido minha governanta — Sir Hamish murmurou, cutucando as costelas de Graeme com o cotovelo.

Connell ergueu os olhos.

— Nós não praguejamos nesta casa — ele afirmou. — As garotas não gostam. — Ele escreveu algo no papel que tinha diante de si. — E Marjorie não é minha governanta. É minha tutora. E também do Dùghlas e do Brendan.

Dùghlas levantou de sua cadeira habitual perto da janela.

— Irmãozinho, você estava querendo mostrar para o tio Raibeart a nova... coisa no seu quarto, não é?

O garoto levantou de um salto.

— É! Venha ver! Mas o Graeme não pode vir.

Graeme gesticulou para que todos se dirigissem ao corredor, batendo no ombro do irmão quando este passou.

— Obrigado, Dùghlas — ele sussurrou. Outra hora ele descobriria "por acidente" os dois filhotes de coelho, mas por enquanto eles podiam continuar sendo o segredo mal guardado de Connell, ainda mais se serviam de desculpa para tirar todo mundo da sala de estar. — Nós vamos almoçar dentro de vinte minutos. Preciso conversar com a Srta. Giswell enquanto isso.

Sir Hamish pareceu preferir ficar para trás, mas Dùghlas, pensando rapidamente, atraiu o líder com uma conversa sobre a caça à perdiz, e num instante os quatro estavam subindo a escada. Inspirando profundamente, Graeme encarou Marjorie de novo.

— Eu quero que tirem os pregos daquelas janelas — ela disse, levantando-se. — E não vou mais entrar naquele quarto a menos que *eu* fique com a chave da porta.

Se ele tivesse pensado, por um segundo que fosse, que ela iria simplesmente desempenhar seu papel — seu novo papel — sem dizer nada, estava muito enganado.

— Se você pensa que vou deixá-la sair daqui para causar confusão — ele disse —, pense melhor. Eu ainda posso me casar com uma tutora. Ou governanta.

— E eu poderia ter ido embora de manhã, mas não fui — ela o lembrou.

— É verdade, e por que não foi, mesmo? — ele perguntou, cruzando os braços sobre o peito.

Ela inspirou fundo, fazendo uma careta e provavelmente tentando decidir que bela mentira iria contar para ele. Talvez ela fosse dizer que tinha se apaixonado por Graeme e não conseguiria suportar ficar longe dele. Seria bom ouvir isso — mesmo que ele não acreditasse em uma única palavra. Ainda assim, gostaria de ter ouvido tal declaração.

— Eu pensei em ir embora — ela disse, enfim. — Mas não estou vestida para o frio. Também não faço ideia da direção em que devo ir para encontrar ajuda. E não queria que você fosse atrás de mim e me arrastasse de volta para me obrigar a casar. Então pensei em provar que não sou uma ameaça para você ou seus irmãos. Quando vocês todos recobrarem o juízo, espero que me devolvam aos meus acompanhantes e familiares. Se você precisar de compensação financeira por sua... hospitalidade, *eu* posso providenciar sem que meu irmão saiba de nada.

Honestidade. Ele não esperava por isso.

— Por hoje, acredito que estaremos todos melhores com você aqui — ele respondeu. — Se quiser, poderemos retomar as negociações amanhã.

Ela concordou.

— Negociações justas.

Ele quase sorriu.

— Sim. Justas.

— Então, em vista da nossa aliança temporária, eu gostaria de destacar que você me deu o nome de Marjorie Giswell, a mulher que minha suposta tia está procurando.

— Eu me recordo de tê-lo feito. Disse para o meu tio que ela está louca.

Marjorie retorceu os lábios.

— Ela não vai gostar disso.

Deus, como ele queria beijá-la de novo. Dessa vez, no entanto, não tinha uma desculpa ou um motivo. Graeme não estava tentando intimidá-la nem distraí-la enquanto roubava uma carta que Marjorie tentava esconder — nem tentando fazê-la concordar com uma união que ela não desejava.

Em geral, desejar uma garota era o bastante para levá-la para sua cama. Mesmo com suas finanças em mal-estado, ele era um visconde, líder do clã com uma bela casa, e as garotas afirmavam que ele tinha um rosto bonito e sabia o que fazer entre quatro paredes. Ele nunca tinha ouvido reclamações de si mesmo.

Mas essas garotas eram highlanders, acostumadas ao modo de viver nas Highlands e contentes com a vida na região. Nenhuma delas era irmã de um duque, uma jovem que já tinha jantado com mais lordes e ladies do que ele provavelmente conheceria em toda sua vida. Não, ele não tinha origem humilde, de modo nenhum. Mas, como ela disse, ser um visconde e dono de Garaidh nan Leòmhann não lhe conferia um *pedigree* muito bom de acordo com os padrões da aristocracia inglesa.

— Então você vai cooperar — ele disse em voz alta, mais porque estava começando a ficar preocupado que Marjorie pudesse ouvir, no silêncio, o membro dele rangendo contra as costuras de sua calça. O som estava alto o bastante dentro da cabeça dele, dizendo-lhe para ignorar toda essa bobagem de sequestros, casamento e política e colocá-la de bruços sobre a mesa.

— Hoje eu vou cooperar — ela concordou — se você me der a chave do meu quarto. Não quero acordar de manhã e descobrir que estou trancada de novo. — Ela estendeu a mão delicada, de dedos longos, com a palma para cima.

— E amanhã? — ele perguntou. — Não vou aceitar que você saia correndo de casa para chamar soldados para prender meus irmãos.

— Eu já lhe disse que, se encontrasse algum soldado, eu o mandaria atrás de *você*. Eu lhe dou minha palavra quanto a isso. Mas não vou prometer que irei me comportar do jeito que você quer.

Um calor se espalhou debaixo da pele dele, e Graeme não teria conseguido evitar sorrir mesmo se quisesse.

— Eu prefiro quando você não se comporta, Marjorie, então não pretendo pedir que seja comportada

Ela ficou corada.

— Não foi isso que eu quis dizer — ela retrucou. — Quero dizer que não vou obedecer suas ordens ridículas.

Graeme deu um passo longo para se aproximar dela.

— Eu preferia que fosse isso que você queria dizer, mas me contento por enquanto. — Tirando a velha chave de ferro do bolso do casaco, ele a colocou na palma aberta e então fechou os dedos ao redor da mão dela. — Você ainda é minha — ele murmurou.

O olhar azul-celeste dela se fixou no dele.

— Perdão, não entendi.

— Minha prisioneira — ele esclareceu, embora não fosse o que ele queria dizer.

A última mulher do mundo que Graeme deveria desejar, a última mulher do mundo que teria algum motivo para olhar para ele com algum sentimento que não medo e desprezo. Desastre o aguardava logo à frente, e por menos que ele pudesse se dar ao luxo de arrumar mais problemas, Graeme não tinha intenção de se afastar. Não era amor, ele se lembrou, porque amor com certeza era um sentimento mais sublime do que os pensamentos carnais que passavam por sua cabeça. Nada de corações, de corações partidos, nem da maldita tragédia egoísta que vinha com o amor.

— Lorde Maxton — a voz de Cowen surgiu por trás dele, e no mesmo instante Graeme soltou a mão de Marjorie e recuou.

— O que foi? — ele perguntou, o olhar ainda nela.

— Padre Michael está aqui — o mordomo respondeu. — Ele viu Sir Hamish e seu tio, já se benzeu duas vezes e se convidou para almoçar.

O padre tinha um olfato melhor do que um cão de caça quando a oportunidade se apresentava. Crispando o maxilar, Graeme concordou.

— Ponha um lugar para ele.

— Certo. Peço desculpas por não o ter detido à porta, mas já não frequento a igreja tanto quanto deveria.

— Está tudo bem, Cowen. Providencie o lugar.

Isso complicava a situação ainda mais. Ter Hamish Paulk na região já era problema suficiente. Mas o Padre Michael aparecia em sua casa quase que diariamente com a festa sendo organizada, e depois que conhecesse a tutora dos garotos, ele esperaria vê-la... *educando-os*. Trancar Marjorie de novo depois dessa visita seria impossível. Ela o havia colocado numa encruzilhada por enquanto, mas ele ainda tinha uma licença de casamento especial a caminho. Se tudo desse errado, ainda poderia recorrer a isso.

Graeme precisaria da cooperação dela não só durante o almoço, mas durante o resto de sua estadia. Além disso, Padre Michael era um notório fofoqueiro. Depois que ele soubesse sobre Marjorie Giswell, todo mundo saberia. A Sra. Giswell, que ainda estava hospedada na estalagem, ficaria sabendo logo, e depois que percebesse quem tinha sequestrado Marjorie, partiria para o Castelo Lattimer para informar o duque.

Os problemas estavam se empilhando à sua porta mais alto do que a neve no inverno. Mesmo assim, ele tinha toda a intenção de manter sua maior tentação o mais perto que pudesse, quer ela tivesse algum valor estratégico ou não.

Com os olhos pesados de sono, Hortensia Giswell se serviu de uma última xícara de chá e mandou o cocheiro e o criado para o quarto que os dois compartilhavam. Por mais que ela detestasse admitir a derrota, Lady Marjorie estava sumida há mais de quatro dias. O que tinha começado como uma tentativa bem-intencionada, heroica até, de encontrar a moça, estava começando a se tornar uma tentativa egoísta, irresponsável, de salvar seu emprego e sua reputação. E se alguma coisa acontecesse com Lady Marjorie, Hortensia não conseguiria viver com essa culpa.

Amanhã. A primeira coisa que faria pela manhã seria alugar um cavalo para Wolstanton e mandar o cocheiro em uma cavalgada de seis horas para o norte até o Castelo Lattimer. À meia-noite, o duque apareceria na estalagem, e, com sorte, ele e seus homens obteriam mais cooperação do que ela. Claro que Gabriel Forrester também era inglês, mas apesar disso, ele dispunha de um poder enorme e podia oferecer muito mais dinheiro como recompensa, ou fazer ameaças mais assustadoras, se isso fosse necessário, pelo retorno da irmã em segurança.

A porta da estalagem foi aberta, mas seu coração que acelerava, esperançoso, quando ouvia o som da porta durante os primeiros dois dias, tinha desistido do esforço. Um homem mais velho vestindo casaco marrom e um kilt vermelho, verde e preto, as cores do clã Maxwell, entrou para dar uma olhada no salão quase vazio. Aparentemente, ao não encontrar ninguém que conhecia, o velho deu meia-volta e saiu.

Ela não ficou surpresa ao vê-lo ir. De acordo com as reclamações de outros clientes, a cerveja e os destilados da Lareira Partida iam ficando mais fracos conforme a noite avançava. Até Robert, o ferreiro, tinha beijado sua mão e declarado, trinta minutos antes de partir, que preferia beber urina de vaca à água suja que serviam na estalagem.

Abafando um gemido de cansaço, a Sra. Giswell se levantou e deu um aceno de cabeça para Ranald, o estalajadeiro, e então subiu lentamente a escada para seus aposentos no primeiro andar. Devido às buscas, ela estava começando a conhecer muito bem o território num raio de vários quilômetros a partir da estalagem — não que isso tivesse adiantado muita coisa. Hoje, por exemplo, ela teria achado as terras ao longo do Rio Douchary muito lindas se não estivessem, possivelmente, escondendo Lady Marjorie. Quando fosse a hora de voltar para casa, imaginava que estaria detestando cada pedacinho de chão das Highlands, o local de seu mais recente, último e maior fracasso. No momento, contudo, ela ainda conseguia admirar partes da região.

Uma vez dentro do quarto pequeno e espartano, ela fechou a porta e sentou na beira da cama para tirar os sapatos e as meias. Quando se endireitou, a cama rangeu atrás dela. Assustando-se, por um instante fugaz, ela pensou que Sir Robert tinha decidido tentá-la com o pecado. Então, antes que pudesse fazer mais do que soltar uma exclamação, um pano se fechou, apertado, sobre a boca dela, e em seguida um saco pesado e fedido cobriu sua cabeça.

Não! Ela deu uma cotovelada para trás e atingiu algo sólido, provocando um grunhido de dor. *Rá!*

Patifes desprezíveis, atacando mulheres virtuosas! Seria isso o que tinha acontecido com Lady Marjorie? Oh, que horror! Hortensia rolou de lado na cama, chutando o tempo todo.

— Ai! — uma voz masculina murmurou. — Você não disse que ela era uma guerreira.

— Eu não sabia — foi a resposta. — Mas tome cuidado para não a machucar.

Então eram pelo menos dois. Mãos a agarraram de novo e ela reagiu rolando na outra direção, batendo a cabeça no pé da cama. O golpe a deixou tonta. Antes que pudesse recuperar a iniciativa, eles a prenderam com cordas e cobertores, de modo que não conseguia nem mexer os dedos dos pés. Maldição! Derrotada por sua própria iniciativa.

— Está ferida, moça? — a segunda voz sussurrou perto de sua orelha.

Ela tentou acertar-lhe uma cabeçada, mas só atingiu ar.

— Vou tomar isso como um não.

— Como diabos nós vamos tirá-la daqui pela janela? — a primeira voz sibilou de novo. — Eu não sabia que ela era tão gorda.

Que audácia! Raptá-la e então insultar seu corpo! Com um grunhido, ela tentou chutar de novo, mas só conseguiu fazer um movimento que, imaginou, devia lembrar uma baleia encalhada.

— Acho que você a deixou brava — a segunda voz observou em tom de graça. — Amarre a corda ao redor da cintura e prenda-a na cama. Depois que a passarmos pela janela, vamos baixá-la até o... nosso amigo.

Eram três, então. E embora estivessem tentando não machucá-la — provavelmente para conseguir um preço melhor com algum príncipe estrangeiro — ela não estava nem um pouco preocupada em não ferir os patifes. Ladies não lutam, mas também não entregam sua liberdade ou sua virtude sem resistir.

Ela serpenteou de novo, mas não conseguiu atingir ninguém. Respirando com esforço, teve que se contentar em rosnar por baixo da mordaça.

— Calma, garota — o segundo homem desprezível murmurou. — Vamos levar você para ver sua senhora.

Ela emitiu um som, na esperança de que parecesse uma manifestação de desprezo.

— Não acredita em mim? Não posso culpá-la por isso. Mas de que outro modo eu saberia que ela não é sua sobrinha e que se chama Forrester, não Giswell?

Ele sabia de algo, era evidente. E por mais furiosa que estivesse por ser agarrada daquela forma, um tênue fio de esperança se aninhou em seu coração. Com as duas raptadas, ela ainda tinha uma chance de se redimir. Hortensia poderia salvar as duas — talvez não suas reputações, mas ela não estaria mais de fora, sendo obrigada a esperar que o inevitável se desenrolasse sem que pudesse ajudar.

Quase mudou de ideia a respeito de cooperar quando os dois homens a suspenderam no ar e a deixaram ali, pendurada de cabeça para baixo. As sacudidas que fizeram seus dentes bater e lhe tiraram o fôlego pareceram durar para sempre, mas enfim outro par de mãos a colocou na posição certa antes de ela aterrissar, com um baque, no chão frio e duro.

Um momento depois, ela ouviu os dois homens descerem.

— Você podia ter parado a carroça embaixo da janela, rapaz — a primeira voz disse, ofegante.

— Isso não é ser discreto. Você me disse para ser discreto.

— Bem, agora nós vamos ter que levantá-la discretamente para colocá-la na carroça — a segunda voz sussurrou. — Vamos, antes que alguém passe e nós tenhamos que pegá-lo também.

Mãos tatearam suas pernas, seus ombros e — céus — seu traseiro. Então, ela foi erguida novamente e colocada no que devia ser o leito de uma carroça. Tudo começou a sacudir, chacoalhar e ranger ao redor dela quando o veículo se pôs em movimento.

Os pobres Wolstanton e Stevens ficariam malucos na manhã seguinte, sem saber para onde ela tinha ido e por quê. Com sorte eles não chegariam à conclusão de que ela tinha decido ir ao Castelo Lattimer. Dada a relutância do cocheiro em viajar sem escolta pelas bárbaras Highlands, os dois empregados talvez chegassem à conclusão de que ela tinha de fato feito a viagem, e assim poderiam permanecer na estalagem.

Pelo menos ela ficaria com Lady Marjorie. Quando as duas pusessem as cabeças para trabalhar juntas, não existiriam cordas suficientes para evitar que fugissem, e depois elas fariam desabar uma justiça impiedosa sobre esses selvagens.

A única coisa inteligente que os irmãos fizeram quando raptaram Marjorie foi andar em círculos com a carroça por uma hora antes de voltar para casa. Depois de reproduzir a manobra deles, já conduzindo o veículo pela longa trilha até a Cova do Leão, Graeme consultou seu relógio de bolso sob a luz do luar. Eram quase quatro horas da manhã. Ele fechou os olhos por um momento, cansado e sabendo que não conseguiria dormir pelas próximas vinte horas, pelo menos, antes de saltar da carroça.

Estrategicamente, aquilo fazia sentido; os colonos da região saberiam em breve, graças ao Padre Michael, que a casa do líder do clã tinha empregado uma garota chamada Marjorie Giswell e que a tia da garota estava procurando por ela e oferecendo uma recompensa por sua devolução. Ele tinha tomado suas providências para espalhar o boato de que a Sra. Giswell era um pouco lunática, e agora iria dizer, para completar, que a mulher estava morando com ele e os irmãos enquanto se recuperava. As buscas iriam terminar. Os boatos de uma inglesa sumida cessariam e ninguém investigaria para descobrir quem, de fato, eram as duas inglesas loucas.

Tudo isso lhe dava o que ele mais precisava: tempo. E graças à extensa viagem de carroça e aos olhos cobertos da nova prisioneira, embora seus vizinhos pudessem saber que havia duas inglesas na Cova do Leão, as mulheres não saberiam de nada. Elas — Graeme tinha esperança — não tentariam fugir.

Na verdade, a maior dificuldade que ele podia antever era a falta de quartos vagos com fechadura nas portas.

— Vamos entrar — ele disse ao baixar a tampa traseira da carroça.

— E subir a escada? — Cowen perguntou, aflito, ainda parecendo pouco à vontade sem o uniforme habitual. Todos eles vestiam o kilt com o xadrez dos Maxwell por baixo de casacos comuns, na esperança de que ninguém prestasse atenção em três colonos passando pela Lareira Partida no meio da noite.

— Sim. Se vocês a colocarem no meu ombro, eu a carrego até o quarto.

— Você vai quebrar as costas, meu lo... meu amigo! — Ross exclamou.

Outro grunhido abafado de protesto emanou da carga.

— Eu consigo — ele afirmou, abaixando-se enquanto os dois criados a erguiam, sem querer lembrar-lhes das outras coisas pesadas que carregava com uma frequência bastante regular.

Graeme só queria ter certeza de que a outra hóspede não tinha escapado durante a noite, mas isso teria que esperar até a nova "convidada" estar em segurança. Ele colocaria guardas, claro, mas isso não era garantia de nada. Ela disse que tinha ficado porque ainda acreditava que os dois poderiam chegar a uma resolução amigável. Graeme não sabia se podia acreditar nisso, mas aceitou. Ao mesmo tempo, ele não podia permitir que ela fugisse se *não* chegassem a um acordo. E isso não tinha tanto a ver com proteger os irmãos, como ele vinha afirmando; Marjorie tinha lhe garantido que os garotos ficariam em segurança e Graeme acreditava nela. Não, essa necessidade estranha de tê-la por perto era algo tão primitivo quanto a necessidade de protegê-la, mas ao mesmo tempo vinha de um sentimento muito mais agudo e caloroso.

Eles já tinham preparado um quarto para a nova hóspede involuntária, lacrando as janelas com os pregos que tinham tirado das janelas de Marjorie e prendendo a corrente a uma parte mais reforçada da cama — como a pequena e delicada Marjorie tinha conseguido quebrar aquele sarrafo, ele ainda não sabia dizer. Aquela mulher era inacreditável, possuía uma explosão de vitalidade escondida sob o exterior suave e delicado.

Finalmente, ele tirou o saco da cabeça de sua mais nova prisioneira, e foi cumprimentado por um par de olhos verdes e fixos que tentaram intimidá-lo. Um instante depois, eles se arregalaram e ela murmurou algo por trás do pano que cobria sua boca.

— Você me reconheceu, então — ele disse. — Ótimo. Vou soltar as cordas e tirar a mordaça, e você vai se comportar e manter a voz baixa, ou vou ter que prendê-la de novo. Confirme com a cabeça se estiver de acordo.

Mais algumas palavras indecifráveis — que ele duvidava que fossem próprias de uma lady — se seguiram e ela então concordou. Essas mulheres respeitáveis eram bem difíceis. Aproximando-se, ele desamarrou a mordaça e a retirou.

— Onde está Lady Marjorie? — ela perguntou.

— Você irá vê-la logo. Dou-lhe minha palavra.

— Você também me deu sua palavra de que iria me ajudar a encontrá-la e que cuidaria para que nada de mal lhe acontecesse.

— Eu dei e vou cumpri-la — ele respondeu, cortando as últimas cordas que amarravam o cobertor ao redor dela. — Tem água na mesa, ali, e todas as suas coisas da estalagem estão no baú. — Graeme gesticulou para a coisa imensa e pesada que Cowen e Ross tinham carregado até o quarto.

— Não sei que jogo o senhor está jogando — ela disse quando ele se encaminhou para a porta —, mas acredito que seja bem perigoso.

— Sim. — Ele concordou com um gesto de cabeça. — É mesmo.

E continuaria a ser perigoso enquanto ele se recusasse a devolver Marjorie Forrester à vida glamorosa que ela vivia antes de se conhecerem. Mas a ideia de mandá-la de volta para um lugar em que ele nunca mais teria motivo ou desculpa para vê-la preocupava Graeme mais do que a noção de que provavelmente iria para a prisão por raptá-la.

10

Marjorie acordou com o som de uma batida suave em sua porta. Por um instante ela esperou ouvir o estalido da chave na fechadura, mas então lembrou que detinha a chave. Sentando-se, pegou a peça de ferro frio debaixo do travesseiro.

Cobrindo os ombros com a colcha e calçando os sapatos, ela bocejou e atravessou o quarto até a porta.

— Quem é? — perguntou, apoiando-se na folha de carvalho.

— Sou eu, garota — a voz grave de Graeme respondeu.

— Que horas são? — O céu além das cortinas continuava em plena escuridão, e continuaria assim até as nove da manhã nessa região, mas parecia cedo. Muito cedo.

— São cinco e meia. Abra a porta antes que eu acorde o resto da casa.

— Volte em um horário mais decente. Uma lady não recebe visitas antes do nascer do sol. — Estava na hora de ela decidir quando a porta do seu quarto se abria — e para quem. E o fato de ela praticamente poder ouvi-lo trincando os dentes tornava aquela pequena vitória ainda mais doce.

— Eu lhe trouxe um presente — ele disse depois de um instante.

— Você pode me dar no café da manhã.

— Acho que vai estragar até lá — Graeme respondeu.

Estragar? Ele teria lhe trazido sorvete? Ou uma flor rara, que desabrocha à noite? Nenhuma das opções seria correta, considerando que ela não era uma hóspede e que Graeme não era um pretendente em potencial. Mas a ideia de que ele tinha procurado algo que ela gostasse, e que não conseguia esperar nem até o nascer do sol para lhe dar, fez seu coração acelerar.

— Muito bem — ela disse, tentando parecer relutante.

Marjorie virou a chave e abriu a porta, e seu coração vacilou de novo. Sob a luz fraca do corredor, a barba por fazer escurecia a metade inferior do rosto dele, suavizando o contorno duro e preciso de seu maxilar. O cabelo caía comprido e úmido ao redor do rosto, provocador e terno ao mesmo tempo. Quando o olhar dela baixou para a camisa velha e escura, Marjorie se deteve.

Ele estava de kilt. Alguns dos homens dele usavam o saiote escocês, como ela tinha testemunhado pela janela antes de ser acorrentada, mas essa era a primeira vez que Graeme o usava em sua presença. O xadrez vermelho, verde e preto lhe caía bem, combinando com o lado mais selvagem e perigoso que Graeme escondia por trás de um sorriso e da sobrancelha arqueada.

— Quer saber o que há por baixo disto? — ele murmurou e tomou sua boca em um beijo que lhe arranhou os lábios, fazendo com que sua coluna estremecesse.

Marjorie segurou as lapelas dele, puxando-o mais para perto. Oh, aquilo era tão, tão errado, mas ela nunca tinha sentido algo nem de longe tão excitante. Seria esse o presente? Ela não podia — não devia — aceitar, mas — céus — como queria. O que importava? De qualquer modo, ela estava arruinada. Todo mundo fofocaria às suas costas, dizendo que ela teria se deitado com ele. Então podia muito bem se deitar, de fato.

Mas Graeme interrompeu o beijo antes do que ela queria.

— Você é uma droga de tentação, *Sassenach* — ele sussurrou, segurando o rosto dela com as mãos. — Venha comigo, vou lhe mostrar seu presente. — Ele pegou uma das mãos dela, entrelaçando os dedos.

A intimidade daquele gesto simples a empolgou. Será que ela tinha levado uma vida tão decorosa e isolada do... calor dos outros que o simples ato de segurar uma mão podia esquentar seu sangue? A ideia a chocou, mas a evidência estava literalmente ao alcance de seus dedos. Esse era o mesmo homem que tentou forçá-la a se casar com ele, mas nesta manhã ele estava lhe pedindo permissão — e isso fazia toda a diferença.

Graeme a levou até uma das portas na parte da frente da casa, então a encarou de novo.

— Antes que você tente me bater, eu tive um motivo. Vou explicar qual foi depois que você parar de me xingar.

Marjorie arqueou as duas sobrancelhas e o observou retirar outra chave do bolso e destrancar a porta.

— Uma lady não xinga — ela disse, por reflexo.

— Mas você vai xingar.

Graeme abriu a porta e a fez entrar, fechando-a novamente diante dela. Marjorie aguardou, de repente fria e preocupada de novo, o som da fechadura virando, mas não aconteceu. Se ele a trancasse, qualquer possibilidade de uma aliança entre os dois estaria perdida.

— Minha lady!

Virando-se para o quarto escuro, iluminado por uma vela, e quase tropeçando na colcha pesada que a envolvia, Marjorie ficou boquiaberta.

— Sra. Giswell!

A mulher corpulenta estava sentada na única cadeira disponível, junto à parede, o cabelo desgrenhado como um ninho de corvo, o vestido simples de musselina amarrotado e bastante desalinhado. Ainda mais revelador era o fato de ela estar descalça. A Sra. Giswell levantou, uma corrente chocalhando nas tábuas do piso, e Marjorie se lançou à frente de braços estendidos para envolver a mulher em um abraço apertado.

— Aquele maldito bárbaro! — Marjorie exclamou. — O que foi que aconteceu?

— Oh, minha lady, você desapareceu como fumaça! — A Sra. Giswell soluçou. — Nós a procuramos por toda parte, perguntamos a todos que encontramos, mas ninguém sabia de nada! Eu deveria ter mandado chamar seu irmão imediatamente, mas eu... eu fui egoísta, não queria ser demitida por perdê-la. Eu tinha decidido mandar Wolstanton chamá-lo esta manhã, mas deveria ter feito isso muito, muito antes. Eu sinto tanto. Você consegue me perdoar?

Gabriel não sabia que ela tinha desaparecido? Isso poderia ser bom para Graeme, mas não deveria ter sido a primeira coisa em que ela pensou, maldição.

— É claro que eu a perdoo — Marjorie respondeu, batendo de leve no ombro da acompanhante. — Pelo amor de Deus, é *você* quem está presa num quarto com o tornozelo acorrentado a uma cama.

— Melhor eu do que a senhorita. — A Sra. Giswell inspirou fundo, evidentemente tentando se acalmar. — Eu teria lutado mais quando eles me pegaram, mas aquele homem disse que me traria até você, que estaria em segurança.

— E eu estou.

Marjorie fez a Sra. Giswell voltar a sentar na cadeira, acomodou-se na borda da cama e tentou explicar os últimos cinco dias. Ela deixou de fora os beijos e o... interesse inexplicável em Graeme, mas incluiu todo o resto — terminando com o fato de que agora se passava por tutora dos irmãos mais novos de Graeme.

— Foi muito inteligente da sua parte anunciar que era tutora na frente de testemunhas. Esse caçador de fortuna! Chocante.

— Não é tão simples assim, mas não importam as circunstâncias; não vou colocar meu futuro nas mãos de outra pessoa — Marjorie respondeu. — Não quando finalmente estou no controle. — Ou no que restava do controle, enfim.

— Eu sabia que devíamos ter contratado batedores — a Sra. Giswell resmungou, meneando a cabeça. — Embora, se eu tivesse alguma ideia de como seria perigoso para você vir até aqui, teria me oposto a esta viagem de modo mais veemente. Highlanders? Uma guerra de clãs? Meu bom Deus!

— Estou grata por você não ter saído pela região anunciando aos quatro ventos que Lady Marjorie Forrester tinha desaparecido. Você evitou que a situação ficasse muito pior. Mas, sim, teria sido bom saber a respeito da guerra de clãs com Gabriel.

Não fazer essa viagem, contudo, significaria não apenas ficar sem conhecer a noiva de Gabriel — se é que ela teria a chance de conhecê-la —, mas também que nenhum dos últimos cinco dias teria acontecido. Significaria que ela não teria conhecido Connell nem seus irmãos. Nem seu irmão mais velho. Se não por qualquer outra coisa, ela se sentia mais... viva, mais estimulada do que em qualquer outro momento que pudesse lembrar. E por isso ela tinha que agradecer a Graeme.

Claro que ela precisaria ter uma conversa muito séria com Graeme depois que saísse do quarto da Sra. Giswell. Principalmente a respeito do último beijo, que a deixou insegura quanto a seu equilíbrio, como se o chão sob seus pés não fosse firme. E isso aconteceu depois que ele lhe deu a chave, depois que ele perdeu a capacidade de trancá-la em um quarto. Pois no momento do beijo ela já não era prisioneira, nem ele seu carcereiro. Ela tinha gostado daquele beijo. E muito. Ela queria repeti-lo. E, que Deus a ajudasse, *queria* ver o que havia por baixo daquele belo kilt.

Mas esses pensamentos não pareciam adequados com a Sra. Giswell ali, acorrentada. Marjorie afastou a corrente para o lado.

— Você consegue lembrar o caminho pelo qual a trouxeram até aqui? — ela sussurrou, sem saber o quão perto Graeme podia estar. — Nós podemos voltar por ele até a estalagem.

— Eles colocaram um saco malcheiroso na minha cabeça — a acompanhante disse, fungando. — Tudo que sei é que viajamos durante horas e horas.

— Sim, foi o mesmo que aconteceu comigo. Maldição.

— Lady Marjorie. Seu linguajar.

Ah, sua consciência tinha voltado. Não que ela precisasse se lembrar disso.

— Minhas desculpas — ela disse e se levantou. — Agora, veja se consegue dormir um pouco. Vou tentar convencer aquele bárbaro a tirar essa corrente da sua perna. — Ela foi na direção da porta e só então reparou sob a luminosidade crescente que vinha de fora, que aquele quarto era muito menor e mais simples do que o dela. Não que isso significasse algo.

— Lembre-se de que é uma lady, senhorita.

De repente ela se lembrou por que tinha desejado que essa viagem para o norte tivesse sido bem mais curta. Marjorie sorriu.

— Vou me lembrar.

Ela abriu a porta, saiu e a fechou atrás de si para dar um pouco de privacidade à Sra. Giswell. Quando se virou, contudo, Graeme não estava à sua espera no corredor. Nem na escada nem no vestíbulo, como constatou ao se debruçar sobre o guarda-corpo para espiar.

Ótimo. Seria melhor mesmo ter aquela conversa depois que ela estivesse vestida. Sair para sequestrar a Sra. Giswell *depois* que ele concordou em negociar com Marjorie, e depois de ter afirmado que tinha ficado furioso com os irmãos... Que audácia daquele homem impossível e arrogante.

Voltando para seu quarto, ela fechou e trancou a porta. O único vestido à mão era o verde-esmeralda, então ela se lavou, o vestiu e prendeu o cabelo o mais rápido que podia. Graeme Maxton precisava aprender uma lição, e teria que ser Marjorie a ensiná-lo.

Saindo do quarto de novo, ela se dirigiu à escada, mas parou ao ouvir um som vindo de uma porta entreaberta logo atrás. O quarto nos fundos da casa era o de Graeme, então ela deu meia-volta e marchou até lá.

Ele estava parado no meio de um quarto grande, de costas para a porta. Sua camisa e seu casaco estavam caídos no chão junto a seus pés. Tudo que ele vestia, na verdade, era o kilt preso nos quadris. Enquanto ela observava, ele passou um pano molhado no rosto, debaixo dos braços, no peito e na nuca. A movimentação dos músculos nas costas dele, a contração de braços e ombros... deixou-a com a boca subitamente seca e fez surgir um calor entre suas pernas.

Marjorie sempre foi uma mulher racional; nunca pôde ser diferente. Raptos de imaginação eram para os ricos. Dados seu berço e sua condição financeira, ela sempre soube onde focar, em que direção estavam as chances para a melhor vida que poderia ter. Marjorie acertou exatamente onde tinha mirado, tornando-se uma acompanhante bem instruída de uma série curta de mulheres idosas e ricas. Sua ocupação não tinha sido especialmente satisfatória, mas tinha lhe fornecido moradia, dinheiro para suas despesas e certo grau de liberdade durante as poucas horas, a cada semana, quando não era requisitada.

Mesmo no momento, quando possuía mais dinheiro do que conseguiria gastar durante toda sua vida, dispondo de sua própria acompanhante e com tempo livre à vontade, ela encarava a vida racional e cautelosamente. Apoiava instituições de caridade idôneas, fazia suas compras nas segundas melhores lojas — onde ser a irmã de um duque acidental provocava menos comentários — e passava incontáveis noites sem dormir com a preocupação de que nunca seria aceita na Sociedade, apesar de seus esforços e planejamento cuidadoso.

O que tinha diante de si — aquele homem e o que ela queria dele —, contudo, não tinha nada a ver com lógica, nem com o futuro que ele tentava lhe impor. Isso dizia respeito aos seus sonhos e desejos há muito reprimidos. Dizia respeito a como ela se sentia quando olhava para ele e quando aqueles intensos olhos azuis a encaravam.

As ações Graeme e dos irmãos tinham arruinado qualquer pequena chance que ela pudesse ter de se encaixar na Sociedade respeitável, e sua chamada "proposta" de casamento não mudaria isso. Talvez o casamento salvasse Graeme, mas não salvaria Marjorie. Ele lhe devia algo por enfiá-la nessa confusão, não devia? Mesmo que o carinho e a intimidade que ela desejava ter com ele fosse fugaz, pelo menos saberia como era querer tanto alguém que a fazia tremer só de olhar — e ser tocada por esse alguém.

Marjorie fechou os olhos bem apertados. Sim, ela o achava bonito e atraente, e também admirava o modo como, aos 20 anos, tinha assumido a responsabilidade de ser o pai de um recém-nascido e de seus outros irmãos mais novos. Isso não significava que ela podia — ou devia — ignorar certos detalhes. Não, não foi ele que a raptou, mas era Graeme quem não permitia que ela fosse embora. E poucas horas antes ele tinha sequestrado a Sra. Giswell — provavelmente deixando a pobre mulher morta de medo — e a acorrentado a uma cama.

Era disso que ela precisava para se conter, para seu próprio bem. A raiva, a fúria justificada pelo modo como Graeme decidia resolver os problemas *dele*, sem ligar para mais ninguém. Ele nunca tinha lhe perguntado se ela era feliz com a vida que tinha antes que ele a arruinasse, embora parecesse supor que sim.

Endireitando os ombros, ela empurrou a porta, entrou e a fechou atrás de si. Quando ele a encarou, Marjorie ignorou o peito musculoso nu, com a cobertura leve de pelos, e manteve a atenção em seu rosto, no meio sorriso que ele armou quando a viu — como se soubesse exatamente o quanto ela o achava atraente.

— Como teve coragem? — ela estrilou e deu um tapa forte naquele rosto bonito.

O sorriso dele caiu e Graeme agarrou o pulso dela antes que Marjorie pudesse recolhê-lo.

— Se eu não a tivesse pegado — ele disse, sem emoção —, quanto tempo acha que demoraria para ela contar para alguém quem você é de verdade? E então, quanto tempo até Hamish Paulk ficar sabendo? Neste momento, ele está a três quilômetros daqui.

— Você disse que ela era o meu "presente" — Marjorie retrucou, desejando ser mais alta para não ter que ficar na ponta dos pés e levantar o queixo para encará-lo nos olhos. — Vai ser assim sempre? Quando alguém talvez — *talvez* — puder lhe causar algum problema, você vai simplesmente sequestrá-la, destruindo por completo a vida, a reputação e o futuro dela?

— Ainda estamos falando da Sra. Giswell? — Ele a puxou para mais perto. — Não fui eu quem pegou você, *Sassenach*.

— Não, você só me trancou num quarto e prendeu uma corrente na minha perna, e me manteve aqui tempo suficiente para que ninguém nunca mais se arriscasse a me convidar para um jantar ou uma festa, nem para passear no Hyde Park. Nenhum dos meus vizinhos de nariz empinado me dava bom dia antes. Meus próprios vizinhos, no lugar em que eu sempre quis viver. E agora não vai ser apenas um pesadelo, vai ser impossível.

Ela levantou a mão livre para bater nele de novo, mas Graeme agarrou o outro pulso também.

— Você está brava comigo por isso ou por raptar a Sra. Giswell? Você precisa decidir, embora esteja muito atraente parada aí com esses olhos cintilando como safiras.

— Eu... você... eu não preciso "decidir" nada — ela retrucou, recusando-se a se deixar distrair. — Estou furiosa por tudo, inclusive por fazer do casamento uma ameaça. Agora me solte.

— Para que possa me bater de novo? Não. Você pode ficar aí me fuzilando com os olhos.

Marjorie tentou soltar os braços, mas a sensação foi de estar lutando contra uma parede.

— Eu exijo que você pelo menos solte a Sra. Giswell.

— Não. Não posso arriscar que Sir Hamish esbarre por aí com ela. Peça qualquer outra coisa e farei meu melhor para lhe dar.

— Solte-*me*. E não me faça pedir de novo, seu bárbaro.

— Ah, bárbaro, é? — Maxton baixou a cabeça e tomou a boca de Marjorie em um beijo exigente. — Então vou ser um bárbaro.

Ela não conseguiu se impedir de corresponder ao beijo. Oh, nossa, como ela queria beijá-lo. Queria sentir as mãos dele em seu corpo, a boca dele nela, e queria passar *suas* mãos na pele de Graeme — só que ele continuava a segurar seus pulsos e ela não podia se mexer. Marjorie o beijou de novo, faminta.

— Solte-me — ela murmurou, a voz abafada contra a boca dele.

No instante em que ele soltou seus braços, Graeme a levantou e a carregou para a cama, sua boca provocando e mordiscando a dela até Marjorie não conseguir respirar ou pensar. Ele a deitou na cama macia e a acompanhou, seus olhos azul-claros encontrando os dela um longo momento antes de se deitar sobre Marjorie, apoiado nos cotovelos.

— Isso é errado — ela conseguiu dizer, a voz ofegante e não parecendo em nada com a dela.

A boca de Graeme interrompeu seu caminho sensual pelo pescoço dela.

— Você não quer se casar comigo e disse que já está arruinada, *Sassenach* — ele murmurou, seu cabelo de mogno caindo-lhe sobre os olhos quando levantou a cabeça para encará-la de novo. — Eu vou tornar isso verdade.

Dizendo isso, levantou a saia dela para colocar a mão na parte interna da coxa de Marjorie.

Oh, minha nossa.

— Eu passei muito tempo sendo respeitável, sabe?

A mão começou a deslizar para cima.

— Então me responda uma coisa, Lady Marjorie. Ser assim, tão responsável, lhe trouxe o que você queria? Fez você feliz?

— Você deveria ter me perguntado isso alguns dias atrás. — Essa pergunta já teria sido bem complicada se lhe restasse algum pensamento coerente na cabeça. Nesse momento, com o peso dele sobre seus quadris, as mãos em sua pele nua e os dentes — oooh — mordiscando o lóbulo da orelha dela, tudo que Marjorie conseguia lembrar era como tinha se esforçado, sem obter resultados palpáveis. — Não, não trouxe. — Ela ofegou.

— Então experimente outra coisa.

— Mas eu sou sua prisioneira.

— Eu não deixei você ir embora — ele concordou enquanto puxava o vestido dela para baixo dos ombros. —, mas não sei se isso a transforma em minha prisioneira. De qualquer forma, estou querendo manter você aqui um pouco mais.

Ele a beijou de novo, os dedos se arrastando para baixo e provocando arrepios deliciosos ao descreverem um círculo cada vez mais fechado ao redor dos seios, até que o polegar roçou de leve um mamilo. Marjorie deu um pulo, enfiando os dedos naquele cabelo castanho-avermelhado, e ele repetiu o carinho.

Antes que ela pudesse recobrar o fôlego, ele deslizou o corpo para baixo e substituiu os dedos pela língua. Ela pulou de novo, arqueando as costas enquanto redemoinhos de prazer desciam por sua coluna. Era evidente que Graeme sabia exatamente o efeito que estava provocando nela, porque riu, o som abafado na pele dela, e lambeu o outro seio, para depois encostar a boca e chupá-lo.

Ela arqueou o corpo de novo, fechou as mãos e as apertou contra ele. Era isso, então, que significava todos aqueles olhares que ele tinha lhe dado. Era isso o que ele queria dela. E Marjorie estava gostando. Muito.

Graeme desceu mais um pouco, levantou a saia e deslizou as mãos por entre as pernas da mulher. Quando enfiou um dedo nela, Marjorie pensou que fosse desmaiar. Ela se sentiu quente por baixo da pele, e seu coração batia tão forte que ele devia estar ouvindo.

— Sente-se, *Sassenach* — ele murmurou, pegando-a pelas mãos para puxá-la, o que foi bom, porque ela pensou que não conseguiria se levantar sozinha. A sensação era de que seus braços e pernas não lhe pertenciam mais, pois pareciam saber o que fazer sem que ela precisasse pensar a respeito.

Ele se ajoelhou diante dela, inclinando-se para beijá-la de novo. Em seguida, estendeu as mãos para desatar o laço em sua cintura e o único botão do vestido à nuca. Então, Graeme segurou a barra do vestido e da roupa de baixo e puxou tudo pela cabeça de Marjorie.

Com ele esticado à sua frente, o volume debaixo do kilt era inconfundível. Ela quis saber o que havia ali debaixo. Plenamente consciente dos dedos ásperos dele deslizando por sua pele, Marjorie, hesitante, estendeu a mão para tocá-lo por cima do kilt. Ele deu um salto, detendo seus carinhos para observar os dela.

Encorajada pela inspiração rápida dele, e pelo meio sorriso naquela boca que era capaz de levá-la à loucura, ela se aproximou um pouco e o tocou no joelho nu, subindo as mãos pela coxa por baixo do kilt. Duas... esferas, ela imaginou, macias e aveludadas, e uma vara protuberante e dura, que sob seus dedos parecia quente e pulsante. E muito, muito grande. Levantando o rosto para ele, Marjorie pegou-o encarando-a com divertimento e desejo. Sem desviar o olhar, ele soltou o fecho do kilt, o retirou da cintura e o jogou no chão.

E lá estava ela, com os dedos ao redor da virilidade de Graeme. Antes que pudesse decidir se sentia-se mais constrangida ou atrevida, ele pôs as mãos nos ombros dela e a fez deitar na cama de novo. Dessa vez ela sentiu o sabor do apetite de Graeme enquanto ele devorava sua boca, a movimentação dos músculos do abdome e das costas dele enquanto acomodava os joelhos entre os dela.

Recolocando as mãos nas coxas dela, ele afastou lentamente as pernas até sua masculinidade roçar no lugar mais íntimo de Marjorie. Ela soltou uma exclamação ao senti-lo, ao sentir o quanto estava vulnerável e... ao mesmo tempo, segura nos braços dele, quando na verdade não tinha razão nenhuma para confiar naquele homem. Ainda assim, confiava.

Levantando um pouco a cabeça, apoiando os braços ao lado dos ombros dela, ele a encarou e moveu os quadris para frente. Ela sustentou o olhar dele, recusando-se a fechar os olhos mesmo com a sensação de calor e dureza começando a preenchê-la. Quando sentiu resistência, ela soube que ele sentia o mesmo, mas sussurrando algo em gaélico escocês, Graeme continuou lentamente a ir mais fundo.

Sentindo uma dor repentina e aguda, ela gritou, mas ele tomou o som com a boca antes mesmo que ela pudesse se conter.

— Desculpe, Marj — ele sussurrou, mantendo-se imóvel dentro dela. — Vai passar num instante, e posso lhe garantir que não vai doer nas próximas vezes.

Então era assim que um homem sabia se a mulher era virgem. Marjorie sempre se perguntou como era possível. Por algum motivo, ela nunca imaginou que a experiência de perder a virgindade fosse tão íntima.

— Está tudo bem — ela murmurou depois de um instante. — E agora?

— Agora? — ele repetiu. — Nós mal começamos, *mo boireann leòmhann*.

— O que isso quer dizer?

O sorriso dele cresceu. Sem responder, ele voltou a se mover, entrando por completo. Ela não conseguiu evitar gritar de novo, não de dor, mas de senti-lo se movendo dentro dela, preenchendo-a e recuando, uma vez após a outra. Os ganidos e gemidos que vinham de dentro dela quase não pareciam humanos, e muito menos sons que uma mulher respeitável pudesse emitir.

Ele se embalou dentro dela num ritmo constante, a cama rangendo em sincronia com suas investidas. Graeme a beijou, depois abaixou para tomar o seio em sua boca, e tudo que ela pôde fazer foi cravar os dedos nas costas dele, sentindo-se cada vez mais tensa por dentro. Com outro grito abafado, ela se desfez em mil pedaços brilhantes e flutuantes, tudo sumindo na escuridão menos eles dois, unidos e movendo-se no mesmo ritmo.

Ele aumentou a velocidade e, com um grunhido primitivo e delicioso que por si só a jogou no espaço de novo, estremeceu sobre ela, dentro dela. Com uma última estocada dos quadris, ele baixou a cabeça junto ao pescoço dela, e Marjorie levantou as mãos para enfiar os dedos no cabelo úmido de Graeme. Paraíso. Era essa a sensação do paraíso.

Meu bom Deus. Ele não pretendia que isso acontecesse nesta manhã. Mas então ela entrou no quarto dele parecendo tão... impetuosa, como se pela primeira vez ele pudesse enxergar através daquela respeitabilidade na qual Marjorie se enrolava como uma capa. Ou escudo, na verdade.

Graeme levantou a cabeça para fitá-la.

— Você ainda acha que foi um erro? — ele perguntou, refletindo com atraso que não deveria fazer uma pergunta cuja resposta pudesse não gostar.

Ela ergueu os olhos para ele, o cabelo uma moldura escura ao redor da cabeça dela, os olhos azuis cintilando à luz da lareira.

— Sim, ainda acho que foi um erro — ela respondeu, deslizando os dedos pelo ombro dele. — Mas não me incomodo de repeti-lo.

Ele não conseguiria entendê-la nem se sua vida dependesse disso, o que era fascinante. A resposta dela exigia um beijo, e os lábios macios de Marjorie se moldaram aos dele, fazendo com que o coração de Graeme errasse uma ou duas batidas. Ele não queria se mover, queria continuar dentro dela até seu membro rijo estar pronto para outra. Não só porque ele ainda a queria, mas porque depois que se vestissem de novo, todos os seus problemas — a maioria dos quais dizia respeito a ela — voltariam depressa para tentar lhe morder os calcanhares.

Com 28 anos, três irmãos mais novos e o equivalente a um pequeno exército de gente que dependia dele, Graeme em geral evitava mulheres complicadas — ou qualquer mulher, de fato, após a noite de prazer que ele as ofereceria.

Se o *Dicionário de Samuel Johnson* tivesse um exemplo no verbete "complicado", faria referência a Lady Marjorie Forrester. Ela era inglesa, aristocrata, instruída, civilizada e irmã de um duque ao qual seu clã tinha praticamente declarado guerra. Sem mencionar que ele a tinha sequestrado e feito — Graeme começava a perceber — a coisa mais estúpida possível; ele tinha tentado forçá-la a se casar com ele. Isso... era muito melhor, mesmo sem uma recompensa palpável.

Antes que seu peso caísse sobre ela, Graeme, com relutância, saiu de dentro de Marjorie e se deitou ao seu lado.

— Eu tenho uma pergunta — ele disse depois de um instante, enquanto removia os últimos grampos do cabelo dela e os colocava de lado. Os braços dela ficaram arrepiados quando ele passou os dedos pelos fios com cheiro de baunilha.

— Sobre o quê?

— Você disse que seus vizinhos não lhe dão bom dia. Isso quer dizer que não vão cumprimentar você, agora que foi sequestrada e deflorada por um highlander bárbaro?

Ela meneou a cabeça e sorriu.

— Eu me mudei para a Casa Leeds há três meses, logo depois que meu irmão herdou a propriedade. Ainda que ninguém me notasse antes, dois dias depois que me mudei todo mundo em Londres parecia saber que, antes de me tornar Lady Marjorie, eu era a Srta. Forrester, uma dama de companhia. E todos ficaram horrorizados, como se estivessem preocupados com a possibilidade de pegar alguma doença de plebeu, ou qualquer coisa do tipo.

De todas as coisas que Graeme pensou que pudesse ouvir, essa não era uma delas. Ele não sabia muita coisa a respeito de Gabriel Forrester, exceto que o duque estava combatendo na Península Ibérica antes de herdar Lattimer, e que alguns dos homens da região que tinham servido no exército britânico voltaram dizendo que Gabriel tinha conquistado o apelido de A Fera de Buçaco. Assim, ele concluiu que os irmãos Forrester possuíssem fortuna e título antes de o irmão herdar o ducado do tio, ou tio-avô, ou o que quer que o velho Lattimer fosse deles. Diabos, ele nunca tinha imaginado que Marjorie não tivesse nascido Lady Marjorie. Ela se portava como uma maldita rainha.

— O que é? — ela exclamou, ainda o observando. — Também está horrorizado, agora?

— Quê? Não. Só estou surpreso. Quando eu a chamava de Vossa Alteza ou Vossa Magnificência, você não retrucava.

Ela deu de ombros, o movimento fazendo coisas agradáveis com os peitos dela.

— Você foi o primeiro homem a pensar em mim como magnífica, mesmo que fosse como insulto.

— Você gostaria de ser vista como magnífica, então.

— Gabriel, meu irmão, cuidou para que eu recebesse a melhor educação que um oficial do exército podia pagar. Eu aprendi as mesmas coisas que as filhas de marqueses e condes aprendiam, e passei três anos morando em casas de fidalgos. Também acompanhei algumas ladies bem-nascidas em excursões de compras na rua Bond, ou quando iam para a estação das águas em Bath. Eu fazia pequenos serviços para elas e afofava seus travesseiros, enquanto as escutava reclamar de parentes ingratos e entoar o quanto adoravam dançar. E eu era paga para isso. Até o dia em que Gabriel apareceu para me visitar, eu pensava ter visto como seria o restante da minha vida. E não gostei.

— Eu entendo isso — ele falou baixo. — Você tem espírito, *Sassenach*. Não foi feita para ficar dando na boca de mulher nobres.

— Bem, eu não tenho mais que fazer isso. O...

Passos curtos ecoaram no corredor. Praguejando, Graeme empurrou Marjorie da cama, derrubando-a do lado oposto à porta sobre as roupas dela, que jaziam ali, e se enfiou debaixo do cobertor no instante em que Connell irrompeu no quarto.

— Brendan disse que vai entrar na competição de arco e flecha na festa — o irmão mais novo anunciou, subindo na borda da cama. — Em que competição eu posso entrar?

Graeme tentou afastar o pensamento da linda mulher nua deitada no chão. A mulher que estava se revelando não ser nada do que ele esperava.

— Vamos ter um concurso de comer tortas. Você pode entrar nesse.

— Não. Se Rob, o ferreiro, competir, eu vou ser comido junto com as tortas.

Rindo, Graeme bagunçou o cabelo ruivo do garoto.

— Você tem razão. Que tal corrida?

Connell inclinou a cabeça para o lado.

— Uma corrida só para todo mundo? Dùghlas tem pernas mais longas do que eu.

— Então você quer uma competição que tenha certeza de que vai ganhar?

— Bom, acho que isso seria uma maravilha.

— Não seria? E eu acho que você vai ficar mais satisfeito se fizer por merecer a vitória. Então vamos ter duas corridas. Uma para garotos... com menos de 10 anos, e outra para os rapazes mais velhos.

O irmãozinho fez uma careta.

— É melhor fazer a corrida para menores de 13 anos, então, porque Jamie Howard tem 12 anos, mas é pequeno e não vai ter chance se correr com os maiores.

Graeme sorriu para Connell. De vez em quando ele conseguia acreditar que tinha... acertado na criação dos irmãos, como naquele momento.

— E essa, irmãozinho — ele disse em voz alta —, é uma das muitas razões pelas quais eu tenho orgulho de ser seu irmão. Agora vá atormentar a Sra. Woring na cozinha. Eu desço logo. E feche a porta.

Com um aceno, Connell saiu correndo, fazendo o que o irmão lhe pediu. Assim que a porta foi fechada, Graeme se virou de bruços para espiar do outro lado da cama. Marjorie, Lady Marjorie, estava deitada de costas cobrindo suas partes íntimas com o kilt dele e exibindo um sorriso nos lábios macios.

— Minhas sinceras desculpas por isso — ele disse, estendendo um braço para ajudá-la a se levantar. — Em geral eu tranco a porta quando não quero ser incomodado, mas você me surpreendeu.

— Hum-hum.

Quando Marjorie se levantou, entregando-lhe seu kilt, ele notou que gostava de vê-la com o xadrez dos Maxwell. Esse pensamento o assustou até a alma, mas, depois de um momento de espanto, percebeu que não queria dizer nada. Ele não se casaria com ela. O que ela mais queria era estar em Londres para ser cumprimentada por seus malditos vizinhos de nariz em pé. E isso era algo que ele não poderia lhe dar nem em seus sonhos mais desvairados — ainda mais se levasse em conta que ele próprio tinha roubado dela a chance de ver isso acontecer.

— Eu ainda quero que você tire os grilhões da Sra. Giswell — ela afirmou, pegando a roupa íntima da pilha no chão e vestindo-a.

— Só se você me convencer de que a convenceu a seguir minhas regras — ele respondeu. — Não vou deixá-la andando solta por aí, sussurrando para quem quiser ouvir que foi sequestrada e que dará uma recompensa enorme para quem chamar Lattimer.

Ele olhou para ela ao lado da cama, a luz do fogo baixo delineando em vermelho o contorno da roupa íntima — uma antiga deusa celta ganhando vida, apesar do fato de que ela era inglesa. Ou, quem sabe, ele tinha perdido o juízo; afinal, não dormia há mais de um dia.

— Você não vai sair. Não com Hamish Paulk tão perto daqui. Você pode interpretar isso como quiser. — Política e ameaças à sua família à parte, depois que ela fosse embora ele nunca mais a veria. E Graeme não estava preparado para vê-la partir. Ainda não, especialmente depois dessa manhã.

Ela o observou por um instante, pensativa.

— Apenas lembre-se, Lorde Maxton, que minha localização nem sempre vai depender de você.

— Pode deixar. Também vou me lembrar que você disse que sua visita seria uma surpresa para seu irmão. Lattimer não está esperando você e não sabe que está desaparecida.

Ela franziu o nariz.

— Eu disse isso quando nós... quando eu...

— Era mentira, então?

— Não.

— Então não espere que eu ignore a informação.

— Bárbaro.

— Princesa.

Ela piscou, evidentemente surpresa por ele ter devolvido o insulto. Em vez de retrucar, no entanto, Marjorie enfiou o vestido verde pela cabeça e amarrou o laço na cintura. Antes que ela pudesse alcançar o botão na nuca, Graeme ficou em pé.

— Deixe que eu faço isso, *Sassenach*.

— Você lembra que está nu, certo? — Marjorie observou, demorando um longo momento para olhá-lo de cima a baixo antes de se virar.

O olhar dela foi suficiente para despertar seu membro de novo.

— Eu pensei ter sentido uma brisa no traseiro.

Ele se demorou com o botão, inspirando o aroma dela de novo. Baunilha nunca foi tão excitante.

Ao terminar, Graeme puxou o longo cabelo dos ombros de Marjorie. Nunca foi um homem delicado ou gentil, porque nunca teve muita utilidade para essas qualidades. Seus três irmãos não precisavam de sutileza. Da mesma forma, as garotas das Highlands com quem ele ficava de vez em quando não queriam ser cortejadas nem namorar.

Nenhuma delas era Marjorie, mas esta era — apesar de tudo que ele agora sabia sobre o passado dela — uma lady por completo. Ele queria ser gentil com ela. Queria conhecer cada detalhe dela, passar longas noites diante da lareira na companhia dela, e acordar para encontrá-la dormindo em seus braços. Graeme inspirou com força pelo nariz. Dali a pouco estaria escrevendo poesia, tentando rimar todas aquelas palavras lindas que normalmente evitava como o diabo evita a cruz.

Maldição, Marjorie estava se tornando mais problemática do que ele tinha previsto. Se Graeme tivesse algum juízo, a mandaria embora neste instante. E tocaria fogo na licença de casamento assim que chegasse.

— Eu vou buscar o café da manhã; vou trazer uma bandeja para a Sra. Giswell — ela anunciou, quebrando o silêncio e tirando-o de seu sonho acordado. Ou melhor, pesadelo.

Era evidente que o sexo tinha abalado menos a ela do que a ele. Graeme crispou o maxilar.

— Vou até lá depois que você falar com ela. Sugiro que seja persuasiva. — Ele pôs a mão no ombro de Marjorie. — Deveria usar o cabelo solto.

— Para ser chamada de prostituta, além de herdeira acidental?

Graeme não queria que Marjorie saísse de seu quarto, não até ele entender o que a tornava tão envolvente, mas se conteve. Ele já tinha colocado muitas correntes nela, literais e metafóricas. Essa decisão precisava ser só dela.

Com uma mão na maçaneta da porta, Marjorie se virou de novo para ele.

— Por que não usa seu kilt com mais frequência? — ela perguntou, o rosto ficando corado.

— Porque eu e os Maxwell não estamos de acordo em muitas coisas, e acho que este é meu modo de protestar. — Mas com o modo como Marjorie olhava para ele nesta manhã, Graeme pretendia usar mais seu kilt.

— Ah. — Ela se virou e abriu a porta, para fechá-la logo em seguida, voltar em passadas largas até ele, passar os braços ao redor de seu pescoço, ficar na ponta dos pés e beijá-lo verozmente. Então saiu do quarto, fechando a porta sonoramente atrás de si.

Graeme expirou com força. Não, aquilo não seria nada complicado.

11

— Acho que se você olhar para isso como coisas, e não como números, será mais fácil entender.

Connell fez uma careta.

— De que diabos você está falando?

Segurando o riso, Marjorie levantou para pegar, na estante, um pote de pedras roladas.

— Ponha cinco pedras sobre a mesa.

— Eu sei quanto é cinco. E você só está fingindo que é minha tutora.

— É verdade. Mas se alguém me perguntar o que eu lhe ensinei, quero que possa responder sem ter que mentir.

— Acho que faz sentido — o menino respondeu, contrafeito. — Mas não gosto disso. Eu tenho que dizer para você que não gosto.

Marjorie se perguntou por que rejeitou tão prontamente a ideia de ser uma governanta quando estava na escola preparatória. No pouco tempo em que conhecia Connell, o garoto tinha se tornado mais interessante do que Lady Sarah Jeffers, e ela tinha passado quase um ano com aquela mulher que cheirava a mofo.

— Eu compreendo perfeitamente. Coloque mais três grupos de cinco pedras na mesa; um grupo afastado do outro.

Ela recuou um pouco para vê-lo colocando mais três pilhas de cinco pedras sobre a mesa. Sim, com certeza ele era mais divertido e esperto do que Lady Sarah. E, como Marjorie estava percebendo, ele não hesitava em revelar aspectos interessantes do irmão mais velho, um homem que o garoto evidentemente adorava.

— Eu pus as malditas... digo, benditas... pedras na mesa. E agora?

— Quanto é quatro vezes cinco, então?

— Eu já disse que não sei.

— Mas você sabe. — Ela apontou para a primeira pilha. — Quantas?

— Cinco.

— E aqui? — Ela apontou para segunda.

— Cinco, pelo amor de Deus. E cinco, e mais cinco.

— Junte dois grupos. Quantas pedras são agora?

Ele mexia a boca, contando em silêncio.

— Dez. Que diabos isso...

— Junte as outras duas.

— Tudo bem. — Connell obedeceu. Aqui também tem dez, não precisa me perguntar.

— Não pergunto. Junte os dois grupos em um só. Quantas pedras são?

— Dez mais dez são vinte. Não sou um bebê.

— Separe-as em quatro grupos iguais de novo. Quantas pedras em cada grupo?

— Cinco. Você acha que eu esqueci?

— Não, não acho. Quanto é quatro grupos vezes cinco pedras?

Ele olhou para as pedras, depois para ela.

— Vinte. Como você fez isso?

Ela riu.

— Muito bem, Connell. Eu não fiz nada. Você fez. — Enquanto falava, ela sentiu os pelos do braço se levantarem e virou a cabeça para ver Graeme encostado no batente da porta, observando-a. Um calor a envolveu como uma brisa de verão.

Pelo amor de Deus, Marjorie nem tinha certeza de que gostava dele. Ela o desejava, principalmente depois dessa manhã. Ainda mais depois de vê-lo vestindo o kilt e de descobrir o que havia por baixo. Em defesa dela, Graeme tinha muita coisa a seu favor. Primeiro, era atraente como o demônio, com o cabelo descuidado e uma elegância física que lhe sugeria um leão em caça. Além disso, ele tinha assumido a tarefa de criar os próprios irmãos, enquanto cuidava das necessidades e carências de uma centena de famílias espalhadas por vales e vilarejos num raio de quilômetros.

Ao mesmo tempo, ela continuava sendo uma prisioneira ali, proibida de sair da casa, com sua própria acompanhante trancada em um quarto no andar de cima. A explicação mais razoável para a atração que Marjorie sentia era que ela tinha ficado louca. Se aceitasse essa ideia, pelo menos poderia seguir seus impulsos e cair na cama com ele na próxima oportunidade — ou em todas que tivesse. Mulheres malucas fazem maluquices, afinal.

— Graeme! — Connell exclamou, juntando as pedras de novo. — Eu já sei multiplicar!

— Eu percebi. Deixe essas pedras por perto, por enquanto. — Ele se endireitou. — E faça as outras equações que eu lhe passei enquanto troco uma palavrinha com Marj.

Marjorie não fazia ideia de como ele tinha descoberto seu apelido, a menos que tivesse lido a carta que ela escreveu para Connell. Com toda certeza ele não estava por perto quando ela disse para os outros irmãos lhe chamarem de Marj. Ela gostou do modo como ele pronunciou seu apelido com o sotaque carregado. Apenas umas poucas colegas e seu próprio irmão a chamavam dessa forma. Apenas suas amigas. E, ultimamente, era difícil encontrá-las.

— Vossa Magnificência? — Graeme a chamou depois de um momento, ao mesmo tempo tirando-a de seus devaneios e lembrando-a de que eles não eram exatamente amigos. Ela não conseguia lembrar da última vez que tinha encontrado algo tão... tão fora da sua zona de conforto. E, dados os resultados, talvez ela devesse se arriscar com mais frequência.

Deixando Connell com suas pedras, ela se levantou e foi se encontrar com Graeme no corredor.

— Você reconsiderou a sentença de prisão da Sra. Giswell? — ela perguntou.

— É por isso que estou aqui. Ela exigiu ver você e me deu as costas. Agora ela não quer falar, e ela é melhor no jogo do silêncio do que você.

Marjorie se permitiu um breve sorriso.

— Oh, céus. Ela lhe deu um corte direto. Essa é a maior demonstração de desdém que uma lady pode dar a um cavalheiro.

Ele arqueou uma sobrancelha.

— Você não me deu um corte direto — ele retrucou. — Mas eu me lembro de um tapa bem direto.

Ela se perguntou se ele a estava provocando de propósito.

— Um tapa não é próprio de uma lady. Culpo você por inspirar meu mal comportamento.

O sorriso dele a aqueceu por dentro.

— Vou aceitar essa responsabilidade. E creio que irei encorajá-la de novo.

O desejo veio, bem-vindo e inebriante. Mas ela continuava uma prisioneira, e até sua condição ser alterada, ela não podia ter certeza de quanto daquilo vinha de seu livre arbítrio e de quanto vinha da sua vontade de ser livre.

— Talvez um corte direto lhe ensinasse boas maneiras, meu senhor. — Com uma fungada, ela seguiu à frente dele escada acima.

Graeme a segurou pelo cotovelo e fez com que se virasse para encará-lo. Parada no degrau de cima, pela primeira vez eles ficaram nivelados, olhos nos olhos.

— Você pode me dar suas costas, *mo boireann leòmhann*, mas não pare de falar comigo. Eu gosto do som da sua voz. — Quando parou de falar, ele se inclinou e a beijou.

Agora que ela sabia até onde os beijos dele a levavam, pareciam ainda mais inebriantes, como o aroma de conhaque fino e chocolate derretido. Tocá-lo fazia com que Marjorie quisesse esquecer ou desculpar o que ele lhe tinha causado, fazia com ela quisesse acreditar que Dunncraigh era uma força tão má e poderosa que raptar uma mulher, primeiro para satisfazê-lo, depois para enfrentá-lo, não só fazia sentido como era absolutamente lógico.

Depois de um momento delicioso, ele se endireitou.

— É claro que existem ocasiões em que seu silêncio me agrada — ele murmurou, os olhos azuis dançando enquanto sorria.

— Homem arrogante — ela respondeu com um murmúrio, virando-se de novo e subindo a escada para que ele não a visse sorrir.

Marjorie parou diante da porta de sua acompanhante e fez questão de bater — como manda a educação.

— Sra. Giswell, queria me ver?

— Aquele highlander insuportável está com você?

— Está, mas ele concordou em esperar no corredor. — Marjorie olhou torto para ele.

— Graças a Deus. Entre, por favor.

Graeme tirou a chave do bolso.

— Se você pretende fazer com que ela não crie problemas — ele sussurrou —, faça isso logo. Eu tenho um compromisso com o Padre Michael e dois dos meus colonos dentro de vinte minutos. Ewen Sturgeon e Kitty Howard querem permissão para casar.

— Sua permissão?

— Sim. Eu sou o líder deles. Tenho que aprovar todos os casamentos na minha terra.

— Você já negou alguma permissão?

— Uma vez. — Em vez de explicar o caso, ele a encarou, como se a desafiasse a continuar discutindo sobre casamento com ele.

Bem, *ela* não tinha feito nada de errado a esse respeito.

— Você tem permissão de aprovar seu próprio casamento, ou Dunncraigh tem que fazer isso? Porque isso pode acabar com seu grande plano de se casar comigo para desafiá-lo.

— É ele mesmo quem tem que aprovar meu casamento — ele respondeu. — Mas parte do plano para desafiá-lo envolveria desafiá-lo, sabe?

— Insuportável. — Ela fez uma careta para ele.

Na verdade, o fato de ele não parecer bravo por seu plano de casamento ter fracassado a deixou aliviada. Por mais estranho que pudesse ser, ela não o queria como inimigo. Alguém com quem pudesse discutir, sim, mas não uma pessoa que detestasse. Oh, era complicado demais, e suas poucas amigas preocupadas com respeitabilidade que restavam desmaiariam se soubessem o que ela andava fazendo, e com quem. Ela, por outro lado, queria fazer de novo.

— No que você está pensando? — ele murmurou e ela levou um susto.

— Kilts — Marjorie respondeu, uma meia verdade, e se recusou a baixar os olhos enquanto ele virava a chave e abria a porta. Ela retirou a chave da fechadura, para que ele não pudesse trancá-la com a Sra. Giswell, e entrou no quarto.

Sua acompanhante tinha virado a cadeira para ficar de costas para a porta, mas depois de olhar por sobre o ombro para ver se Graeme tinha mesmo permanecido no corredor, ela se levantou e se virou.

— Fico feliz por aquele homem ter permitido que você me visse de novo. Depois que me recusei a me curvar às exigências dele, não achei que permitiria.

E enquanto a Sra. Giswell esteve preocupada com o cativeiro delas, Marjorie tinha feito sua refeição na sala de café da manhã e ajudado Connell com matemática. Ela sentiu uma pontada de culpa.

— Acredito que Lorde Maxton só esteja preocupado com a segurança dos irmãos. Se você der sua palavra de que vai ficar dentro de casa e de que não falará com ninguém além dos moradores e empregados, acredito que irá tirar sua corrente e deixar que saia do quarto.

— Se ele está preocupado com os irmãos, deveria tê-los criado para que não sequestrassem ladies bem-nascidas. E ele não deveria ter me enrolado num cobertor, como uma salsicha, para depois me jogar sobre o ombro como se eu não fosse nada além de um saco de batatas.

— Concordo. Acredito que um cavalheiro teria encontrado um modo muito mais diplomático de lidar com isso. Talvez uma conversa antes de lançar mão do sequestro. — Marjorie teve certeza de ouvir Graeme murmurando algo em gaélico no corredor como resposta ao que ela tinha acabado de dizer, mas se ele continuasse a acreditar que sequestrar era a primeira solução para seus problemas, a casa estaria transbordando de gente até o fim da semana.

— Certamente eu teria concordado em ouvi-lo. E poderia ter tirado um momento para dizer a Stephen e Wolstanton que aguardassem na estalagem enquanto eu vinha até aqui vê-la. Eu poderia ter oferecido uma solução diplomática. Agora não faço ideia do que seus homens podem estar fazendo, depois de acordarem e descobrirem que eu desapareci.

Essa não foi, provavelmente, a coisa mais útil que ela poderia ter dito. Marjorie conteve a expressão de contrariedade.

— A situação é esta — ela disse em voz alta. — Não era aqui que eu planejava estar, de modo nenhum, mas acredito que estou mais segura aqui do que em qualquer outro lugar, exceto no Castelo Lattimer. Dê sua palavra de que não vai sair gritando por aí que sou a irmã do Duque de Lattimer e que preciso ser salva, e talvez você possa ficar à vontade pela casa.

Graeme não tinha prometido isso explicitamente, mas trancar os outros não estava ajudando em nada. Como ele não irrompeu no quarto para contradizer o que ela tinha dito, Marjorie supôs que ele concordava.

— Você está sendo mantida prisioneira na casa de highlanders bárbaros — a Sra. Giswell retrucou. — E você me contratou para ajudá-la a entrar na Sociedade. As duas coisas não poderiam ser mais opostas. O que eu devo fazer a respeito?

— Seja paciente — Marjorie pediu. — Enquanto isso, vamos civilizar os bárbaros.

A Sra. Giswell fez uma careta, mas enfim concordou.

— Muito bem, eu concordo. Vou permanecer na casa e não vou revelar sua identidade para ninguém — o que não fiz em nenhum momento, a propósito.

— E por isso eu lhe agradeço com sinceridade, Sra. Giswell. Volto dentro de um instante.

Ela saiu do quarto e encontrou Graeme com as costas apoiadas na parede, braços cruzados sobre o peito e cabeça abaixada. Mesmo com toda sua altura e todos os seus músculos, aquela posição o fazia parecer... vulnerável, como se fosse possível ver o peso que havia sobre seus ombros. Mas ele o suportava tão bem que, embora Marjorie soubesse das responsabilidades dele, essa era a primeira vez em que ela via o preço que cobravam.

Ele levantou a cabeça de repente para encará-la.

— Eu não concordei com isso — disse, em voz baixa.

— Ela cedeu um pouco, então agora você cede um pouco. Dê-me a chave da corrente.

— Você é uma diplomata e tanto, Marj.

— Obrigada. — Ela estendeu a mão.

— E também é implacável. — Com um suspiro dramático, Gaeme pôs a chave na palma da mão de Marjorie, deslizando um dedo pelo pulso dela. — Você sabe que estou lhe confiando a segurança dos meus irmãos.

— Eu sei — Marjorie concordou.

— Você fugiria num instante se pudesse, não é?

Essa era uma pergunta estranha feita de um carcereiro a uma prisioneira, mas a resposta não era tão simples como teria sido há poucos dias.

— Num instante, não — ela sussurrou e entrou para libertar sua companheira de cativeiro e sua consciência. E por um instante ela desejou que a Sra. Giswell não tivesse concordado com nada e permanecesse trancada em um quarto, longe daquele pequeno... refúgio estranho do mundo que ela tinha encontrado.

— Ranald, o estalajadeiro, disse que a inglesa que continua na estalagem bebeu meio barril de rum ontem, e não saiu do quarto a não ser para comer e mijar. Acho que você tem razão; eles não vão a lugar nenhum.

Graeme concordou com o cavalariço.

— Obrigado por ir até Sheiling para mim. — Ele deu um tapa na cernelha de Clootie quando Johnny começou a levar a égua cinzenta de volta ao estábulo. Com apenas dois cavalos de sela na casa, Clootie tanto levava os garotos para pescar no lago quanto carregava Graeme em suas rondas visitando os colonos.

— Eu precisava mesmo mandar consertar uma rédea — Johnny respondeu. — Mas não consegui encontrar o ferreiro. Ranald disse que faz dois dias que Robert Polk tem vagado pela região gritando o nome de uma mulher chamada Hortensia. — O cavalariço sorriu. — Sean Moss acredita que possa ser uma vaca e que Robert perdeu o juízo de uma vez.

Hum. Hortensia parecia um nome inglês para Graeme. E como não era o de Marjorie, isso diminuía consideravelmente sua lista de suspeitas — e significava mais problemas para ele. Ao mesmo tempo, contudo, ele achava hilariante que Robert Polk, solteirão convicto e taciturno, rugia por aí atrás de uma inglesa madura e respeitável.

Por outro lado, ele mesmo era um solteirão convicto que rugia por uma garota inglesa, e podia apostar que suas chances eram muito piores do que as de Rob. Ele rugia por uma herdeira acidental desesperada para encontrar um lugar na Sociedade, enquanto Polk vivia, literal e figuradamente, o mais longe possível da respeitabilidade.

Isso não deveria importar, pois Graeme pretendia se livrar de Marjorie assim que fosse possível fazê-lo com segurança, tanto para ele como para ela. Mas ela tinha lhe dado a palavra de que deixaria os Maxton de fora de qualquer história que pudesse contar, e ele acreditava nela. Ele a manteve em casa, principalmente nos últimos quatro dias, porque a queria ali. Porque não queria deixá-la ir embora. O que isso significava, ele se recusava a pensar.

Antes, ele a tinha ouvido rir dentro de casa, seu riso se misturando ao de Connell. Desde que ele conseguia se lembrar, a mansão era caótica e selvagem, opressivamente masculina. Marjorie parecia gostar do caos, mas mesmo com as circunstâncias de sua chegada, ela trouxe um tipo de paz e reflexão que preencheu a casa com uma hospitalidade inesperada. Ela lhe trouxe um... contentamento misturado com empolgação. Ele nunca tinha sentido algo assim. Era viciante. Ele tinha necessidade dela, de estar perto dela. Mas continuaria dizendo a si mesmo que era porque tinha gostado de fazer sexo com ela, nada além disso. Nada mais era permitido.

— Lorde Maxton — Cowen disse a partir da cozinha. — Fui instruído a lhe dizer que o jovem Connell solicita uma audiência com Vossa Senhoria quando lhe for conveniente.

— Ora, isso foi bonito.

O mordomo corou.

— Foi assim que o garotinho falou, e ele me pediu para lhe dizer as palavras exatas.

— Você foi muito respeitoso. Lady Marjorie estava por perto quando essa conversa aconteceu?

— Ah, sim.

Claro que sim.

— Eu o receberei agora, então. Você sabe do paradeiro da Sra. Giswell? Eu solicito uma audiência com ela quando for conv...

— Pelo amor de Deus, milorde. Por favor, não. Todas essas palavras cordiais e tortuosas estão acabando comigo.

Graeme riu.

— Você é um homem parecido comigo. Vá encontrá-la, sim?

Ele esperava encontrar Connell e Marj na sala de estar do térreo, mas a risada incessante o levou ao quarto do garoto, no andar superior. A porta estava aberta, mas dada a formalidade da solicitação, ele bateu antes de entrar.

— Você queria me ver, irmãozinho?

O garoto e Marjorie estavam sentados no chão, pegando em uma cesta a dupla de filhotes de coelhos da qual ele não deveria saber. Connell se levantou, endireitando os ombros.

— Sim. Eu queria falar com você.

— Bem, estou aqui.

Baixando os olhos, o menino inspirou fundo.

— Garaidh nan Leòmhann é sua responsabilidade, e você precisa saber o que está acontecendo debaixo do seu próprio teto. Então, é meu dever informar para você que salvei dois coelhinhos quando um falcão pegou a mãe deles. Os nomes deles são Fofo e Floco. Eles são muito bonzinhos e Daisy e Pete ainda não tentaram comer os dois, e os gatos acham que eles são gatos. Estou tentando ensinar todos a serem amigos.

Marjorie estava ajoelhada ao lado dele, com uma expressão de orgulho no rosto enquanto articulava as palavras do discurso junto com Connell. Ela usava o primeiro vestido que Graeme tinha encontrado para ela, o azul-claro. Droga, ele precisava arrumar mais roupas para Marjorie. Uma lady precisava mais do que dois vestidos. E ele gostava de tirá-los do corpo dela.

— Graeme? — Connell disse. — Eles ainda são muito pequenos para ficarem sozinhos, e Brendan disse que se você ficasse sabendo, iria manda a Sra. Woring fazer um ensopado com eles. — Os olhinhos azuis estavam marejados.

Oh, por Satanás.

— Eu disse para você que não queria mais animais de estimação, Connell — Graeme disse lentamente. — Mas acho que você não teve escolha quando o falcão levou a mãe deles. Pode ficar com os coelhos.

Mas lembre-se de que as raposas e os gatos podem esquecer que todos têm que ser amigos.

O garoto deu pulos de alegria.

— Agora que você sabe deles e tenho a sua permissão, posso fazer uma casinha aqui para eles ficarem em segurança?

— Hum-hum. Peça ajuda ao Johnny, ele construiu o galinheiro. Vou falar para o Brendan ajudar também. — Ele também teria uma conversa com o adolescente sobre assustar o irmão mais novo sem motivo. — Ah, Connell?

— Sim?

— Obrigado por me contar.

Abrindo um grande sorriso, Connell meneou a cabeça.

— Obrigado, irmão. Eu não podia deixar os dois no bosque sem a mãe.

Retribuindo o sorriso, Graeme puxou de leve a orelha do irmão.

— Eu sei que não. Agora leve Fofo e Floco e conte para todo mundo, para que não tenhamos surpresas. — O garoto saiu e Graeme agachou na frente de Marjorie. — Foi difícil convencer Connell?

— Nem tanto. Acho que ele queria lhe contar, mas não conseguia pensar em um modo. — Ela pôs a mão no joelho dele por baixo da bainha do kilt. — Estava preocupado que você o fizesse se livrar dos coelhinhos quando descobrisse.

— Não. Eu posso não ser civilizado, mas sei que um garoto que não conheceu a própria mãe pode precisar salvar filhotes que perderam a deles. Todo animal debaixo deste teto é órfão, incluindo eu.

— Eu também sou. Nós perdemos nossos pais quando Gabriel tinha 17 anos e eu 8. A solução dele foi entrar para o exército e usar o soldo para me mandar estudar num internato.

— Você tinha a idade que Connell tem hoje e foi mandada sozinha para um internato? — Ele não conseguiu pensar no irmão mais novo sendo mandado para longe dos irmãos. A raiva súbita que sentiu do poderoso Duque de Lattimer fez com que rangesse os dentes.

— Nós não podíamos manter a casa. Com o dinheiro da venda, Gabriel pagou as dívidas dos nossos pais, comprou uma comissão no exército e pagou minha matrícula e o primeiro semestre da escola. Se ele não tivesse feito isso, não sei onde eu estaria agora.

A raiva dele passou, embora Graeme tivesse certeza de que teria encontrado um modo para manter os irmãos unidos.

— Você não acha que, onde quer que estivesse, estaria melhor do que sendo mantida prisioneira nas Highlands após ser sequestrada por três cabeças de batata?

Ela sorriu para ele.

— Considerando que eu estava viva para ser sequestrada, tenho que responder "não".

Graeme se inclinou para frente, apoiando o peso nos joelhos dobrados, e a beijou. Ela segurou o rosto dele e retribuiu o beijo. O tempo pareceu desacelerar, os sons da casa barulhenta se acalmaram e ele podia jurar que o sol atravessou as nuvens lá fora para brilhar sobre o campo.

A porta continuava aberta, então, por mais que ele quisesse prolongar o momento, por mais que provavelmente tivesse seguido em frente com qualquer uma, não podia fazê-lo com aquela garota obcecada por respeitabilidade. Então, ele se endireitou e estendeu a mão para ajudá-la a se levantar. Ele a deixaria escapar no momento, mas à noite pretendia visitá-la. Duas noites seguidas sem ela eram demais.

— Você nunca falou do seu pai — ela disse, tirando-o de seus pensamentos. — Você se incomoda se eu perguntar o que aconteceu com ele?

Desde que a encontrara, ele só queria esquecer. Porque, com uma única ação, o pai morto tinha ditado como ele pretendia viver o resto de sua vida.

— Minha mãe morreu durante o parto de Connell. Brian Maxton sempre foi maluco por ela. Dois dias depois que ela faleceu, ele entrou no rio e deu um tiro na cabeça.

— Oh! — Ela arregalou os olhos azuis.

— Não sei se dá para chamar isso de romântico — ele afirmou, acostumado a ouvir esse tipo de comentário de toda garota da região. — Ele deixou órfãos três garotos com menos de 10 anos.

— Por isso Connell disse que você cuida dele desde que tinha dois dias de vida.

— Sim. — Ele concordou, forçando um sorriso que não tinha vontade de dar. — Você pode não acreditar, mas com 20 anos eu era um pouco incivilizado. Eu fiz meu melhor, até pensei em arrumar uma esposa para me ajudar a criá-los, mas parecia que era algo que eu mesmo devia fazer. Eles... tudo isso... eram minha responsabilidade. — Tudo se tornou responsabilidade dele de uma vez só. Se teve sucesso ou não, não cabia a ele próprio avaliar, mas ninguém podia dizer que Graeme Maxton não tinha feito todo o possível.

— Você? Selvagem? — Ela segurou na manga do casaco dele.

— Mandou me chamar, Lorde Maxton? — A voz cortante da Sra. Giswell veio da porta.

Imediatamente, Marjorie baixou a mão e ele se endireitou.

— Sim — ele disse, mantendo a expressão neutra ao encarar a mulher. Cabelos castanhos ficando grisalhos, olhos castanhos agudos. A boca um pouco retorcida, mostrando desaprovação. Ela tinha um busto grande e proeminente o bastante para sustentar uma bandeja de chá, enquanto o resto do corpo descia reto até os quadris, encontrando um par de pernas robustas.

— Insisto que pare de me comer com os olhos, meu senhor — ela declarou, cobrindo o busto com as mãos.

— Eu não estava fazendo nada disso!

— Ótimo — Marjorie murmurou ao lado dele, quase inaudível. Ele a ouviu, contudo, e sua resposta o aqueceu por dentro. Ela gostava dele, ou pelo menos o desejava — ou era o que ela queria que ele acreditasse.

— Ouvi dizer que o ferreiro de Sheiling tem procurado, nos últimos dias, uma mulher chamada Hortensia — ele disse para a acompanhante de Marjorie. — Ruidosamente.

O rosto dela ficou escarlate.

— De modo nenhum eu encorajei esse comportamento — ela disse, a voz guinchando. Ela abanou o rosto com as duas mãos.

— De qualquer modo, não posso deixar que ele fique por aí levantando dúvidas.

— Por favor, não diga que pretende sequestrá-lo também — Marjorie interveio em tom de brincadeira, mas preocupada.

— E o que você sugere, então? Que eu o mate? Que o convide para tomar chá?

Fazendo uma careta para Graeme, Marjorie se virou para a Sra. Hortensia Giswell.

— Ele é... confiável, você acha?

— Eu... como é que posso saber?

— Sra. Giswell, isso diz respeito à segurança dos garotos — ela observou, fazendo Graeme querer beijá-la de novo.

— Oh, céus. — A acompanhante afundou-se numa cadeira. — Sim, eu acho que você pode lhe confiar a verdade, mas não se o sequestrar.

— Sim, então — Marjorie disse, olhando para Graeme de novo. — Convide-o para tomar chá.

— Oh, sim. Com biscoitos. Isso não deixaria o ferreiro desconfiado. Nem um pouco. — *Mulheres.* Uma delas tinha demonstrado possuir algumas ideias toleráveis, mas ambas eram, com certeza, inglesas. — Vou chamá-lo para dar uma olhada nas ferraduras dos meus cavalos. Vocês podem conversar com ele na sala matinal. E sejam convincentes, por favor. Eu não acho que a corrente vai servir na perna imensa dele.

— Ora, ainda bem que o Sr. Polk tem tornozelos grossos — Marjorie disse, pegando o braço da Sra. Giswell, e as duas saíram.

Então Graeme precisava deixar mais alguém a par do que estava acontecendo na Cova do Leão. Se aquilo continuasse, em breve todo mundo no vale ficaria sabendo. A maioria dos colonos era confiável, mas havia uns poucos que eram mais leais a Dunncraigh do que a ele, especialmente com a caridade e a ajuda limitada que ele podia fornecer.

Por outro lado, ele ainda não podia confiar em Brendan, embora as ameaças e reclamações do irmão a respeito de Marjorie tivessem diminuído nos últimos dias. De qualquer modo, ele mandava o jovem de 16 anos sair todos os dias para ajudar os colonos com os preparativos para o inverno — dando ao adolescente inúmeras oportunidades para traí-los.

Complicações se acumulavam sobre mentiras espalhadas em meio à confusão. E, no meio disso tudo, enquanto devia estar pensando em como tirar Marjorie Forrester do vale, ele continuava procurando por toda desculpa possível para fazê-la ficar.

12

Graeme foi falar com Robert Polk no estábulo. A barba preta do ferreiro parecia mais descuidada que o normal, e o sorriso típico com que ele recebia cada novo desafio tinha sido substituído por uma carranca.

— Lorde Maxton — ele disse, sem entusiasmo. — Seu cavalo precisa de ferraduras? Vou cuidar disso, mas tenho outras preocupações hoje.

Os dois tinham praticamente a mesma altura, mas o ferreiro possuía ombros moldados por anos empunhando uma marreta pesada, assim como o resto de seu corpo. Graeme nunca pensou em ter que lutar com Rob, mas isso poderia acontecer nesse dia. Seria interessante, no mínimo.

— Entre comigo, então — ele disse. Os dois fariam muito mais estrago dentro de casa.

— Seu cavalo está dentro de casa? — Robert perguntou, arqueando uma sobrancelha.

— Não. Eu quero falar com você.

— Estou bem aqui. Meu lugar não é dentro de uma mansão.

Graeme recuou um passo em direção ao pátio lamacento, tentando atrair o ferreiro para fora, para que não assustassem os animais.

— Tenho que lhe contar uma coisa, Rob, e preciso que escute até o fim e que mantenha só entre nós o que eu disser. Tudo bem?

Seguindo-o até o lado de fora, Robert coçou a barba.

— Acho que posso fazer isso. Tem minha palavra.

— Para começar — Graeme disse, certificando-se de que tinha espaço para se movimentar caso o ferreiro fosse para cima dele —, você sabe que eu e Dunncraigh não somos amigos do peito.

— Você não admite o modo como ele trata os Maxwell mais afastados. Eu não discordo de você nisso, pois sou um dos Maxwell afastados.

Resistindo ao impulso de sorrir para que dali a alguns minutos não se arrependesse da satisfação momentânea, Graeme concordou com a cabeça.

— Obrigado por isso. De qualquer modo, meus irmãos ouviram minha última discussão com Maxwell. Quando eles estavam na Lareira Partida, perceberam que a garota inglesa que tinha acabado de chegar era a irmã do Duque de Lattimer.

A expressão de leve impaciência do ferreiro sumiu.

— A sobrinha da Hortensia é irmã do Lattimer? Por que ela...

— Hortensia — Graeme o interrompeu, estranhando o primeiro nome da acompanhante de Marjorie em sua boca — não é tia de Marjorie. Ela é sua acompanhante. Depois que meus irmãos pegaram Marjorie, a Sra. Giswell não quis que ninguém soubesse que a moça sumida era mais importante do que todos pensavam.

— Foi inteligente, acho, mas ela podia ter me contado a verdade. — Devagar, ele levantou o olhar em direção à casa. — Espere um pouco. Quer dizer que essa tal de Marjorie esteve aqui esse tempo todo?

— Sim. Eu não podia deixar que prendessem meus irmãos por terem sequestrado a irmã do duque. — Graeme inspirou fundo. A próxima parte era perigosa. — Depois que a informação de que Marjorie estava aqui se espalhou, eu não quis que a Sra. Giswell mandasse chamar Lattimer nem soldados. Então eu... a trouxe para cá.

— Você a trouxe para cá — Robert repetiu. — E ela nem se deu ao trabalho de me contar para onde estava indo? Os rapazes da carruagem receberam um bilhete para ficar onde estavam, mas eu não recebi nada.

Ela não tinha escrito o bilhete para os dois criados ingleses, mas isso não importava para o ferreiro.

— Eu não pedi permissão a ela.

— Você... Oh. Você raptou Hortensia. Do jeito mesmo que seus irmãos raptaram a outra garota.

— Eu...

— Eu pensei que ela tinha se cansado de ter um bruto como eu a seguindo por aí. — De repente, o ferreiro se aproximou de Graeme. — Ela está bem? Porque como meu líder ou não, se você a machucou, juro que vamos ter que resolver isso.

Graeme inclinou a cabeça.

— Eu poderia lhe dar minha palavra de que ela está bem, mas acho que você vai preferir ver por si mesmo.

— Vou sim.

Até ali, pelo menos, a situação estava indo melhor do que ele esperava. Ele foi na frente até a sala matinal, onde as duas mulheres esperavam, recuando quando aquele urso peludo que chamavam de ferreiro passou os braços ao redor da respeitável e corpulenta Sra. Giswell, levantando-a.

— Você está bem, garota? Eu pensei que tinha ido procurar pela jovem sozinha e se perdido. Seus rapazes me disseram que você tinha ido, que não me deixou nenhum recado. Procurei você por toda parte.

— Minha nossa! Ponha-me no chão, Rob. Pelo amor de Deus.

— Ele sabe o que está acontecendo — Graeme disse, aproximando-se. — Estou confiando em vocês todos de agora em diante.

Será que o ferreiro e a acompanhante de Marjorie tinham um futuro juntos? Ele esperava que sim; os dois pareciam verdadeiramente apaixonados. Pelo que Graeme sabia, nenhum dos dois tinha responsabilidades com família ou clã, nada que os afastasse, além do fato de ele ser escocês e ela inglesa. Pelo que Graeme sabia, Hortensia Giswell não possuía o desejo secreto de ser aceita pela fina flor da alta Sociedade londrina.

Uma mão tocou seu braço.

— Obrigada — Marjorie disse. — Eu sei que contar a verdade para o Sr. Polk vai contra o que você julga aconselhável.

— Bem, uma vez você me pediu para lhe conceder um desejo, garota, e nada vai me deter.

— Você não me deixou ir — ela o lembrou.

— Porque você estar aqui é a única coisa que *eu* desejo — ele murmurou, voltando a caminhar pelo saguão. As barracas e mesas para a festa começariam a chegar hoje, e eles ainda tinham que dispor tábuas sobre os locais mais lamacentos do gramado ao lado da casa. Isso tinha lhe dado outra desculpa para tirar Brendan de casa e afastá-lo das hóspedes. Cedo ou tarde ele teria que conversar a sério com o rapaz.

Uma mão puxou a dele.

— O que você acabou de dizer? — Marjorie perguntou.

— Eu disse que concedi seu desejo — ele respondeu, virando-se para ela. — Quer ver como está o gramado que estamos preparando para a festa de inverno?

Ela abriu e fechou a boca, arregalando um pouco os belos olhos.

— Claro que sim. Faz dias que quero ir lá fora. Mas eu ser vista não vai colocar seus irmãos em perigo?

— Eu acho que a esta altura todo mundo num raio de quinze quilômetros sabe que tenho uma governanta inglesa. Se eu não disser nada além de que você é Marjorie Giswell, será apenas uma curiosidade menor.

— "Uma curiosidade menor"? — ela repetiu. — Isso seria uma mudança maravilhosa. — Segurando no antebraço dele, Marjorie saiu com Graeme para o pátio de cascalho, fingindo que seu coração havia acelerado por causa do vento frio.

Quando ela se voltou para observar a casa, ele parou ao lado dela. Graeme se deu conta, então, de que ela nunca tinha visto a residência por fora. Ele também observou Garaidh nan Leòmhann, a Cova do Leão. Pedras cinza-claras, uma treliça de rosas subindo pela parede ao lado da janela da sala matinal, dois andares e um sótão dispostos em um retângulo maciço que já tinha passado por dias melhores. Séculos melhores, na verdade. Com as roseiras praticamente sem cuidado durante os últimos oito anos, e perdendo as folhas no frio, com os arremates descascando das janelas e o jardim pontuado por erva daninha à vista, a casa parecia... cansada.

— Não parece muita coisa — ele disse alto —, mas acho que tem coração. — A residência estava um pouco mais gentil e acolhedora desde que Marjorie tinha chegado, mas ele não iria dizer isso para ela.

— Dá para imaginar um dragão aninhado no teto — ela observou. — Um dragão médio, pairando na neblina. Um dragão grande seria um pouco de exagero, eu acho. E muito clichê.

Hum. Ele não esperava essa resposta.

— Dragões?

— Só um. Quando era criança, eu sempre pensei que os dragões viviam nas Highlands. Este lugar seria esplêndido como moradia de um dragão. A Cova do Leão tem... uma aparência mágica, você precisa admitir.

Graeme olhou de novo para a casa em que tinha nascido. Mágica? Talvez coisas não mágicas demais tivessem acontecido ali e ele não conseguia ver a magia.

— Gosto que você consiga vê-la assim — ele disse depois de um momento. — Já ouvi histórias de que esse lugar costumava ser muito mais altivo.

Depois disso, ela quis conhecer o estábulo e saber o nome dos dois cavalos de sela e dos dois de trabalho que moravam ali. Depois ele a levou até a margem do rio Douchary. Onde a água diminuía de velocidade, as margens estavam cobertas por alguns centímetros de gelo. Logo a faixa de água corrente no meio começaria a se estreitar, e em janeiro eles teriam que quebrar o gelo para pegar água.

— Eu não esperava ver tantas árvores nas Highlands — ela comentou, o olhar pairando sobre as bétulas e sorveiras espalhadas ao longo da outra margem do rio.

Ela via as árvores como um bom lugar para se esconder caso tentasse fugir? Ele esperava que não, porque ela nunca conseguiria atravessar o rio caudaloso e bravio.

— Onde o vento não consegue passar, as árvores lançam raízes e crescem o máximo que podem. A maior parte do vale é composta de árvores, depressões e regatos. Meus ancestrais construíram deste lado do rio porque aqui o vento impede as árvores de crescer. Os highlanders gostam de ver quem está se aproximando com tochas e canhões.

— É um lugar muito bonito — ela disse, soltando a mão dele para esfregar os dois braços. Para uma garota do sul quente e ameno, o frio devia estar um horror. Ele tirou o casaco e o colocou nos ombros dela.

— Eu preciso encontrar roupas mais quentes para você vestir.

— Sou bem habilidosa com agulha e linha. Se não se importar de eu alterar algumas das coisas da sua mãe, acredito que possa me virar. Você raptou o baú da Sra. Giswell junto com ela, então só eu preciso de roupa.

— Eu não raptei o baú dela. Eu só queria que ela tivesse mais conforto do que você estava tendo. Eu tento aprender com os meus erros.

Um sorriso iluminou a doce boca de Marjorie.

— Acredito que podia ter sido muito pior. E ultimamente tenho me sentido um tanto... conciliadora.

Ele a puxou para mais perto.

— Tem mesmo?

— Graeme! — a voz de Connell veio da direção do estábulo. — O Corneta escapou! A gente tem que pegar ele antes que um gato selvagem o coma! — O garotinho veio correndo pela campina.

— Corneta? — Marjorie perguntou, soltando o braço dele.

— O ganso de estimação do Connell. Ele mora no estábulo.

Marjorie levantou as saias e correu atrás de Graeme, mas do jeito que ele corria na direção do irmão, era como se ela estivesse parada. Um ganso, vários gatos, uma dupla de raposas, dois filhotes de coelho e Deus sabia mais o quê, mas Graeme ainda tinha centenas de vidas com que se preocupar. Ainda assim, ele se dava ao trabalho de correr atrás do ganso de estimação do irmãozinho de 8 anos.

Na metade da colina, contudo, ela parou. O que pensava estar fazendo? Não importava o que ele tivesse dito sobre manter a ela e a família em segurança, não importava o que ela tivesse concordado em fazer, Marjorie continuava sendo uma prisioneira. E logo ali, do outro lado daquele rio de aparência formidável, estava sua liberdade.

Mesmo enquanto o pensamento lhe ocorria, contudo, ela soube que não iria a lugar nenhum. Talvez soubesse, aproximadamente, onde ela se encontrava nas Highlands, mas não estava preparada para uma fuga por aquele lugar selvagem. E ela... não queria ir. Marjorie queria ficar, pelo menos até compreender por que achava aquele homem — um bárbaro incivilizado que parecia adorar quebrar as regras e arrastá-la consigo — tão atraente. Até conseguir parar de pensar nele e se sentir pronta para voltar para sua casa imensa e confortável em Londres.

Ainda ofegante, ela retomou a corrida até o alto da colina. Precisava muito caminhar ao ar livre, se conseguisse autorização para tanto. A campina se abria diante dela, com várias pilhas de tábuas em meio a rolos de lonas pesadas e duas dúzias de homens marcando lugares com estacas e cordões.

No meio disso tudo, um grande ganso cinza-azulado grasnava e batia as asas, esquivando-se de Connell, de Graeme e de qualquer outro que corresse atrás dele. Ela reconheceu Brendan quando o jovem mergulhou sobre a ave, mas só conseguiu se enrolar no barbante. E Graeme, magnífico de camisa branca, kilt e botas de trabalho, não estava se saindo muito melhor. Connell, também grasnando e batendo os braços, parecia mais empolgado do que preocupado.

Finalmente, Graeme deu um salto torto, pegando o ganso em seus braços e rolando várias vezes na grama antes de parar. Marjorie levou as duas mãos à boca, tentando abafar o riso, enquanto Connell parou de bater os braços e desabou ao lado do irmão.

— Muito bem! — ela exclamou, batendo palmas. Marjorie passou com cuidado pelas estacas com barbantes que haviam sobrado e parou ao lado deles.

Ofegante, Graeme sorriu para ela.

— Se um dia ele descobrir como voar, estamos perdidos.

— Ele não pode voar — Connell disse. — Um gato selvagem tentou comer a asa dele quando era criança.

Olhando com mais atenção para o Corneta, Marjorie pôde ver a extensão sem penas de um lado da asa. Outro órfão que Connell precisou salvar. Outra alma perdida que Graeme tinha permitido que Connell trouxesse para a família.

Será que ela também era uma? Seria esse o verdadeiro motivo pelo qual Connell tinha reparado nela e concordado com o plano de Brendan? Seria ela uma alma perdida tentando fazer parte de um lugar que não a queria, nem precisava dela? Mas aonde, então, ela deveria ir? Marjorie possuía educação e sofisticação para ser uma aristocrata, tinha uma casa mais elegante que metade das residências de Mayfair, e as cortes afixaram "Lady" à frente do nome dela assim que reconheceram Gabriel como Duque de Lattimer.

Ninguém, contudo, tinha dado qualquer demonstração de que ela pertencia à aristocracia de Londres. E, depois de sua aventura nas Highlands, nunca pertenceria. Onde, então, era o lugar dela? Onde ela conseguiria sentir que conquistou o que passou a maior parte da vida se esforçando para obter? Seria...

Connell endireitou as costas e pegou sua mão, puxando-a para sentar ao lado de Graeme no gramado úmido.

— Faça carinho nele, Marj. O nome dele é Corneta. Ele é muito amigável, mas gosta de correr na campina.

Com Graeme ainda deitado de costas com o ganso aninhado junto ao peito, ela estendeu a mão para acariciar as penas macias da ave. A cabeça se virou e olhos pretos e redondos a avaliaram, até que Corneta curvou o pescoço para colocar o topo da cabeça debaixo de sua mão.

— O Corneta gosta de você — Connell anunciou. — Eu disse que ele era um bom amigo.

— Ele é muito macio — ela observou.

— E malandro — Graeme acrescentou. — É melhor nós o levarmos para dentro e depois ajudarmos a remarcar este campo antes que os rapazes cheguem à conclusão de que a gente mais atrapalha do que ajuda.

Uma mão apareceu para ajudar Marjorie a se levantar. Ela aceitou e ficou de pé, levantando o rosto para ver Brendan encarando-a.

— Obrigada.

Os olhos cinzentos a fitaram por um breve momento.

— Nem todos nós a achamos tão encantadora quanto Graeme — ele murmurou, olhou para o irmão mais velho e se afastou.

— Brendan — Graeme disse, bravo, enquanto se levantava. — O que ele disse para você, *Sassenach*? — Sem esperar resposta, ele colocou o ganso nos braços dela e foi atrás do irmão, agarrando-o pela camisa para colocá-lo frente a ela. — Peça desculpas, Brendan. Seja o que for que você tenha dito.

Abrindo um meio sorriso, Marjorie meneou a cabeça.

— Ele disse que você me acha encantadora. — E era verdade; ela só deixou o resto de fora porque era uma questão entre ela e Brendan. — De onde eu venho, isso não exige desculpas.

Os olhos lancinantes do adolescente a fitaram e logo depois se desviaram.

— Satisfeito, seu valentão? — Brendan grunhiu, sacudindo o braço para se livrar de Graeme e voltando a se afastar.

— É só isso que você tem a dizer? — Graeme perguntou, voltando-se para ela.

Marjorie lhe devolveu o ganso.

— Não tente começar uma briga comigo, highlander — ela retrucou. Por um minuto, antes que Brendan a lembrasse de que o lugar dela também não era na Cova do Leão, Marjorie quase tinha se sentido parte da família Maxton. E, por um breve momento, ela tinha gostado. — Não aconteceu nada.

— Certo... — ele disse, soltando a respiração. — O garoto tem razão.

Razão a respeito do quê? De que quase ninguém ali gostava dela? De que ali também não era o seu lugar?

— Tem?

Os dedos dele tocaram os dela.

— Sim, eu realmente acho você encantadora.

Dessa vez, ela sentiu a alegria se espalhar por todo o seu corpo, e o mundo pareceu um lugar bom outra vez. Marjorie não sabia quando a opinião dele tinha se tornado tão importante, mas isso estava óbvio agora.

— Você também tem seus momentos de encanto, eu acho — ela admitiu. — Quando não está tentando me intimidar. — Além daqueles momentos demorados e deliciosos na cama dele, Marjorie gostava de observá-lo com os irmãos. O carinho e o afeto que sentiam um pelo outro era palpável — e muito atraente.

— Johnny — Graeme chamou o cavalariço, que terminou de se desembaraçar dos barbantes e se aproximou. — Leve o Corneta de volta para o cercado, sim?

— Claro, milorde. — O cavalariço pegou a ave cinza-azulada. — Então você acha que pode fugir, é? Vamos ver se você vai ganhar aquela porção extra de milho esta noite. — O ganso grasnou para ele. — Ah, não adianta tentar se desculpar. Você fez uma bagunça no campo.

Graeme se aproximou de Marjorie, enquanto ela ainda ria da conversa entre Johnny e o ganso.

— Você não tentou fugir — ele murmurou.

— Eu pensei nisso — ela admitiu. Ele a chamaria de mentirosa se ela afirmasse que essa ideia não lhe passou pela cabeça. — Mas como Sir Hamish está por perto, decidi não me arriscar a encontrá-lo.

A explicação pelo menos parecia plausível. Do contrário, ela teria que explicar algo que não fazia nenhum sentido; apesar de ser raptada, trancada em um quarto, acorrentada a uma cama e quase obrigada a se casar, ela... gostava de estar ali. Estar entre os nem um pouco convencionais Maxton, jovens de espírito livre, fazia com que Marjorie esquecesse o quanto estava fracassando em Londres.

Não era só porque ela estava se ocupando em fingir ser a tutora de Connell. Quando trabalhava como acompanhante de senhoras, com frequência passava noites acordada, quase sufocando com o pânico crescente que lhe tomava. Passar a vida afofando travesseiros e buscando chá para mulheres que provavelmente também tinham fracassado na Sociedade lhe parecia uma vida vazia e sem propósito.

Agora ela não sentia isso. Mas o que dizia a respeito dela e de sua vida, se na casa de seu sequestrador, no meio das Highlands escocesas, Marjorie se sentia mais feliz do que com todo seu dinheiro e status em Londres?

— O que a está preocupando, *Sassenach*? — Graeme perguntou, detendo-a quando chegaram ao pátio da casa.

— Eu não tinha me dado conta de quanto sentia falta de caminhar — ela improvisou.

— Mentira — ele respondeu e passou por ela para entrar na casa.

Ora.

— O que faz você pensar que estou mentindo, homem grosseiro? — ela retrucou, indo atrás dele pelo corredor.

— Você nem chorou quando os rapazes a arrastaram para Garaidh nan Leòmhann. Deixar de passear não a faria nem piscar. Se não quer me dizer porque está chorando, diga que não é do meu interesse. Mas não minta.

— Não estou chorando — ela afirmou, limpando uma lágrima do rosto. — Entrou um cisco no meu olho.

— Então eu é quem estou com algum problema no cérebro — ele falou, entrando no escritório.

— É você quem diz, não eu.

Quando adentrou o escritório atrás dele, Graeme a puxou para perto da escrivaninha e trancou a porta atrás deles. Ela abriu a boca para protestar, mais uma vez, que não estava chorando, e também para observar que um cavalheiro não insiste nesse tipo de assunto, mas ele a impediu de falar com um beijo. Suas línguas se enrolaram, o coração dela disparou e falhou quando as mãos dele a pegaram pelo quadril e a puxaram para si.

— Isso é bem melhor — ele disse, enfim, quando levantou a cabeça. — Até à noite, pelo menos.

Ela demorou um momento até conseguir organizar os pensamentos para formar palavras.

— O que vai acontecer à noite? — ela perguntou, embora aquele beijo tivesse lhe dado uma ideia.

— Esta noite vou possui-la de novo, Marjorie — ele disse, passando um dedo pelo decote dela. — Estou sendo paciente há dois dias, e não sou um homem paciente.

— E as garotas da região, Graeme? Tenho certeza de que muitas devem estar ansiosas para dividir a cama com você. Para ter um lugar na sua vida. Connell não é mais um bebê, e você não precisa continuar sozinho.

Graeme franziu o cenho.

— Você não me quer? — ele murmurou, descendo a boca até o pescoço dela.

Se ela não o queria? Marjorie não conseguia pensar em outra coisa que não estar nua de novo com ele.

— A questão não é essa — ela insistiu, fechando os olhos ao sentir os arrepios fulminantes que o toque dele provocava. — Um líder do clã Maxwell precisa de uma esposa e de herdeiros. Eu... — *Oh, nossa, o que ela estava dizendo?* — Quero dizer, eu não... — Ela pigarreou. — Eu já estou arruinada mesmo, então não me oponho a ter um caso com você. Mas Connell, assim como Dùghlas e Brendan, precisam de influência feminina em suas vidas. E um pouquinho de disciplina também não faria mal a você. Então, talvez você não deveria estar perdendo tempo comigo.

Em algum momento do discurso dela, Graeme parou com seus beijos carinhosos, que faziam sua mente dar piruetas, e se endireitou, encarando-a. Marjorie não sabia o que seria mais doloroso, ouvi-lo concordar que ela era apenas um caso ou dizer que era melhor ela se preocupar com a própria vida, porque, afinal, Marjorie era apenas uma inglesa cercada de highlanders.

— Você está parecendo o Padre Michael — ele disse, afinal. — Sempre tentando me juntar com alguma garota "promissora". Não sou um monge, milady. Você não é a primeira a se deitar na minha cama.

Bem, isso a magoou.

— Não achei que fosse — ela disse, rígida. — Mas isso...

— Eu não sou um fedelho apaixonado que precisa de orientação. Eu tenho olhos... e estou olhando para você. — Ele se remexeu. — E já que nós dois sabemos que você vai embora assim que eu permitir, não vejo perigo de nenhum coração ser partido. Estou *pedindo* para você se deitar comigo. Se não se opõe, deixe a maldita porta destrancada esta noite.

— Não me oponho — ela sussurrou para que ele não percebesse o tremor em sua voz. Nada permanente, mas que durasse enquanto ela estivesse ali. Ela podia suportar isso. Até, talvez, quando decidisse ir embora, ou quando ele dissesse que seria seguro para ela partir. Esse dia, contudo, não seria hoje.

E se parte dela desejava que a excursão de pesca de Sir Hamish fosse tão esplêndida que ele decidisse prorrogar sua estadia no vale, bem, Marjorie não precisava admitir isso para ninguém além de si mesma.

Hortensia se afastou da porta do escritório, tomando cuidado para que o antigo conjunto de chá que trazia na bandeja não tilintasse. E ela pensando que estava perdida e com problemas... Alguns beijos e passeios discretos de mãos dadas não eram páreo para o que ela tinha acabado de ouvir através da porta.

Claro que seria necessário um esforço hercúleo para salvar a reputação de Lady Marjorie se surgissem rumores quanto a um sequestro. O que nenhum dos dois jovens dentro daquele escritório compreendia, contudo, era que, naquele momento, ninguém fora daquela mansão decrépita sabia que um sequestro havia acontecido. Ninguém sabia que Lady Marjorie Forrester estava desaparecida.

Pelo amor de Deus, será que a jovem lady pensava que sua acompanhante não tinha aprendido nada com o desastre que foi a Princesa Sofia? Quanto menos gente soubesse que algo estava errado, menos pessoas poderiam dar com a língua nos dentes. Se elas precisassem de uma desculpa, tinham tempo e oportunidade para encontrar uma.

De fato, Lady Marjorie parecia estar criando ela mesma a única complicação possível. Uma gravidez acabaria com qualquer chance de ela retornar incólume. Por outro lado, uma criança sempre podia ser uma órfã, ou filha de uma amiga ou parente distante falecida. Uma quantidade razoável de "órfãos" morava em casas absolutamente respeitáveis com suas "benfeitoras" puritanas. Tudo podia ser consertado, desde que uma dose de discrição fosse empregada.

Os três Maxton mais novos entraram na casa e ela se afastou para deixá-los passar. Três pequenos bárbaros mal-educados, ainda que dois deles fossem mais altos do que ela. Alguém deveria ter dado com uma vara verde neles. Agora, provavelmente, era tarde demais para reabilitá-los, com exceção, talvez, desse Connell. Mas dado o modo como ele adorava se misturar com animais selvagens, até isso seria um desafio.

— ...isso não quer dizer nada — afirmava o mais velho enquanto passava o braço pela cintura de Connell, jogando o garotinho sobre o ombro.

— Quer dizer que ela podia ter feito você ir carregar estrume no estábulo, mas não fez — observou o do meio, o mais inteligente dos três. — E isso depois que você a raptou, ameaçou e insultou. Eu teria espancado você por cada uma dessas coisas.

— Bem que tentou, cara de cavalo.

— Boca de vaca.

— Eu sou o rei! — Connell gritou sem motivo aparente, e então eles sumiram na escadaria a caminho dos quartos.

Loucos. Todos eles. Mas então Lady Marjorie saiu do escritório, com lábios inchados e um lado do cabelo se soltando dos grampos. Após um sorriso para a porta, ela se virou para a escada e começou a cantarolar uma canção sobre duas moças bonitas, que todo mundo sabia ser sobre a rebelião jacobita. Claro que era divertido cantar essa música nas salas de visitas de Londres, fingindo um sotaque escocês horrível, mas ali isso parecia questionável e, provavelmente, escandaloso.

Hortensia abriu a boca para advertir sua patroa, mas deteve-se quando Lady Marjorie abriu os braços e rodopiou. Nos dois meses em que conhecia a jovem aristocrata, nunca tinha visto Marjorie cantar, muito menos rodopiar.

— Oh, Sra. Giswell! — a jovem exclamou, parando a música no meio e corando. — Não sabia que estava aí.

— Eu estava trazendo chá para Sir Robert. Quero dizer, para o Sr. Polk. Recebê-lo sozinha numa sala não é exatamente respeitável, mas sem nenhuma criada nesta casa, exceto por aquela cozinheira selvagem, deixar a porta da sala matinal aberta vai ter que ser suficiente.

— De qualquer modo, ele parece muito respeitoso com você — Lady Marjorie respondeu.

— É mesmo. Não que algo possa acontecer entre um ferreiro escocês e uma acompanhante inglesa, mas o flerte é uma arte que precisa ser praticada de tempos em tempos.

— Só um flerte, Sra. Giswell? — ela disse, os olhos cintilando de bom humor. — O Sr. Polk pareceu extremamente aliviado ao constatar que você estava bem.

— Sim, acho que ficou mesmo. Mas nossa estada aqui é involuntária e temporária, minha lady, então o que isso poderia ser se não um flerte?

O sorriso provocador no rosto da patroa sumiu e ela baixou os olhos.

— Sim, é claro, você está certa. O que mais poderia ser? — Ela alisou a saia. — O padre deve chegar em breve. Por acaso você viu Connell?

— Está no andar de cima com os irmãos, eu creio.

— Obrigada. E, por favor, esteja certa de que o Sr. Polk sabe o que estamos fazendo, caso ele converse com o Padre Michael.

— Pode deixar, minha lady. Quero dizer, minha sobrinha Marjorie.

Com um aceno e um sorriso absolutamente falso, Lady Marjorie subiu a escada. Hortensia a observou até que sumisse de vista, seus pensamentos em ebulição. *Oh, céus.* Aquilo era muito mais sério do que pensava. A despeito de como aquela desventura tinha começado, Marjorie estava... feliz. Ali. Talvez ela nem tivesse se dado conta, mas ninguém que cantarolava, sorria e rodopiava sozinha — ou quando pensava estar sozinha — era infeliz.

Erguendo a bandeja de chá, a Sra. Giswell empurrou a porta entreaberta da sala matinal e entrou. No mesmo instante, mãos quentes e fortes se fecharam sobre seus ombros.

— Um flerte? É o que sou? — Sir Robert murmurou, aproximando sua barba espessa para beijá-la no rosto.

— Eu queria lembrar Lady Marjorie de que ela tem planos, e que estes não incluem Graeme, Lorde Maxton. — Ela apoiou a bandeja no aparador para servir-lhe uma xícara de chá com quatro torrões de açúcar. Depois de dez anos casada com um Sr. Giswell racional e muito aborrecido, ela estava apreciando aquele homem com gosto para coisas mais doces.

— E quanto aos *seus* planos, Hortensia?

Com um suspiro, ela lhe entregou a xícara e depois se sentou ao lado dele no sofá.

— Enquanto Lady Marjorie precisar de mim, irei aonde ela for.

— Então talvez você não devesse lembrá-la de que ela tem outros planos de vida.

Hortensia arqueou uma sobrancelha.

— Ficar aqui, você quer dizer? Lady Marjorie quer ser bem-sucedida na Sociedade. Não vai conseguir isso aqui. — E felicidade e sucesso eram coisas que raramente tinham relação entre si. Dessa forma, ainda que ela pudesse encontrar uma delas ali, não encontraria a outra.

O ferreiro deu de ombros.

— Quem sabe ela não muda de ideia quanto ao que deseja?

Se Marjorie não tomasse cuidado, acabaria não tendo escolha. E isso não lhe traria felicidade nem sucesso. E ela não teria nenhuma necessidade de ter uma acompanhante, porque não seria mais considerada uma lady.

13

Graeme podia jurar que o número de gatos na casa tinha multiplicado. Os animais podiam ter se reproduzido sozinhos, pois gatos têm essa capacidade, ou Connell podia ter contrabandeado mais alguns, esperando que ninguém reparasse. De qualquer modo, alguns teriam que ficar no estábulo.

Empurrando um felino marrom e branco de lado com o pé descalço, ele fechou a porta do seu quarto e se aproximou sorrateiramente do quarto de Marjorie. Sim, ela tinha tentado empurrá-lo para alguma das garotas da região, mas fez isso de modo tão atrapalhado que Graeme não a levou a sério.

De modo algum ele iria bater na porta essa noite, então girou a maçaneta, que cedeu, e soltou o ar que estava segurando. Ela não tinha mudado de ideia quanto ao sexo com ele — pelo menos ainda não. Se a porta *estivesse* trancada, ele provavelmente teria se esquecido de ser furtivo, empurraria a madeira com o ombro e arrancaria a porta das dobradiças.

Marjorie tinha recolocado as duas poltronas com estofamento puído em frente à janela, e quando fechou a porta, Graeme enxergou a silhueta dela contra a noite prateada lá fora.

— Alguma coisa chamou sua atenção lá fora? — ele perguntou em voz baixa, aproximando-se por trás para poder passar os dedos pelo cabelo solto dela.

— Connell passou uma hora antes do jantar tentando me convencer de que tinha encontrado duas fadas vivendo em uma árvore oca do outro lado do rio. Disse que eu poderia vê-las quando escurecesse porque as asas delas brilham.

— E você espera conseguir vê-las?

— Não. Mas eu queria olhar mesmo assim. Parece uma boa noite para fadas... e elfos, *selkies*, almas penadas e todas as outras criaturas mágicas que parecem viver nas Highlands. Por que existem tantas criaturas míticas aqui?

— Criaturas míticas e lugares selvagens. Não existe em todo mundo um lugar mais selvagem do que as Highlands.

— Eu gosto quando você fala assim das Highlands.

— Assim como? — Graeme levantou uma sobrancelha.

— Como se você adorasse tudo isso.

As Highlands não eram a única coisa que ele estava adorando. Esse pensamento, a percepção de como aquela inglesa estava se tornando vital para ele — e depois de apenas alguns dias —, aterrorizou-o de um modo como nunca tinha acontecido. Um highlander precisava ser forte, resistente e autossuficiente. Ele tinha testemunhado de perto o que acontecia com o homem que abria mão de sua felicidade, de si próprio, por outra pessoa. E ele jurou que isso nunca aconteceria consigo. Diabos, ele estava pronto para se casar com uma estranha, uma garota inglesa que considerava empertigada e mimada. Se não a amasse, ela não poderia lhe fazer mal.

E, no entanto, ele pensava nessa garota o tempo todo em que estava acordado, sonhava com ela quando dormia, desejava-a sem parar. O perfume dela bastava para armar uma barraca em seu kilt. Ela era a chama, e ele a mariposa.

Talvez aquilo fosse apenas desejo. Sim, podia ser; ele precisava tirá-la de seus pensamentos, e o único modo lógico de fazer isso era saciando-se dela. Imediata e repetidamente, até ser capaz de respirar e pensar de novo.

Marjorie olhou para ele por sobre o ombro.

— Você está quieto demais — ela observou. — Não gosta daqui? Eu conheço lugares mais fáceis onde se viver.

— Não para mim, *Sassenach* — ele disse, meneando a cabeça. — Eu estive em Londres cerca de nove anos atrás. Lembro-me de dias quentes, flores... eu suando dentro daquelas roupas elegantes, moças de sombrinha, cachorrinhos passeando de carruagem.

Rindo, Marjorie se virou e ficou de joelhos na cadeira, o queixo apoiado nos braços que descansavam no encosto.

— É tudo que você se lembra? — ela perguntou, olhando para ele.

Graeme deu de ombros.

— Eu lembro das pessoas me olhando de esguelha, de ouvi-las sussurrando se eu não seria um espião jacobita. Como se tivessem esquecido da Batalha de Culloden e do que os casacos-vermelhos fizeram com os jacobitas. Eu quebrei um bocado de narizes, desafiaram-me para dois duelos e fui banido para sempre de um lugar chamado Almack's. — A coisa toda tinha sido mais problemática do que isso, mas ele imaginou que ela tinha entendido a mensagem; ele e Londres não eram nem um pouco compatíveis.

— Ah, Almack's. Todos querem ser convidados. E todos odeiam frequentar — ela disse, concordando. — Eu mesma nunca fui convidada.

— E quer ir? — Para uma garota com tanto juízo como ela, parecia um objetivo muito estranho e fútil.

— É um sinal de aceitação. — Marjorie sacudiu a cabeça. — Mas não quero mais falar de Londres esta noite.

— Não? Você tem outra coisa em mente? — Ele pôs as mãos nos braços cruzados dela e se inclinou para beijá-la.

No momento em que ela passou os braços ao redor do pescoço dele, Graeme a pegou pela cintura e a levantou por cima do encosto da cadeira. Mesmo com toda a incerteza que havia entre eles, com as questões que se resumiam a quando e como ela iria embora, *isso* era certo. O desejo entre eles era genuíno e inconfundível. E ele sabia muito bem o que fazer a respeito.

Graeme a colocou ao lado da cama, pegou a barra da camisola e a tirou pela cabeça de Marjorie. Os seios pequenos, com seus mamilos túrgidos, praticamente imploravam por atenção, mas nessa noite ele estava pensando em algo diferente.

— Na cama — ele a instruiu, tirando a camisa e o kilt.

Ela deitou com a cabeça no travesseiro, como tinha feito duas noites atrás. Com um sorriso, ele a segurou pelos tornozelos e a puxou para o lado, deixando-a atravessada na cama, as pernas abertas e ao redor das coxas de Graeme, que continuava de pé. Encarando-a, ele ajoelhou, pegou a perna direita dela e beijou o verso do joelho. Com beijos e mordiscadas leves, ele foi subindo até o alto da coxa. Quando a beijou lá, ela pulou.

— Graeme, isso é muito indecente — ela conseguiu dizer em meio a um gemido.

— É sim — ele murmurou, lambendo-a em seguida. Enquanto ela gemia e se contorcia sob os carinhos dele, Graeme a abriu e continuou investindo com a boca e os dedos.

Quando ele enfiou o dedo no calor molhado dela, Marj gozou de repente, contraindo-se ao redor do indicador. O pau dele reagiu com um salto. Se apenas o resto do tempo deles juntos fosse assim tão simples, ele nunca teria que deixá-la ir.

Com as mãos enroladas no cabelo dele, ela o puxou para cima. Graeme não resistiu e só parou para circular os seios dela com a língua, então levantou a cabeça para um beijo de boca aberta, com as línguas se entrelaçando.

— Por favor, Graeme — ela murmurou, rouca.

Vendo-a com o rosto corado, os olhos azuis procurando seu rosto, a respiração reduzida a arquejos superficiais, ele não conseguiria resistir mesmo se tentasse. Ainda de pé ao lado da cama, usou seus joelhos para afastar os dela, segurou os punhos de Marj acima da cabeça e a penetrou.

Um calor trêmulo e apertado o envolveu, e ele teve que fechar os olhos para manter um mínimo de controle. Com o corpo esguio sob o seu estremecendo, ele saiu e entrou de novo, reivindicando-a para si com cada nova estocada. Eles podiam chamar aquilo do que quisessem — reação a uma atração mútua e temporária, um modo de passar o tempo. Não importava. O importante eram os corpos colados um ao outro, a respiração ofegante se misturando, a penetração profunda, faminta. Nela, Graeme tinha uma parceira, um coração para bater em sincronia com o dele.

Quando Marj começou a se contrair de novo, ele gozou, esvaziando-se dentro dela, outra afirmação de que era sua. Ele podia dizer para si mesmo, para os dois, que ela já estava arruinada, então isso não importava. Só que importava sim, porque se ela engravidasse, ele teria outro motivo para nunca a deixar partir.

Graeme se espreguiçou, então abriu os olhos quando suas mãos não encontraram nada a não ser os lençóis amarrotados. Por um instante, ele não conseguiu se lembrar em que cama tinham passado a noite; nas últimas quatro eles haviam alternado, embora a cama dele fosse maior e mais macia.

— Eu acho que o tempo vai estar bom durante a sua festa — Marjorie disse, parada junto à janela.

Ele sentou. Ah, era a cama dele.

— Se eu soubesse o quanto você gosta de olhar pelas janelas, nunca a teria acorrentado longe delas — ele disse, a voz arrastada, segurando um bocejo.

— Em Londres, eu ficava olhando pela janela à espera de visitas — ela observou, movendo-se até a lareira para atiçar o fogo. Marjorie tinha vestido a camisola, o que não prometia mais sexo nesta manhã. Ainda assim, ele podia ser persuasivo. — Mas aqui, olho apenas porque a vista é linda. — Ela suspirou. — Dùghlas me contou um ditado, que se você não está gostando do tempo deve esperar um minuto. Parece funcionar do mesmo modo com a paisagem.

— Sim. A coisa mais instável aqui é o tempo, não as pessoas.

— E hoje eu espero conhecer mais pessoas.

Depois que Marjorie falou isso, ele fechou a boca para não sugerir que ela ficasse em casa durante a festa. Sim, ela estaria mais segura do lado de dentro, mas a essa altura todo mundo entre Sheiling e o lago Achall já sabia que ele tinha contratado uma tutora inglesa para os irmãos, e que a tia dela estava passando um tempo com eles. Os colonos que ainda não a tinham conhecido esperavam conhecê-la, e Graeme, na verdade, queria que isso acontecesse. Ele faria todo o possível para tentar convencê-la de que Garaidh nan Leòmhann era melhor do que Londres, sem dizer isso explicitamente.

— Só me prometa que vai ficar por perto — ele disse, puxando-a para seu lado debaixo das cobertas quentes. — Tio Raibeart ainda não se livrou do convidado, então eu acredito que Hamish Paulk vai aparecer para azedar o leite e assustar as crianças.

— Eu vou *tentar* ficar de olho em você — ela retrucou. — Mas nós dois sabemos que você vai ser encoberto por mulheres casadouras no momento em que puser o pé lá fora.

— E você não se incomoda com isso? — Por Satanás, ele queria que ela tivesse ciúme. Graeme queria que Marj estivesse tão desesperada por ele quanto ele estava por ela. No entanto, ela ficava falando do futuro *dele*, que parecia não a incluir.

— Se eu me incomodo ou não, não tem importância.

Bem, isso já era melhor.

— Garota, nós temos dividido a cama. É claro que tem importância.

— Não, não tem. — Ela tentou se afastar, empurrando-o, mas ele a segurou firme ao seu lado. — Você vai ter que encontrar uma noiva cedo ou tarde, Graeme, e eu preciso ver meu irmão e voltar para Londres.

— Você *quer* fazer essas coisas. Mas não *precisa*. — Ele a colocou de costas para que Marj tivesse que olhar para ele. — Por que você precisaria voltar para aquela casa onde seus vizinhos nem a cumprimentam?

— Oh, pare com isso — ela estrilou, empurrando o peito dele. — Você não consegue entender.

— Não consigo, é? — ele retrucou. — Você sabe que eu poderia ter me casado, se quisesse. Mas não casei. Eu vi... — Ele parou, inspirou fundo e a soltou, rolando para fora da cama. — Vou descer e pedir para prepararem um banho para você.

Ele pegou o kilt de gala que tinha separado para usar na festa, mas ela o tirou de suas mãos.

— O que foi que você viu? — ela perguntou, saindo do alcance dele.

— Você quer mesmo saber ou só está gostando de me ver nu? — ele perguntou, cruzando os braços à frente do peito e ficando satisfeito quando o olhar dela se fixou abaixo de sua cintura.

— Eu não acredito que as duas coisas sejam mutuamente exclusivas — ela disse depois de um momento, voltando a encará-lo. — Mas como você está tão à vontade para decidir se eu *preciso* ou não voltar para Londres — ela disse, exagerando na ênfase do mesmo modo que ele —, então pode me dizer o que viu que o impede de se casar com alguma bela garota da região.

Ele deu um salto à frente, agarrando-a pelo pulso e puxando-a contra seu peito nu.

— Acha que sou como o Connell, que pode manipular com suas palavras bonitas para fazer o que você quer? — Antes que ela pudesse chutá-lo ou socá-lo em algum lugar sensível, ele tirou o kilt da mão dela e recuou para prender o traje na cintura. Graeme iria esperar para colocá-lo da forma correta, até poder se deitar sobre a peça sem correr o risco de ser pisoteado.

— Você é um cabeça-dura — ela anunciou, pondo as mãos nos quadris.

— *Você* é uma cabeça-dura. — Graeme apontou o dedo para ela. — Eu vi meu pai amar uma mulher além do que era sensato e racional, e quando ela se foi, ele se matou com um tiro na cabeça em vez de se esforçar para cuidar dos filhos dela, as coisas que minha mãe mais adorava neste maldito mundo — ele estrilou, indo até a lareira e voltando.

— Você disse que...

— Alguém... eu... tinha que cuidar desses meninos. Então decidi que nenhuma garota do mundo me faria esquecer do meu dever, nem perder a cabeça. Um pouco de diversão por uma noite tudo bem, mas nada além disso. Eu não podia, de jeito nenhum, me envolver com uma mulher enquanto um desses garotos ainda precisasse de mim. Agora você entende?

Ela tirou as mãos dos quadris e as estendeu para ele, mas então mudou de ideia e baixou os braços outra vez.

— Não, não entendo. Por que você fica sugerindo que eu permaneça aqui, quando você...

— Eu também não entendo! — ele explodiu. — Porque desde o primeiro instante em que coloquei os olhos em você, eu só quero segurá-la em meus braços e mantê-la aqui. Você acabou com todos os juramentos que fiz para mim mesmo, e eu não me importo. Mas isso não vale de nada, porque tudo o que *você* quer é voltar para Londres e fingir que aqueles malditos aristocratas se importam com você, quando *você* já sabe que para eles tanto faz se está viva ou morta.

Com isso, Graeme disparou na direção da porta, parou para pegar as botas e saiu do quarto. Pelo menos agora ele não precisaria se preocupar com o coração, porque ela provavelmente nunca mais iria querer olhar para ele. O que seria bom, pois tornaria a vida dele menos complicada.

No momento, porém, ele precisava pensar num modo seguro de fazê-la passar por Hamish Paulk e chegar ao Castelo Lattimer. Marjorie não estaria em segurança na estrada, ainda mais se alguém notasse o brasão na carruagem.

Mas isso teria que acontecer logo, porque ele não sabia quanto tempo conseguiria tolerar tê-la debaixo de seu teto e, ao mesmo tempo, não poder tê-la nos braços. Graeme não gostava de ironias. Ele parecia querer se casar com ela quando discutiam e querer mandá-la embora quando percebia que estava prestes a adorá-la.

— Entre, Sra. Giswell — Marjorie entoou quando ouviu a batida na porta.

Sua acompanhante entrou, estalou a língua e imediatamente fechou a porta atrás de si.

— Milady não deveria estar seminua com a porta destrancada — ela a repreendeu. — Qualquer um desses selvagens poderia entrar, e o que aconteceria?

— Estou com cinco botões abertos — Marjorie retrucou, observando-se no pequeno espelho quebrado. — Nas costas. Isso não é estar seminua.

— Só porque estamos na companhia de bárbaros não quer dizer que devamos adotar seus hábitos atrozes.

Discutir com a acompanhante só faria com que Marjorie se cansasse. E ela já tinha discutido o suficiente por um dia.

— É claro que tem razão, Sra. Giswell. Pode abotoar para mim?

— Esse é o vestido que você reformou, não é? — A mulher observou, aproximando-se para abotoá-lo. — O cor-de-rosa destaca sua pele e seu cabelo. E a peliça verde é bem elegante, apesar da idade. Está muito linda, Lady Marjorie. Parabéns.

— Obrigada. — Ela tinha pegado o vestido em um dos baús no sótão, e manteve em segredo as alterações que estava fazendo para poder surpreender Graeme no dia da festa com o resultado final. Agora tudo isso parecia uma grande bobagem, e ele provavelmente nem a notaria.

Se era suposto que ela se sentisse lisonjeada quando um homem a afastava *porque* gostava dela, Marjorie tinha faltado nessa aula. Ele assumia riscos em sua vida o tempo todo, mas parecia não estar disposto a assumir esse risco em especial.

— Contudo... tem certeza de que hoje não deveria vestir algo mais comum? — A Sra. Giswell continuou. — Eu não me importaria se fôssemos reconhecidas e resgatadas, claro, mas é mais provável que um desses sujeitos robustos fique louco de desejo ao vê-la, jogue-a sobre o ombro e a carregue até sua cabana de pedra e musgo para violentá-la.

Isso fez com que Marjorie sorrisse.

— Você parece ter imaginado essa cena com detalhes — ela disse, tentando esconder o riso atrás da mão.

— Bem, poderia acontecer tanto comigo quanto com milady.

— Me chame de Marj, por favor. Lembre-se, sou sua...

— Sobrinha. Sim. E você deveria estar me chamando de tia Hortênsia, pelo menos na frente dos aldeões e colonos, embora eu achasse mais prudente se permanecêssemos dentro de casa.

— Eu quero ver a festa. Fui a uma em Derbyshire durante um feriado e lembro de ter sido bem divertida. Imagino que esta seja ainda mais. Nunca comemorei Samhain.

— Uma cerimônia pagã para bárbaros. — Ela suspirou. — Pelo menos Lorde Maxton estará de olho em você. Não tenho ideia de como consegue, mas ele é capaz de prestar atenção em todos ao mesmo.

— Minha nossa! Isso pareceu quase um elogio.

A tia de mentira fez uma careta.

— Bem, talvez ele seja parte homem, parte lobo. Ou gato selvagem.

— Leão — Marjorie replicou, distraída. Ela não gostou do que ele tinha dito de manhã. Graeme era líder de um clã — ou de parte de um clã — e precisava de estabilidade. Pelo que ela sabia, o melhor modo de conseguir isso era por meio de casamento e filhos. Ele não podia se negar isso, fosse com ela ou com outra mulher. Era evidente que Graeme tinha amor para dar aos irmãos. Não fazia sentido que negasse esse afeto a uma mulher só porque poderia se magoar mais tarde, não importava o exemplo que o pai dele havia deixado.

Graeme tinha feito um juramento de nunca amar? De certa forma, compreendia o raciocínio dele, mas... Nossa. Primeiro ouvir que ele gostava dela, que desejava que ela permanecesse ali, para então escutar todas as coisas horríveis que ele disse a respeito de sua volta a Londres... Aquilo pareceu cruel de propósito. Ele tinha feito um juramento, mas ela também. E o dela compreendia estar em Londres e ser aceita por todas aquelas pessoas que nunca se dignaram a olhar para ela até três meses atrás. Como ele ousava ridicularizá-la por manter seu objetivo só porque ele tinha... fraquejado?

— Lady Marjorie?

Ela levou um susto.

— Sra... tia Hortensia. Desculpe-me. Esqueci de que estava aí.

— Alguma coisa a preocupa?

Oh, tantas coisas.

— Você acha que estou sendo tola de querer ser aceita em Londres?

— O quê? É claro que não! Você é irmã de um duque, ainda que isso tenha acontecido de forma inesperada. Seu sangue é tão azul quanto o de qualquer um em Mayfair. Caso sua mãe não a tivesse mantido sem saber desse lado de sua família, a Sociedade já teria se acostumado há muito com a ideia de você e seu irmão serem herdeiros.

— Sim, talvez. — Marjorie concordou. — Contudo, nossa situação financeira era quase desesperadora.

— Oh, bobagem. Você faz ideia de quantas famílias aristocráticas estão a um passo de serem presas por dívidas? Muitas!

— Você faz parecer plausível — ela respondeu devagar, embora ainda duvidasse que alguém teria aceitado uma garota de 8 anos forçada a ir embora de Londres para uma escola interna, ou um jovem de 17 anos que ingressou no exército para poder sustentar a ambos. Ela e Gabriel não ficaram com uma casa em Londres, nem com qualquer parente na cidade que não o velho Lattimer — que, pelo que ela tinha lido, não era um sujeito muito agradável. — É claro que isso não importa, agora que estou sumida há quinze dias.

A Sra. Giswell inspirou fundo.

— Posso falar com sinceridade, minha lady?

— Claro — Marjorie respondeu, franzindo o cenho. — Sempre.

— Muito bem. — A acompanhante juntou as mãos à frente do corpo. — Você não tem amigos em Londres.

— Eu...

— Quero dizer... A não ser uma governanta aqui, uma acompanhante acolá. Ninguém importante ou influente.

Aquilo estava começando a parecer um dos discursos de Graeme. Ela não tinha certeza de que poderia escutar tudo de novo.

— Nós estamos tentando — ela lembrou a acompanhante.

— Claro que sim. O que quero dizer é que ninguém sabe que você partiu nem quando deve voltar. Nem mesmo seu irmão. Para ele, você continua em Londres. Se aparecer à porta dele amanhã, o duque não teria motivo nem razão para acreditar que ficou detida em algum lugar contra sua vontade, a menos que lhe contasse. Quanto às pessoas em Londres, se notarem sua ausência ou perguntarem quanto ao seu paradeiro, serão informadas que está no Castelo Lattimer, onde permaneceu durante os últimos quinze dias.

Marjorie ficou encarando a acompanhante. A Sra. Giswell já tinha pensado em tudo. Se ninguém sabia que ela estava sumida, ninguém poderia sugerir que ela estava arruinada. Algumas pessoas por ali sabiam, mas a opinião delas importava ainda menos do que Marjorie em Londres. Além disso, essas pessoas não tinham motivo para desconfiar que Marjorie Giswell e Lady Marjorie Forrester eram a mesma pessoa. Ela não estava arruinada — a não ser, é claro, que de fato estava.

— Está vendo? Tudo pode ser controlado. Assim que esse abominável Sir Hamish Paulk for embora, nós também iremos. E ninguém ficará sabendo. Exceto nós, mas não contaremos para ninguém.

Marjorie deveria ter se sentido aliviada. Ela poderia voltar para Londres numa situação não pior do que estava quando partiu. Mas ela não sentiu alívio, porque parte do raciocínio da Sra. Giswell a feriu — a afirmação de que nenhuma alma em Londres sabia nem se importava que ela tivesse viajado.

Nenhuma alma em toda a cidade dava a mínima importância para ela, para seu bem-estar, sua vida ou sua morte.

— Ninguém se importa — ela disse em voz alta.

— Bem... não, mas ninguém a conhece. Vamos fazer com que passem a se importar. Em mais um ano ou dois, sua ausência causará um alvoroço e fará com que os homens solteiros chorem de preocupação com a possibilidade de a senhorita ter dado sua mão a outro.

Ela não conseguia imaginar isso nem em seus devaneios mais loucos. Se em três meses de dedicação ela não tinha conseguido nem um aceno, Marjorie não podia esperar choros de preocupação para dali a dois anos.

Pelo amor de Deus, ela tinha crescido acostumada a estar praticamente sozinha, mas até isso era diferente de estar presente e ser ignorada.

Um punho infantil bateu na porta.

— Marj! — Connell chamou. — Você está aí? Não vou entrar a não ser que você deixe, porque Dùghlas disse que se a gente vê uma garota nua, tem que se casar com ela.

A Sra. Giswell bufou com delicadeza.

— Ele não está errado quanto a isso.

E Marjorie conhecia alguém que a tinha visto nua em todas as noites recentes.

— Estou vestida, Connell. Pode entrar.

A porta foi aberta e o garotinho entrou, acompanhado de uma dupla de raposas e um grande gato amarelo. Ele também vestia um kilt, uma versão menor da peça de Graeme.

— Notei que você já percebeu — ele disse, pondo as mãos na cintura. — Estou lindo.

— Está mesmo. Muito elegante. Acho que vai chamar a atenção das garotas.

Ao ouvir isso, ele franziu a testa e se aproximou dela.

— Não sei se quero a atenção das garotas. Sou novo demais. E a Cova do Leão é uma casa de solteiros.

E parecia que iria continuar assim, em parte porque ela foi uma idiota e não conseguiu perceber que poderia ter um futuro com Graeme quando este quis forçá-la a se casar com ele. Ninguém tinha falado em amor, claro, mas ele tinha dito que desejava que Marjorie ficasse. Ali, no meio do nada. Como ela poderia crer que era melhor do que a civilizada e sofisticada Londres?

— ...não sou um bárbaro, Sra. Giswell — o garoto dizia. — Eu lavei atrás das orelhas esta manhã. Graeme disse que precisamos estar brilhando para as pessoas que vêm até aqui para nos ver.

— Brilhando, é? — a acompanhante repetiu, cética.

— Seu clã vai ficar muito orgulhoso de você, Connell — Marjorie interrompeu antes que a Sra. Giswell, com sua definição estreita de aparência e comportamento respeitáveis, pudesse ferir os sentimentos do garoto.

— Obrigado, Marj. E agora você deve vir comigo. Graeme me pediu para buscá-la, para ver os rapazes subindo a colina ao som de gaitas de fole, todos vestindo o xadrez dos Maxwell.

Graeme tinha pensado nela? Seu coração tolo se animou um pouco. Bárbaro ou não, ele disse que a admirava e que gostava dela. Isso significava algo para Marjorie, quer tivesse importância ou não. Já em relação ao que ela sentia sobre ele... Marj não sabia o que dizer. Tudo aquilo era inesperado demais, distante demais de uma vida de sonhos para que conseguisse entender a situação ou seus sentimentos.

— Foi gentil Graeme ter pensado em mim — ela disse em voz alta, tentando não se demorar no nome dele. — Eu sei que ele tem muito no que pensar hoje.

— É. Graeme me disse para ficar de olho em você, porque ele não teria tempo para isso.

— Ora, é claro que não — ela disse, apressada. — Vá na frente, Connell.

Uma lady não demonstra excesso de empolgação nem de aflição. Uma lady não chora em público, mesmo que seu coração tenha acabado de ser despedaçado em fragmentos minúsculos. Uma lady sempre mantém a compostura porque, numa crise, os outros buscam nela a inspiração para seu comportamento.

Há quanto tempo essas palavras guiavam sua vida? Uma década? Mais? Ela mal podia se lembrar de um momento em que não tivesse recitado várias versões para si mesma, principalmente para ter certeza de que se comportaria da maneira certa quando enfrentasse algum desafio.

Nesse dia, contudo, enquanto descia a escadaria e saía da casa, com o vestido que tinha escolhido porque pensou que Graeme gostaria de vê-la usando-o, as palavras pareceram vazias. Ela sorriu quando um grupo grande de mulheres passou em direção ao campo, recebendo sorrisos e acenos entusiasmados como resposta. Por dentro, contudo, ela queria correr de volta para dentro de casa, jogar-se na cama e chorar.

Marjorie tinha conhecido alguém cuja companhia e cujo interesse ela gostava de verdade, um homem bruto e impulsivo, mas ao mesmo tempo gentil e intuitivo. E porque ela tinha ousado manter seus planos, e Graeme os dele, ele tinha decidido terminar com ela. Como se a opinião dele fosse a única correta. Como se um lugar quase deserto como as Highlands tivesse mais a oferecer para ela do que a vida agitada de Londres.

E o que ele tinha lhe oferecido como incentivo para ficar, afinal? O reconhecimento de que gostava dela contra sua própria vontade? A sugestão de que podia gostar dela, mas que não pretendia amá-la nunca? Como ela continuava a ser mantida ali porque ele não lhe permitia partir, Marjorie só podia esperar ser acorrentada à cama de novo da próxima vez que discordasse dele.

Rá. Oh, sentir raiva era muito mais agradável do que sentir pena de si mesma. Graeme poderia tentar evitá-la, mas da próxima vez que se encontrassem, ela teria muitas coisas para dizer àquele homem impossível e arrogante.

14

Pelo menos duzentos homens, mulheres e crianças estavam reunidos na campina, mais gente do que Marjorie tinha visto ali desde que saiu de Londres. Todos estavam virados para o mesmo lado, na direção do agrupamento de rochas, bétulas, carvalhos e álamos na extremidade do campo.

Ao primeiro lamento distante de uma gaita de fole solitária, Connell agarrou a mão dela e apertou, seu rosto manifestando uma empolgação tensa.

— É agora — ele sussurrou, praticamente tremendo.

Uma segunda e uma terceira gaita soaram, estridentes e dissonantes, até que as três se uniram numa harmonia potente e rápida. Vozes masculinas gritaram algo em gaélico escocês — um rugido grave e primitivo que fez os pelos da nuca dela se eriçarem.

Então um rufar de tambores se juntou às gaitas, baixo, parecendo sincronizado com os batimentos de seu coração, ressoando em seu peito. Em meio à neblina leve que pairava entre as árvores, uma figura emergiu, seguida por outra e mais outra, então por uma dúzia e muito mais.

Os braços dela ficaram arrepiados diante da visão de cinquenta homens vestindo kilts em xadrez vermelho, preto e verde, marchando na direção da festa e empunhando espadas.

O homenzarrão na liderança ergueu a espada acima da cabeça e aquele rugido se fez ouvir de novo. Longos cabelos castanho-avermelhados esvoaçavam na brisa, os olhos azul-claros desafiando a multidão. Graeme Maxton. Com seu kilt de gala cruzando-lhe o peito sobre um ombro e descendo até os joelhos, acelerando o passo seguido por outros guerreiros, ele parecia um antigo deus celta.

A multidão reunida, incluindo Connell, respondeu ao chamado, e quando os dois grupos se encontraram, os guerreiros espetaram as espadas no chão para serem recebidos com vivas, apertos de mãos, abraços e canecas de cerveja.

Ela não fazia ideia do que aquilo significava ou simbolizava, mas o espetáculo foi magnífico. Antes que pudesse perguntar a Connell, este a arrastou em direção à multidão.

— Vamos! Precisamos dar boas-vindas ao Graeme!

Alguém lhe entregou uma caneca e ela bebeu uma quantidade generosa enquanto seguia em frente. Se ela devia cumprimentar Graeme como uma lady, uma boa quantidade de cerveja seria vital.

— Minha L... Marjorie. — Às suas costas, a Sra. Giswell a repreendeu.

Marjorie tomou outro gole.

— Se não pode contra eles, junte-se a eles, tia Hortensia — ela disse por sobre o ombro.

Ela se virou para frente e quase trombou no peito amplo de Graeme, que olhou para ela, o maxilar tenso.

— Srta. Giswell.

Ela voltou a se sentir uma garota, sem saber o que dizer diante de um Adônis. Então bebeu mais um gole de cerveja.

— Isto é a comemoração de alguma batalha?

— Sim. Bannockburn. Nosso clã marchou com Robert the Bruce e ajudou a derrotar Edward II.

— Nós o mandamos de volta para a Inglaterra — Connell acrescentou. — Com a droga do rabo entre as pernas!

Isso provocou outro grito de viva e Connell brandiu o punho no céu. Segurando um sorriso, Graeme a fitou e logo desviou o olhar, levantando o irmãozinho e colocando-o sobre os ombros.

— Bannockburn! — ele gritou.

— Bannockburn! Robert the Bruce!

No instante seguinte, os irmãos Maxton a deixaram para trás e se misturaram ao resto da multidão.

— Eles estão celebrando a vitória de um clã que os considera uma desgraça — uma voz baixa veio de trás dela.

Ela ficou rígida. Virando-se, Marjorie armou seu melhor sorriso de lady.

— Sir Hamish.

O amigo íntimo do Duque de Dunncraigh e líder do clã a fitou. Mesmo que Marjorie não soubesse o quanto ele poderia prejudicá-la, não teria gostado dele. Ele se vestia mais como um inglês do que qualquer outra pessoa que tinha encontrado na região, mas algo nele provocou arrepios em sua pele.

— Srta. Giswell. Esta é sua primeira festa escocesa, imagino.

— É a primeira, sim. Se você vai se oferecer para me explicar o evento, eu gostaria que meu guia fosse menos cínico a respeito desta reunião.

Ele semicerrou os olhos cinzentos como aço.

— A verdade não é cínica. Não é nada além da verdade.

Ela precisava ficar de boca fechada. Uma lady não discute, principalmente com alguém que parece disposto a arrumar confusão. Se Graeme fosse obrigado a renunciar à sua posição de líder do clã na região, Hamish Paulk assumiria, e como resultado, seu poder e sua influência pessoais aumentariam. Ele queria que Graeme fosse expulso. E Marjorie tinha plena consciência de que poderia ser instrumental nessa expulsão.

— Não tem resposta para isso? Então venha comigo, garota.

Relutante, Marjorie apoiou a mão no antebraço que ele lhe ofereceu. Ela era uma tutora, uma governanta, não podia desprezar aristocratas.

— Como você insiste, devo deduzir que possui informações que deseja compartilhar comigo. Ou que está tentando me constranger por algum motivo — ela continuou, em tom ameno. Ela não estava sendo grosseira, mas também não se deixaria intimidar por ele.

— Vejo que você é uma garota atrevida — ele disse, levando-a até onde meia dúzia de mulheres estavam sentadas debaixo de uma barraca, batendo lã recém-tingida. — Minha sobrinha também é atrevida. Com essa atitude, ela conseguiu ficar noiva de um maldito duque inglês, mas também conseguiu ser expulsa do clã Maxwell. Ela e outros mil de sua gente.

Marjorie quase tropeçou, mas disfarçou inclinando-se para ajustar o sapato consertado há pouco. Pelo que Graeme tinha lhe contado a respeito da guerra de Gabriel com Dunncraigh, a sobrinha em questão devia ser Fiona Blackstock, noiva de seu irmão. E esse homem era o tio dela, portanto em breve seria um agregado dos Forrester. Da própria Marjorie.

— O Duque de Dunncraigh costuma banir membros de seu próprio clã? — ela perguntou. — Quantos podem ter restado no clã?

— Um número mais do que suficiente para ensinar uma lição para aquele inglês *e* para o maldito Maxton. Uma lição sobre humildade e sobre o lugar deles no mundo. E pode contar para ele que eu disse isso.

Por um segundo assustador, Marjorie pensou que Paulk estava dizendo que ela poderia informar Gabriel, que tinha descoberto sua identidade. No instante seguinte, ela percebeu que Paulk se referia a seu suposto empregador, Graeme.

— Acredito que nada disso é da minha conta — ela observou com o máximo de tranquilidade que conseguiu. — Só estou aqui para ser a tutora do Connell. E dos outros dois, se necessário.

Uma garota da idade de Brendan se aproximou e lhe deu um sorriso tímido, fazendo uma mesura nervosa para Sir Hamish.

— Milorde. E você é a Srta. Marjorie, certo? É verdade que veio de Londres?

— É, sim — Marjorie respondeu. Essa conversa podia ser perigosa. Com Paulk parado ali, ela teria que tomar cuidado extra para não revelar sua vida na Inglaterra.

— Você já viu o Príncipe George? O Regente, eu quero dizer.

— Uma vez, minha patroa na época me mandou comprar margaridas. A carruagem do príncipe passou por mim, parou, e então uma mão pálida e carnuda saiu pela janela. "Uma flor de uma flor", disse uma voz sibilante.

A garota levou as duas mãos à boca, arregalando os olhos castanhos.

— O que foi que você fez?

— Eu tirei uma flor do buquê, pus na mão dele e fiz uma mesura. — Pela primeira vez na vida, Marjorie se sentiu grata por ter sido acompanhante de uma lady. Pelo menos fez com que seu falso emprego atual parecesse plausível, permitindo que ela contasse uma história que nunca ousaria repetir em Londres. Não quando fazia todo o possível para esquecer toda sua vida anterior aos últimos três meses.

— Oh, eu teria desmaiado ali mesmo! — a garota exclamou. — Meu nome é Isobel. Isobel Allen. Você precisa vir conhecer minha mãe e minha irmã. Elas não vão acreditar que você deu uma flor para o Príncipe George!

Sorrindo e extremamente grata, Marjorie soltou o braço de Sir Hamish e segurou o de Isobel.

— Se me dá licença, milorde. Eu sei que deve ter coisas mais importantes para fazer do que mostrar a festa para uma tutora. Obrigada por sua bondade.

— Oh, eu mostro tudo para você — Isobel anunciou, dando um risinho enquanto acenava para um grupo de moças. — Mas você vai ter que falar de Londres até sua língua cair.

Se havia uma coisa que ela conhecia era Londres.

— Acho que é um acordo justo — ela respondeu, rindo.

Ao longo das horas seguintes, ela conheceu praticamente todos os colonos, pescadores, fazendeiros, vaqueiros e pastores — e suas famílias — num raio de oito quilômetros. As pessoas ficavam colocando comida e bebida em suas mãos, e ela até viu a Sra. Giswell dançando uma quadrilha com Robert Polk ao som exuberante de rabecas, pífaros, tambores e gaitas de fole. Ela recebeu convites para jantar em dezenas de casas e um pedido de casamento de um pastor muito bêbado que todos chamavam de Bode. Ela torceu nas competições de corrida, riu e aplaudiu durante o concurso para ver quem comia mais tortas e assistiu, espantada, ao arremesso de tronco de árvore que alguns homens improvisaram perto do rio.

Quando Isobel correu para parabenizar sua mãe pelo prêmio que seus biscoitos ganharam, Marjorie se virou e encontrou Brendan Maxton parado atrás dela.

— Brendan — ela disse, inclinando a cabeça. Se ele tinha decidido anunciar para todo mundo quem ela era de fato, não poderia ter escolhido um momento melhor. Ou pior para Marjorie.

Ele apertou um olho e inclinou a cabeça.

— Eu vi que você fez Isobel Allen rir. Ela não ri quando estou por perto. O que você disse?

Minha nossa. Pela expressão desconfiada e hostil do rapaz, ele devia estar esperando que ela fosse provocá-lo. Nesse momento, Marjorie não conseguia pensar em algo pior para fazer.

— Ela parece gostar de histórias — Marjorie disse lentamente, refletindo. — Mas eu recomendaria que você não se colocasse como o herói. Quem sabe você pode contar como o ganso Corneta escapou e correu por aí, e como você acabou enrolado no barbante. E depois aproveite para lhe dar os parabéns pelo prêmio que a mãe ganhou no concurso de biscoitos. Aí você pode perguntar se ela entrou em algum dos concursos.

— Acho bom você não estar zombando de mim.

— Não estou. Tente. O que você tem a perder?

Era mais provável que *ela própria* tivesse algo a perder caso Brendan não conseguisse impressionar Isobel, mas ela não iria mencionar *isso*. O adolescente concordou e recuou um passo antes de fazer meia volta e ir embora.

Aquela conversa lhe pareceu importantíssima, e seu primeiro pensamento foi que precisava contar a respeito para Graeme. No instante seguinte, ela se lembrou que ele não queria falar com ela. Imediatamente, o dia pareceu menos claro, o vento mais frio e as conversas com pessoas que pareciam ficar felizes de conhecê-la menos... alegres. Homem teimoso, idiota.

— O que foi isso? — o próprio homem teimoso e estúpido perguntou a ela em voz baixa, parado bem à sua esquerda.

— Oh, estamos conversando agora? — ela perguntou em voz baixa, mantendo o olhar num grupo de garotas e jovens solteiros que praticavam nós de casamento e riam da dificuldade em desfazê-los.

— Não me provoque, Marjorie. O que Brendan disse? Da última vez você mentiu, mas sabe que isso não diz respeito apenas a você.

— Não o provocar? — ela repetiu, um dia e uma vida de frustração e decepção vindo à tona. — Onde você estava quando Hamish Paulk decidiu me mostrar a festa? Eu pensei que a presença dele aqui era *a* razão pela qual não seria seguro que eu partisse. *Isso* era mentira? Porque queria que eu ficasse e não teve coragem de me dizer até esta manhã? E depois saiu pisando duro porque eu não queria desistir dos meus próprios planos?

Silêncio. Embora ela praticamente pudesse sentir calor e raiva irradiando dele.

— Sim — ele grunhiu, enfim. — Você entendeu muito bem. Mas parece que não está se entendendo consigo mesma. Agora me diga, o Brendan a ameaçou?

O modo como ele pronunciou cada palavra sinalizava fúria. Enlaçando as mãos atrás do corpo, ela se virou para encará-lo. O olhar dele, frio como aço, fez com que parecesse um completo estranho, não o homem com quem tinha se deitado nas últimas noites — as melhores da sua vida.

— Não — ela sibilou. — Ele não me ameaçou. Ele me pediu um conselho, e eu dei. — Marjorie se aproximou para poder baixar ainda mais a voz. — E por que você não me contou que Hamish Paulk é tio da noiva do meu irmão?

Um músculo no maxilar dele vibrou.

— Eu não queria que você pensasse que ele é alguém em quem pudesse confiar. Porque não é. Ele rejeitou a própria sobrinha em troca de migalhas da mesa de Dunncraigh.

Ela sustentou o olhar furioso dele por um longo momento.

— Bem... — Marjorie murmurou, enfim, batendo o pé no chão. — Nós vamos ficar aqui olhando enraivecidos um para o outro até a lua nascer ou você vai me pedir desculpas?

Ele arqueou as sobrancelhas.

— Eu não vou me desculpar, Marjorie. Eu lhe disse o que sentia e você pisou em meus sentimentos.

Que audácia!

— Você disse que queria que eu ficasse. E só! Isso não me diz nada a respeito de como se sente. Para mim, pode ser que me queira aqui porque Connell precisa mesmo de uma tutora e o resto dos Maxton precisa aprender boas maneiras. Bem, eu *não* sou uma tutora e *não* sou uma governanta. E *não* sou acompanhante de ladies. Não mais. Nunca mais.

— Eu não disse que era.

— Você nunca diz nada que eu queira ouvir. — Ela podia sentir as lágrimas queimando os cantos de seus olhos, mas não iria chorar na frente dele. Nem por todo chá da China. — Agora vá ser o líder do seu clã.

Que diabos aquilo queria dizer? *Ele nunca disse nada que ela queria ouvir.* Pelo amor de Deus, ele tinha contado para ela sua decisão de não deixar qualquer garota tomar seu coração, e Marjorie tinha tomado uma parte dele para si assim mesmo. Graeme não falou com essas palavras, mas não entendia como alguém podia interpretar o que disse de modo diferente. Ele tinha pedido a ela que ficasse, quando estava decidido que nenhuma garota faria parte de sua vida. Se isso não era o mesmo que dizer como se sentia, ele não fazia ideia do que seria.

Graeme se debateu e discutiu silenciosamente com esse pensamento durante todo o tempo em que a fogueira ardeu naquela noite, enquanto os jovens esculpiam rostos nas abóboras e vegetais para afastar maus espíritos. Os rapazes e as moças acenderam velas e as colocaram dentro das abóboras esculpidas, o que produziu olhos amarelos perturbadores espalhados pela campina. Se ele fosse supersticioso, poderia pensar que todos aqueles olhos estavam fixos nele, acusando-o de qualquer coisa que ela disse que ele tinha feito.

Mulheres inglesas. Claro que ele sabia que não devia se envolver com uma. Em certo sentido, contudo, isso era parte do problema. Ele pensou que sua atração por Marjorie Forrester era apenas desejo. Satanás sabia que ele não tinha nada em comum com ela — nem muita simpatia, no começo. Então, com sua inteligência aguçada e seu espírito desafiador, sua presença calma e sua bondade para com Connell e os garotos, Marjorie tinha se infiltrado em seu coração sem que percebesse. Uma mãozinha agarrou a dele.

— As pessoas estão pendurando maçãs nos barbantes. Posso tentar pegar uma?

Desarrumando o cabelo de Connell, Graeme meneou a cabeça.

— Você não tem tamanho para isso.

— Se eu subir numa cadeira eu alcanço.

— Sim, mas quem pegar a primeira maçã vai ser o próximo a se casar. Você tem alguma garota especial em mente?

O garotinho fez uma careta.

— Brendan disse que vai tentar, e só faz uma hora que ele beijou a Isobel Allen.

Bem, isso fez com que ele prestasse mais atenção.

— Como você sabe que Brendan beijou Isobel?

— Porque eu pensei que eles estavam indo ver os coelhos e fui atrás — o menino respondeu.

Um beijo e o rapaz já estava querendo pegar uma maçã. Qualquer que fosse o conselho que Marjorie tinha dado ao adolescente, Graeme duvidava que ela tivesse sugerido casamento. Mas alguma coisa tinha acontecido, porque Brendan estar interessado em Isobel não era novidade, mas ela estar disposta a lhe dar um beijo, sim.

Graeme foi até onde a maioria dos jovens tinha se reunido. Tecnicamente, ele acreditava que, com 28 anos, podia ser considerado um deles, mas parecia fazer muito tempo que tinha tentado, todo nervoso, morder uma maçã — e ficado extremamente aliviado por não conseguir. Depois da morte de Deirdre e Brian Maxton, ele nunca mais tentou.

Brendan estava parado perto de Isobel, o que não facilitava uma conversa com seu irmão explosivo. Graeme passou o braço pelo ombro do rapaz.

— Então você está atrás de uma maçã? — ele murmurou.

— Eu disse para Isobel que iria tentar — Brendan sussurrou em resposta. — Mas não, não quero pegar uma. Não posso ser um homem casado antes de ter pelos no rosto e passar a me barbear.

A resposta foi inesperada — e animadora.

— Divirta-se, então. Acho que você está competindo só para impressionar a moça.

— Isso. — Ele endireitou os ombros e se afastou de Graeme. — Acho que sou o próximo.

Um pouco de provocação e risadas se seguiram a esse anúncio, mas Brendan conseguiu abrir um sorriso antes de começar a bater nariz, boca, queixo e uma orelha nas maçãs. Ele conseguiu fazer parecer que estava tentando de verdade até o árbitro lhe dizer para desistir.

— Eu teria dificuldade para convencer alguém de que uma maçã me deixou com o olho roxo — ele disse, rindo, ao voltar para perto de Graeme e Isobel.

Apesar do que o irmão tinha lhe dito, Graeme se sentiu aliviado enquanto assistia aos caçadores de maçãs. Depois, pendurou Connell no ombro para levá-lo à competição de gaitas de fole. Eles estavam na metade do caminho quando o irmãozinho praticamente lhe deu um chute na nuca.

— Espere. Quero ver Marjorie pegar uma maçã!

Graeme girou com tanta rapidez que quase atirou Connell no chão. O menino ganiu, agarrando-se à cabeça do irmão e assim tapando um de seus olhos enquanto ele observava Marjorie entrando na floresta de maçãs penduradas. Com as mãos firmemente unidas às costas e um sorriso de divertimento no rosto, ela foi atrás de uma grande maçã pendurada na extremidade de um galho.

Pelas risadas e gritos de encorajamento ao redor, ela tinha encantado os colonos tanto quanto encantou Graeme. Ele se perguntava se ela tinha consciência disso quando congelou ao som de uma mordida suculenta numa maçã.

— A primeira maçã! — Connell gritou, sua voz ecoando pela campina.

Era provável que a garota não soubesse o que tinha feito, além de pegar a primeira maçã da festa de Samhain. Observando-a receber os cumprimentos e vivas, ele percebeu o momento exato em que alguém contou para ela. Sua pele clara ficou corada, seus braços se cruzaram à frente do peito, como se ela estivesse tentando se proteger, e seus olhar azul vagou pela multidão até encontrá-lo.

Marjorie não desviou o olhar. Mas o que isso significava? Um desafio? Um modo de lembrá-lo de que ela já o tinha rejeitado? Provocá-lo para que fizesse algum comentário a respeito da chance ínfima de que ela pudesse encontrar, em Londres, alguém importante o bastante para ser digno dela? Ou Marjorie apenas desejou, por um instante único e louco, que Graeme não estivesse preso às Highlands e ela à Sociedade londrina? Era isso que *ele* vinha desejando nos últimos dias.

Mas ela era uma droga de garota teimosa e, até que percebesse por sua própria conta que o sonho de uma vida perfeita era apenas isso, ele e sua vida decrépita não teriam chance nenhuma com ela. Graeme franziu o cenho. Ele tinha mantido a casa, a família e o clã durante os últimos oito anos com pouco mais do que força de vontade e suor. Se ele parasse de chamá-la de teimosa e começasse a mostrar o que Garaidh nan Leòmhann podia oferecer, o que ele podia lhe oferecer... O resultado seria muito melhor do que vê-la partir de volta para a uma vida que, ele sabia, Marjorie considerava um sofrimento. Para uma vida que ela esperaria chegar até o dia de sua morte, mas que nunca teria — porque não era possível. Não para ela.

Pela primeira vez em uma semana, Graeme dormiu sozinho — e não gostou nem um pouco. Não que ele tivesse dormido de fato — Marjorie Forrester tinha alcançado a primeira maçã do inverno. Isso significava que ela seria a próxima a se casar. E se Graeme pudesse opinar a respeito, ela iria se casar com ele. Dessa vez ele pediria e ela aceitaria.

A melhor parte de chegar a essa conclusão era que, tirando o fato de que ele a queria, o casamento era algo que Graeme podia justificar. Ele já o tinha justificado para si mesmo quando tudo que importava era o que ela possuía, e não quem era. Marjorie tinha crescido com uma renda tão limitada quanto a dele. Agora, graças à generosidade do irmão, ela tinha acesso a recursos quase ilimitados. Um casamento com Marjorie permitiria que ele realizasse melhorias inimagináveis para seus colonos e sua vila, seus irmãos, a Cova do Leão... para todo seu cantinho do clã Maxwell, mesmo que decidisse não a usar como arma contra Dunncraigh.

Quando Ross apareceu para acordá-lo antes do nascer do sol, ele já estava de pé e vestido. O café da manhã podia esperar, porque ele precisava estar de volta antes que Marjorie se levantasse. Indo na ponta dos pés, descalço, até o alto da escada, com as botas na mão, ele congelou quando uma porta foi aberta do outro lado do corredor. Devia ser Connell, o que complicaria um pouco as coisas; ele não queria explicar o que iria fazer, e se explicasse, o menino contaria para todo mundo, inclusive Marjorie.

Uma sombra grande e barbada se aproximou, também com as botas em uma mão. *Ora, vejam só.* Ele e o ferreiro se cumprimentaram em silêncio, com um aceno de cabeça, e desceram silenciosamente a escadaria, sentando-se lado a lado no último degrau para calçarem as botas.

— Lorde Maxton — o ferreiro grunhiu antes de abrir a porta da frente, por onde saiu a pé em direção à estrada a caminho de Sheiling, a cerca de três quilômetros de distância.

— Rob. — Graeme fechou a porta atrás de si e foi em direção ao estábulo pegar Clootie.

— Tem certeza de que não quer companhia? — Johnny perguntou ao lhe entregar as rédeas da égua cinzenta.

— Não. Eu vou levar aquele balde de ferro, se não se importa.

— Oh... Não. É claro que não me importo. — O cavalariço pegou o balde para ele.

— Obrigado. Vou subir o rio por uns três quilômetros, caso alguém esteja desesperado para falar comigo.

Dali a cerca de uma hora os colonos e aldeões apareceriam para desmontar as barracas e remover as lanternas de abóbora restantes, mas, naquele momento, os olhos escuros e vazios continuavam a encará-lo enquanto ele passava cavalgando.

Ocorreu a Graeme que ele precisava visitar o vilarejo, e também começar suas visitas às casas mais distantes para garantir que todas as famílias tivessem o necessário para sobreviver durante o inverno. O Duque de Dunncraigh defendia a ideia de que cada família precisava ser responsável por seu próprio bem-estar, mas essa era outra coisa da qual Graeme e Dunncraigh discordavam.

Esse dia, contudo, essa manhã, dizia respeito a ele e uma garota. O resto do mundo podia esperar pela droga da sua vez.

Marjorie deu uma última olhada no belo vestido cor-de-rosa que ela vestiu no dia anterior e fechou a porta do guarda-roupa. O número de peças, pelo menos, tinha crescido; com a colaboração da Sra. Giswell, ela tinha acrescentado cinco vestidos à sua coleção. Isso não era nada comparado à farra de compras em que ela embarcou assim que se mudou para a Casa Leeds, mas ajudava a lembrá-la do pouco que precisava, de fato, dentre as coisas que possuía.

Nessa manhã, ela usava um vestido marrom e malva mais pesado com uma peliça cinza. Aquelas cores mais intensas e fortes pareciam feitas para o inverno nas Highlands, e ela sorriu enquanto dava uma volta em frente ao espelho. Quer ela e Graeme estivessem se falando ou não, pelo menos Marjorie estaria elegante.

A Sra. Giswell chegou ao alto da escada ao mesmo tempo que ela. Isso não era de surpreender; as duas tinham ficado fora até tarde da noite assistindo às festividades. O que surpreendeu Marjorie foi o grande sorriso no rosto geralmente estoico da acompanhante.

— Você está de bom humor esta manhã — Marjorie observou, descendo a escada.

— A feira foi revigorante — a falsa tia respondeu. — E eu entornei um pouco mais do que deveria do rum, para falar a verdade. Contudo, você disse "se não pode contra eles...".

— Disse mesmo.

A Sra. Giswell não tinha sido a única a exagerar. Pelo amor de Deus, como é que ela iria saber que morder uma maçã podia ser tão importante para os highlanders? Ela quis se esconder nas montanhas de tanta vergonha. Mas todos tinham rido e torcido por ela, e ninguém pareceu bravo ou ultrajado por ela ter se intrometido nas tradições deles.

— Oh, eu quase me esqueci! — a mulher mais velha exclamou quando as duas chegaram ao saguão. — Noite passada eu falei com Ranald, o proprietário da Lareira Partida. Ele disse que meus rapazes — deduzo que ele se referia a Stephen e Wolstanton — estavam seguindo minhas instruções e continuavam na estalagem.

— Suas instruções?

— Sim. Parece que eu deixei um bilhete para eles na noite em que sumi, dizendo que iria até o Castelo Lattimer e que os dois deveriam permanecer ali até que eu mandasse buscá-los.

Isso era coisa de Graeme, então. Com toda a honestidade, nos últimos dias ela tinha se esquecido por completo do cocheiro e do condutor.

— Bem, pelo menos isso está resolvido. Não posso culpar Graeme; eu também não quero que nada de mal aconteça a Connell ou aos outros garotos. Na verdade, eu mesma vou escrever para Stephen pedindo que ele cubra o brasão de Lattimer nas portas da carruagem.

— Eu pedi que Ranald fizesse isso há quase quinze dias — Graeme disse ao entrar no saguão, vindo da cozinha.

Marjorie ficou rígida e crispou os dedos, seu corpo todo querendo se jogar nos braços dele enquanto sua cabeça avisava que, quanto maior a distância entre os dois, tanto melhor seria para ela.

— Bem — ela disse alto —, então isso já foi providenciado. Ótimo.

Ele concordou, sem nenhum sinal da raiva da noite anterior em seu rosto.

— Sim. Vocês vão tomar café? Eu preciso ir ver algumas pessoas e vou ficar fora durante algumas horas.

— Você não precisa me informar do seu paradeiro — ela retrucou. — Eu disse que vamos ficar aqui até Sir Hamish ir embora, e é o que vamos fazer.

— Então vejo você mais tarde. — Sem mais nenhuma palavra, ele seguiu pelo corredor até o escritório, entrou e fechou a porta.

— Vejo que vocês estão estremecidos — a Sra. Giswell observou, seguindo em frente. — Eu pensei ter notado certa frieza ontem. Mas agora tenho certeza.

— Não quero tocar no assunto.

— E é *assim* que uma lady põe fim a uma conversa indesejável. Eu paro por aqui.

Que maravilha. Enfim ela tinha dominado a arte de ser respeitavelmente rude. Talvez essa fosse a chave para o sucesso em Londres — ser direta, rude e desdenhosa. Ela não tinha conseguido nada sendo otimista e cordial. Pelo menos não em Londres. Ontem, nesse cantinho das Highlands, ela tinha sido acolhida, aceita e respeitada. E tudo isso sem ter que oferecer nada além de um sorriso. Claro que havia mentido sobre quem era, mas Marjorie ficou com a nítida impressão de que ligava mais para isso do que as outras pessoas da festa.

— Com quem você vai se casar? — Connell perguntou assim que ela entrou na sala de café da manhã. Todos os três irmãos de Graeme estavam ali; o mais novo parecia empolgado e os outros dois pareciam achar graça. Dela, sem dúvida.

— Ora, com você, é claro — ela respondeu, pegando a mão dele. — Eu tenho que me casar com o primeiro homem que me pedir.

— Eu não pedi, e não sou um homem! — ele exclamou, puxando a mão. — Ainda sou criança.

— Oh, céus! — Ela pôs as duas mãos no rosto. — Então acho que não poderei me casar com ninguém, porque ninguém se preocupou em me dizer o que significava pegar a primeira maçã! — Ela o beijou no rosto.

Connell limpou o beijo fazendo uma careta.

— Espero que você esteja brincando comigo, porque faz algum tempo que estou de olho na Jenny Moss.

Brendan soltou uma gargalhada, e essa foi a primeira vez que Marjorie o viu descontraído.

— Você sabe que ela tem o dobro da sua idade, irmãozinho?

— Sei, mas ela faz uma torta de ruibarbo muito boa.

— Para mim já está bom — Dùghlas observou, rindo também.

Depois que se serviu, Marjorie foi sentar na cadeira mais longe de Brendan. Se o rapaz tinha decidido não a odiar, ela pretendia se esforçar para que ele não mudasse de ideia.

— Pode se sentar aqui, Lady Marjorie — ele disse, de modo inesperado, apontando para a cadeira à sua direita. — Marj, eu quero dizer. Estou pensando se não lhe devo desculpas.

— "Se"? — Dùghlas repetiu. — A mald... bendita confusão foi toda culpa sua.

— Eu andei pensando nisso — Marjorie os interrompeu antes que começassem a brigar e sentou ao lado de Brendan. — Eu fiquei muito brava no começo. Mas, ao mesmo tempo, pude conhecer todos vocês, o que não teria sido possível se a confusão não tivesse acontecido. E por causa disso, não posso estar brava.

— Você pode continuar brava com Brendan — Connell observou. — Ele só está alegre hoje porque conseguiu beijar Isobel Allen.

O adolescente ficou corado.

— Você gostaria de ter a cabeça afundada no rio, irmãozinho?

— Você não vai fazer isso, porque senão eu conto para o Graeme e ele...

— Isobel também parecia muito alegre ontem à noite — Marjorie interveio. — E se alguém tivesse direito de reclamar seria ela, Connell. As mulheres não gostam quando alguém diz algo, verdadeiro ou não, que possa envergonhá-las ou prejudicar sua reputação.

— Isso — Brendan concordou. — Então feche a matraca.

— Eu... — O garoto levantou, depois desabou na cadeira de novo, a própria imagem da juventude derrotada. — Certo. — Então se endireitou de novo. — Vou até a campina depois do café da manhã. Se quiser vir comigo, Marj, no ano passado encontrei duas moedas, um botão e um colar de conchas.

Bem que ela precisava de um pouco de ar fresco esta manhã. Qualquer coisa que a ajudasse a pensar, a entender como conseguiria abandonar esses garotos quando chegasse a hora de partir. Como conseguiria deixar o senhor da casa, mesmo que ele estivesse agindo como um completo palerma. Voltar diretamente para Londres estava começando a fazer mais sentido; enquanto ela continuasse nas Highlands, não conseguiria parar de pensar nele e em todas as possibilidades que teria deixado para trás.

— Claro — ela disse. — Vou subir para pegar meu casaco, se você não se importa de me esperar.

— Vamos agora. Não quero que outra pessoa encontre todos os tesouros.

Bem, ela não estava com tanta fome, afinal.

— Certo. Só me dê dois minutos.

— Tudo bem, mas nem um minuto a mais.

Isso seria bom. Ela se distrairia e talvez um dos trabalhadores na desmontagem da festa tivesse ouvido Sir Hamish dizendo que voltaria para casa. Enquanto Connell tentava recrutar Brendan, Dùghlas e até a Sra. Giswell para participar da busca aos tesouros acidentais, Marjorie desviou de dois gatos e um coelho e começou a subir a escada.

Um grande buquê de cardos, rosas brancas e longas folhas de samambaia estava dentro de um vaso sobre a mesa junto à janela; uma fita xadrez de preto, verde e vermelho enfeitava o entorno do recipiente.

— Que lindo — ela sussurrou, aproximando-se do buquê quando sentiu o aroma das rosas.

Em toda sua vida, ninguém jamais tinha lhe dado flores. E aquelas eram silvestres, lindas e, sem dúvida, para ela. Marjorie aninhou uma rosa na mão, inspirando novamente. Então, com os dedos tremendo um pouco, pegou o papel dobrado que tinha sido deixado junto ao vaso.

Claro que ela sabia quem deixara aquele buquê; embora tivesse conhecido vários homens agradáveis — alguns até bem atraentes — durante a festa, nenhum deles tinha motivo para lhe enviar flores. Claro que o homem em que ela estava pensando também não tinha motivos para fazê-lo — a menos que tivesse se arrependido de algo dito no dia anterior.

Com o bilhete ainda dobrado, Marjorie parou. Ela bem que gostaria de receber um pedido de desculpas pelas grosserias dele, por todas as coisas que tinha dito e que fizeram com que ela questionasse o sonho de uma vida inteira. Mas e se as flores fossem um pedido de desculpas pelas coisas que ele não tinha dito? E se fosse para ela entender que ele nunca tinha sugerido que ela ficasse nas Highlands porque, claro, o lugar dela era em Londres? E se ele estivesse se desculpando por ter dito que gostava dela?

— Abra logo, sua covarde — ela murmurou para si mesma, inspirou fundo e desdobrou o papel.

Marjorie,

Na outra noite, eu a chamei de mo boireann leòmhann. Isso quer dizer "minha leoa" em gaélico escocês. Mas acho que, se a insulto em um idioma que você compreende, devo elogiá-la de forma que você entenda também.

Você combina com este lugar, a Cova do Leão. E enquanto estiver aqui, pretendo continuar mostrando isso para você. Quem sabe um dia acreditará em mim.

Seu,
Graeme

Marjorie sentou na cadeira e leu uma segunda vez. E uma terceira. Não era um pedido de desculpas. De certa forma, parecia uma declaração de amor e guerra. Ele sabia o que ela pretendia fazer, mas queria convencê-la de que estava errada.

Ao mesmo tempo, ele a chamou de leoa. A leoa *dele*. Ele tinha dito isso para ela, em gaélico, quase uma semana antes, e em todas as noites desde então — menos na noite passada, claro. Uma lady não devia se sentir lisonjeada ao ser comparada a uma fera. Mas ela se sentia. Da primeira vez em que ele lhe disse isso, antes de ela saber o que significava, as palavras fizeram com que se sentisse poderosa e sensual. Ela gostou de estar nos braços dele, de se deitar na cama com ele. Marjorie gostou de senti-lo se movendo dentro dela. Ela desejava aquilo. Quando não sentia vontade de acertá-lo na cabeça com algo, ela *o* desejava.

O que Graeme dizia, no entanto, de que o lugar dela era ali, ele não tinha como saber. Por meio de uma combinação de eventos bizarros e coincidências, ela acabou ali, mas dizer que o lugar dela era onde tinha sido — e continuava sendo — mantida prisioneira? Isso era extremamente contraditório, arrogante e absurdo. Ela tinha se preparado para ser uma lady, e agora tinha a oportunidade de viver como uma. Mas não ali. A Cova do Leão não era lugar para uma lady. Nada de festas ou noites no teatro, nada de passeios de carruagem no Hyde Park, nada de civilização. E era isso que ela conhecia, civilização.

— Você vai descer? — Connell gritou lá de baixo. — Todos os tesouros vão sumir!

Marjorie balançou a cabeça, afastando seus pensamentos. Ela não podia responder com um grito, porque isso não era próprio de uma lady. Então guardou o bilhete no bolso da peliça, pegou o velho casaco emprestado do guarda-roupa e saiu do quarto às pressas. Para uma leoa, ela era bem covarde.

15

Um grupo de colonos e outros trabalhadores já tinha chegado para começar a remover lonas, bancos e tábuas da campina, mas seus esforços foram prejudicados por uma camada de neve que tinha caído durante a noite. Embora Brendan e Dùghlas dividissem seu tempo entre inspecionar a grama baixa em busca de tesouros e ajudar a carregar as coisas para as carroças que aguardavam, era óbvio que Connell tinha apenas um objetivo em mente.

Ele se deslocava lentamente pelo gramado, curvado e com as mãos nos joelhos para se equilibrar. Marjorie não iria se dobrar como um velho com reumatismo, mas manteve a cabeça baixa e até se agachou para investigar qualquer mancha promissora na grama recoberta de neve.

— Chegamos tarde demais — Connell murmurou durante a busca. — Não sobrou nada.

Com cuidado, Marjorie tirou um xelim do bolso da peliça, esperou até que ninguém estivesse olhando e jogou a moeda em uma moita antes de seguir em frente. Quando Connell se aproximou, ela olhou de modo ostensivo em outra direção.

— Um xelim! — o menino exclamou, tirando a moeda da moita e exibindo-a. — Eu sabia que ia encontrar alguma coisa!

— Muito bem, Connell — ela elogiou, aproximando-se para examinar o achado.

— Eu sou ótimo em achar coisas.

— É mesmo — ela concordou, sorrindo diante da empolgação dele.

Durante a hora seguinte, ela conseguiu derrubar outro xelim e um penny, que Connell com certeza encontrou. Ele também achou uma pulseira de contas quebrada, um grampo de cabelo de metal e, para seu deleite, uma faca com cabo de osso.

— Você deveria pedir para o Padre Michael tentar descobrir se alguém perdeu uma faca — Dùghlas sugeriu.

— Mas *eu* a encontrei.

— Mas quem a perdeu pode estar precisando dela — o irmão respondeu. — Não a descreva para o Padre Michael. Só diga que, se alguém disser que a perdeu, pode vir aqui descrever a faca para você. Mas se alguém descrever certo, você vai ter que devolver.

O garoto chutou um monte de grama, levantando um borrifo branco de neve no ar.

— Certo. Não gosto disso, mas tudo bem.

— Isso é muito cavalheiresco da sua parte, Connell — Marjorie disse, com um aceno de admiração para Dùghlas.

— Você é inglesa, então? — perguntou um dos trabalhadores, um homem mais velho com os cabelos grisalhos curtos e um bigode volumoso.

— Sim.

— Ouvi mesmo dizer que havia uma garota inglesa aqui. Você pode me responder uma coisa?

— Posso tentar — Marjorie respondeu, sorrindo.

Isso era algo que ela admirava nos highlanders: se eles não gostavam de alguém, não escondiam nem fingiam ser amistosos. Eles faziam perguntas diretas e esperavam respostas diretas. Era... agradável saber em que pé se estava tanto com conhecidos quanto com estranhos. Na verdade, Graeme era sua única fonte de dúvidas.

— Estou indo para o norte colocar janelas em um velho castelo. Um inglês, Lattimer, está contratando pedreiros escoceses de todas as Highlands, mas nunca trabalhei para um inglês. Eu tenho que me curvar quando ele passar e não posso olhar o homem nos olhos? Foi o que ouvi por aí.

Por um instante, Marjorie não conseguiu encontrar as palavras.

— Você... está indo para o Castelo Lattimer?

— Estou. Fica um pouco mais para o norte daqui. Você já ouviu falar, então?

— Sim, eu ouvi.

Esse homem podia levá-la dali. Ela chegaria ao Castelo Lattimer antes da meia-noite. Eles poderiam sair neste momento, e, com os garotos distraídos e um número cada vez maior de trabalhadores chegando ao local, demoraria uma hora ou mais antes que notassem sua ausência.

Ela procurou Graeme com os olhos. Ele estava agachado ao lado de Connell, sua juba castanho-avermelhada tocando o cabelo ruivo do irmãozinho enquanto os dois se debruçavam sobre os tesouros do garoto. Não, o lugar dela não era ali. Ela não *queria* ficar ali. Por que, então, ela passava tanto tempo sorrindo?

— Senhorita?

Ela despertou de seus devaneios.

— Não, não precisa se curvar — ela respondeu com atraso. — E acredito que o Duque de Lattimer gostaria de ser olhado nos olhos. Você vai ficar lá por algum tempo?

— Sim — ele respondeu. — Colocaram um aviso na Lareira Quebrada, hoje, pedindo mais trabalhadores. E estou querendo ir.

— Posso perguntar o nome do senhor?

Ele corou, tirando a boina da cabeça e retorcendo-a nas mãos.

— Desculpe, senhorita. Meu nome é Cooper. Samuel Cooper.

— E eu sou Marjorie, Sr. Cooper. Você me dá licença um instante?

— Sim, é claro.

Tentando não correr nem olhar por sobre o ombro, Marjorie voltou para a casa. Uma vez lá dentro ela correu, levantando as saias e subindo com pressa a escadaria até seu quarto. Pensando que provavelmente tinha pouco tempo antes que o Sr. Cooper iniciasse sua viagem para o norte, ela pegou papel na gaveta da escrivaninha e o lápis de dentro do vaso, onde o tinha escondido.

Junto ao braço dela estava o buquê, cheio de rosas brancas, cardos roxos e o verde suave das samambaias silvestres. *Concentre-se*, Marjorie disse para si mesma. Ela poderia admirar as flores mais tarde.

— Eu esperava que você estivesse enfiando suas coisas num saco — Graeme disse às costas dela.

Marjorie teve um sobressalto.

— Para um homem do seu tamanho, você é muito discreto — ela disse, sem se virar. — E não, não estou fazendo as malas. Só estou escrevendo um bilhete.

— Para seu irmão? Para que ele venha buscá-la e começar uma guerra?

—Para meu irmão, sim. Para começar uma guerra, não. E já que você sabia que Samuel Cooper iria para Lattimer e o deixou ficar assim mesmo, suponho que estava me dando uma chance de fugir.

— Olhe para mim.

Por um momento, ela continuou escrevendo. Incapaz de resistir à curiosidade ou à voz de comando dele, contudo, Marjorie se virou.

— O que foi? Não sei por quanto tempo ele vai continuar aqui.

Graeme se aproximou e se ajoelhou ao lado da cadeira dela, de modo que, pela primeira vez, teve que olhar para cima para falar com Marjorie. Ele quis tirar o lápis da mão dela e pegar a carta que escrevia para jogar no fogo. Mas Marjorie estava certa; ele sabia para onde Samuel Cooper estava indo e quis dar uma chance a ela. Ela parecia não ter aproveitado a oportunidade que ele imaginava.

— Você não vai me deixar, então? — ele perguntou, tentando parecer cínico e não um órfão vendo alguém pegar o último pedaço de pão.

— Sir Hamish ainda está hospedado a três quilômetros daqui, observando você, a espera de que cometa algum erro. Eu lhe disse que permaneceria aqui enquanto ele estivesse lá. Não quero ajudar esse homem de nenhum modo.

Marjorie continuava fazendo com que aquilo fosse a respeito da palavra dela, de sua honra, e não sobre suas emoções. Graeme quis sacudi-la até fazê-la entender, até Marj admitir que queria, sim, ficar ali — e não só porque estar em Garaidh nan Leòmhann a fazia feliz.

Fazia sim. Ele sabia disso. Ela só se recusava a enxergar.

— Se não pretende causar nenhum mal, então me mostre a carta.

Sem qualquer hesitação, ela a entregou para ele.

— Acrescente algo, se quiser.

Graeme começou a ler em voz baixa:

Gabriel,

Quero informar-lhe que, no momento, estou nas Highlands. Estou hospedada na residência de um amigo a cerca de um dia e meio de Lattimer, e pretendo visitá-lo e conhecer sua Fiona. Fique tranquilo, pois estou bem – mas eu gostaria que tivesse me informado das desavenças entre você e o clã Maxwell. Consegui evitar problemas por pouco. Você precisa me escrever mais.

Se eu decidir ficar por aqui mais do que uma semana, escreverei para lhe informar. Do contrário, nos veremos dentro de sete dias.

Com meu amor,

Marj

Graeme ficou encarando as últimas quatro palavras por um longo momento. Ela as escrevia com muito mais facilidade do que ele jamais conseguiria. Ainda assim, Graeme se perguntou se ela já tinha pensado nessas palavras com relação a ele, que também não as tinha dito para ela — mas essa era uma fraqueza dele, não de Marjorie.

Ele lhe devolveu a carta.

— Não quero acrescentar nada.

— Eu queria... Eu queria que mais alguém soubesse onde estou. Assim, se eu desaparecer, pelo menos uma pessoa que gosta de mim sentiria minha falta.

Graeme encarou os profundos olhos azuis de Marjorie.

— Eu sei onde você está, e gosto de você.

Marjorie concordou, virando-se enquanto passava a mão pelos olhos. Ela queria que a conversa terminasse ali, antes que tivesse que falar como se sentia e o que queria de verdade. Ele segurou a cadeira e a virou — junto com Marj — de frente para si.

— Eu não queria conhecer uma garota que me retorcesse por dentro. Eu não queria que meu coração disparasse, nem queria perder o fôlego quando uma certa garota entrasse no lugar onde estou.

— Oh, pare de me dizer por que não gosta de mim — ela estrilou.

Hum.

— Eu não estava pensando dessa forma. O que estou tentando dizer, Marjorie, é que só tinha pensado na dor disso tudo. Até conhecer você, eu não me dava conta de que haveria risada, discussão, silêncio, calma, paz, calor, força e duas pessoas sentindo todas essas coisas ao mesmo tempo, juntas.

Graeme falava devagar, tentando encaixar todas as partes enquanto discursava. Era como montar um quebra-cabeça, ver o quadro e só então perceber a beleza da imagem.

Ela não protestou nem tentou se levantar e sair, então ele continuou:

— Sou um homem com mais responsabilidades do que imaginei que teria nessa idade, então tomo muito cuidado para não cometer erros. Mas se considerar como me senti na noite passada, quando dormi sem você nos meus braços, acho que eu cometeria um erro muito maior se não lutasse para mantê-la aqui comigo.

Uma lágrima escorreu pelo rosto de Marjorie, e mais uma, mas ela continuou sentada com as mãos cruzadas sobre as pernas.

— Nunca imaginei conhecer você — ela disse, a voz trêmula. — Nunca pretendi encontrar alguém com quem eu quisesse dividir minha vida. Quero dizer... quem iria querer? Nem eu queria.

— Marjorie, você não...

— Estou sendo sincera — ela o interrompeu, como se pudesse ler seus pensamentos. — Eu detestava o que fazia, mas era o único modo de ter alguma renda. Não podia esperar que Gabriel me mandasse metade do seu salário para sempre e... ele era um soldado. Estava em uma guerra e corria riscos. Não podia contar com o salário dele para sempre. Eu me sentia péssima por pensar assim, mas, se algo acontecesse com ele, eu ficaria sozinha no mundo. Literalmente, não tenho mais ninguém.

— Eu não sabia disso. — Sim, ele e os garotos eram órfãos, mas tinham uns aos outros, tio Raibeart, um punhado de primos e, além de tudo, o clã Maxwell. Parentes, fossem ou não da família. — Você cresceu tendo que cuidar de si mesma.

Ela concordou.

— A Coroa demorou seis meses para encontrar um herdeiro do antigo Duque de Lattimer. Isso mostra como nós estávamos sozinhos. Nós nem sabíamos. — Ela curvou a boca num sorriso discreto, encantador, que ele quis tanto beijar que até doeu ficar parado. — Um dia, Gabriel apareceu de repente à porta da minha patroa, mostrou seu novo anel de sinete e disse que era um duque. Imagine só! Eu não acreditei nele, a princípio.

Ela continuou:

— Menos de quinze minutos depois de sua chegada, ele me deu a casa que tinha herdado em Londres, pediu para o criado anotar o endereço do advogado, que o havia instruído para me dar tudo que eu quisesse, e foi embora para sua nova propriedade nas Highlands. Isso faz quase quatro meses. Eu não o vejo desde então.

— Não gostei de saber que esteve tão sozinha, *Sassenach*. — Na verdade, isso o deixou furioso. Não com ela, com o irmão ou alguém em particular, mas com a ideia de uma mulher tão compassiva, sensível e inteligente como Marjorie ter sido obrigada a ser tão... isolada.

— Não estou querendo sua compaixão, Graeme. Eu tenho amigas. Mulheres que conheci na escola. São babás, governantas, acompanhantes e professoras, espalhadas por toda a Inglaterra. — Ela suspirou. — Isso tudo parece pequeno e patético, e não sei por que estou lhe contando, mas parte delas pensa que eu menti ou algo assim, porque agora tenho dinheiro e uso "Lady" na frente do meu nome.

Segurando a respiração, ele pegou as duas mãos de Marjorie e a puxou para si. Ela se deixou levar sem protestar, sentando-se no colo de Graeme para que ele pudesse abraçá-la. Quando falava de si mesma, de como devia ter se sentido magoada, frustrada e solitária, Marjorie era mais arredia que as raposas. Graeme queria que ela entendesse que ele era um protetor — dos seus colonos, dos irmãos e dela, se Marjorie permitisse. Dela, acima de tudo.

— Eu quero pertencer a algum lugar — ela continuou, a voz abafada pelo ombro dele, os dedos agarrados ao seu casaco. — Pensei ter encontrado a solução para tudo a partir do momento em que me tornei dona de uma mansão no meio de Mayfair, com mais dinheiro do que jamais sonhei. Eu sabia o mesmo que todas as minhas vizinhas: como dançar, como conversar, quando fazer uma mesura, como me vestir. Eu não omiti quanto a ser parente do Duque de Lattimer, apenas não tinha conhecimento desse fato. Mas todo mundo em Mayfair me vê como uma acompanhante promovida, ou como a irmã de um soldado promovido. São esnobes. Aristocratas cruéis, egoístas e mimados.

— Então por que, pelo amor de Deus, você quer ser um deles?

Um soluço fez sacudir o corpo delicado de Marjorie.

— É o único... sonho que eu tinha.

Graeme beijou os cabelos com aroma de baunilha.

— *Mo boireann leòmhann*, você precisa de outro sonho. Um que seja melhor. Talvez eu não esteja nele, mas vou me esforçar para convencê-la de que posso estar. Eu amo você, Marjorie. E se acha que é fácil, para mim, dizer isso, então...

— Eu amo você, Graeme — ela o interrompeu, chorando. — Eu só não sei o que fazer.

Graeme fechou os olhos por um momento, sentindo-se feliz e preocupado ao mesmo tempo.

— Eu posso dizer o que *eu* quero, *Sassenach*, porém não posso lhe dizer o que *você* quer. Mas acho que, para o nosso bem, você precisa descobrir logo.

Ela concordou com a cabeça encostada no ombro dele.

— Eu sei. Eu vou. — Pigarreando, ela se endireitou. — Nossa, acho que nunca chorei tanto.

— É, você quase nos afogou.

Com um sorriso molhado pelas lágrimas que escorreram por seu rosto, ela passou o dorso das mãos nas bochechas coradas.

— A Sra. Giswell ficaria muito decepcionada. Uma lady não chora na frente de um homem a menos que deseje que ele a tome por um ser de espírito fraco.

— Quem diabos são essas ladies que não podem fazer nada? Elas não choram, não riem, não ficam bravas nem com sono. O que elas fazem, então?

Ela franziu a testa e o fitou no fundo dos olhos.

— Sabe, eu não tenho ideia. — De repente ela soltou uma exclamação e ficou de pé. — Samuel Cooper! Preciso entregar minha carta para ele.

— Escreva o nome do seu irmão na carta; pode deixar que eu entrego para o Cooper. — Ele também se levantou. — Sente-se por alguns minutos e organize seus pensamentos. A não ser que queira explicar para o Connell porque esteve chorando.

— Não, não quero. — Debruçando-se sobre a mesa, Marjorie escreveu o nome e o endereço de Gabriel no verso do papel dobrado. Ela o entregou para Graeme, ficou na ponta dos pés e deu um beijo leve como uma pluma na boca dele.

Aquele tinha sido o beijo favorito dele. Graeme não o estava esperando nem o instigou; Marjorie simplesmente o beijou porque quis, e ele nunca ia se esquecer desse momento.

— Eu não vou dormir sozinho esta noite, *Sassenach* — ele murmurou, sorrindo para ela.

Com isso, guardou a carta no casaco e voltou para a campina à procura do mensageiro de Marjorie. Ele não se importava que Lattimer soubesse que ela estava em segurança. Se ele aparecesse para buscá-la, contudo, isso poderia acabar em briga. Ele não desistiria dela, nem se precisasse começar uma guerra.

— O que diabos eles estão fazendo? — Sir Hamish Paulk puxou as rédeas do cavalo, guiando o animal nervoso pelo arvoredo onde eles estavam, na margem do rio Douchary oposta à Cova do Leão.

Raibeart Maxton olhou de seu convidado para os sobrinhos espalhados pela campina.

— O garoto Connell gosta de procurar tesouros depois da festa.

— Ele vasculha o lixo de colonos e pastores? Na frente dos homens que desarmam as tendas? Seu sobrinho não sabe como administrar uma casa, muito menos o clã Maxwell.

Após uma semana ouvindo insultos contínuos a Graeme, Raibeart estava tão acostumado que já quase não os escutava. Insultar os meninos, por outro lado, parecia descabido e cruel.

— O garoto só tem 8 anos, Hamish. Ainda não conheci um menino dessa idade que não sonhasse encontrar tesouros.

— O que... — O líder Maxwell ficou sem palavras. — Você viu isso? A Srta. Giswell jogou uma moeda na grama para o garoto encontrar.

— Não vi. Foi gentil da parte dela.

— Sim. Mas onde Maxton encontrou uma garota inglesa bem-educada para ser tutora dos irmãos? E como conseguiu dinheiro para trazê-la até aqui? E como consegue pagá-la tão bem que ela pode, inclusive, jogar moedas na grama? Anote o que estou dizendo, Raibeart. Algo de errado está acontecendo por aqui.

— Se quer saber minha opinião, Hamish, Graeme está fazendo o seu melhor nessas terras. Os Maxton sempre tiveram mais força de vontade do que dinheiro, e ele trabalha com as próprias mãos para ajudar seus colonos.

— Não são colonos dele, são de Dunncraigh. É isso que vocês, Maxton, estão sempre esquecendo.

— Você precisa seguir em frente, meu amigo. Esta é uma pequena terra do clã Maxwell, terra que todos vocês, exceto Graeme, sempre ignoraram. Deixe as coisas como estão. Deixe-o em paz.

Hamish fez o cavalo dar alguns passos.

— O que é aquilo? Parece que a inglesa vai beijar o velho. — Ele riu. — Se ela está atrás de um highlander de verdade, talvez seja melhor eu ir até lá e me apresentar.

— Não seja grosseiro. Se ela conseguir dar um pouco de educação para os garotos, terá minha admiração e gratidão. Agora vamos voltar. Eu lhe disse que o rio aqui não dá tantos peixes.

— Daqui a pouco. — Ele se inclinou na sela. — Observe, ela vai para dentro da casa, então Graeme vai atrás. Você acha que ele está dormindo com a inglesa? Eu dormiria.

— Você já deixou isso bem claro. O que você acha que vai acontecer em seguida? Que ele vai sair da casa carregando a bandeira dos Campbell ou algo assim? Deixe isso para lá!

Em vez de ir embora, Hamish desmontou do cavalo.

— Eu acho que vou pescar algumas trutas por aqui. Só porque você disse que neste trecho não dá peixe, não vou acreditar em você.

— Seria bom, não é mesmo? — Raibeart grunhiu, desmontando e pegando a vara presa à sela. — É melhor admitir que está espionando um homem sem nenhum motivo.

Hamish apontou o dedo para ele.

— Não venha me dizer se tenho ou não motivos — ele rosnou. — Eu coloquei minha própria sobrinha em Lattimer, e confiei nela para ficar de olho no inglês. Nós perdemos mais de mil membros do nosso clã porque confiei naquela maldita mulher. E agora ela vai se casar com ele. Eu mesmo vou ficar de olho em tudo de agora em diante. Obrigado por sua opinião.

Raibeart bufou.

— Não vou comentar, então, que você está chateado porque Fiona vai se tornar uma duquesa, *Sir* Hamish.

— É melhor você não dizer essa idiotice. E... — Hamish ficou sem palavras de novo.

Começando a desejar — e não pela primeira vez — que não tivesse se gabado da pesca de truta no lago Achall, Raibeart acompanhou o olhar do amigo. Do outro lado do rio, Graeme se aproximou do estranho de cabelos grisalhos com quem a Srta. Giswell tinha conversado de modo tão interessado. Eles conversaram por um momento, então Graeme entregou para o homem uma carta e o que pareceu ser uma nota de cinco libras.

Esse valor era uma fortuna para aquele rapaz. O que diabos ele estava fazendo, entregando o dinheiro com um aperto de mãos? Assim que os dois se separaram, o velho partiu da campina em direção à estrada que levava à velha ponte e, mais adiante, a Sheiling.

Quando Raibeart se voltou, Hamish tinha prendido a vara de pescar de novo na sela.

— Você pode ficar ou ir comigo, mas eu pretendo descobrir o que tem naquela carta que vale cinco libras. — Ele bufou. — Tenho muitos motivos para espionar.

Eles chegaram à ponte primeiro e tiveram que esperar mais de meia hora até o velho aparecer.

— Olá — Hamish disse, fazendo sua montaria descrever um círculo ao redor do homem com seu bigode formidável. — Pelo seu kilt, vejo que deve ser do clã Stewart. O que o traz ao território Maxwell?

— Trabalho. Sou construtor e tenho que pegar a carruagem da tarde, se me dá licença.

— O que eu quero é dar uma olhada no papel que Graeme, Lorde Maxton, lhe entregou.

A expressão franca e amistosa do homem se fechou.

— Quem quer que você seja, eu fui pago para entregar uma carta e vou fazê-lo.

— Eu pago mais se me deixar dar uma olhada.

Ultimamente, corriam boatos à boca miúda de que Hamish podia ter alguma relação com o desaparecimento de seu próprio sobrinho, o irmão de Fiona Blackstock, quatro anos atrás. Raibeart nunca deu muita atenção a essas fofocas, pois sabia que o amigo relutava em sujar as próprias mãos.

Mas ele também sabia que Hamish ainda se ressentia da derrota que tinha sofrido com Dunncraigh na questão do Castelo Lattimer.

— Obrigado por sua oferta generosa, estranho — o Stewart respondeu. — Mas vou ter que declinar.

— Isso não seria inteligente, amigo.

— Hamish — Raibeart interveio. — Deixe-o ir.

— *Sir* Hamish — ele corrigiu o tio de Graeme, o olhar fixo no homem de bigode. — Sir Hamish Paulk. Líder do clã Maxwell. Ou você me entrega essa carta, ou vou arrastá-lo com meu cavalo até o Duque de Dunncraigh como espião dos Stewart.

O homem ficou branco.

— Não sou nada disso!

— Prove. — Hamish estendeu a mão com a palma aberta.

Tremendo um pouco, o homem tirou o bilhete dobrado do bolso de dentro do casaco e o entregou para Hamish.

— Tome, então. Só me deixe em paz.

Com um floreio de mão e um sorriso cínico, que tanto quanto seu linguajar revelavam a natureza de Hamish Paulk, ele desdobrou a carta. Enquanto passava os olhos pelas palavras, sua boca abriu e fechou como a dos peixes que pescavam. Ao mesmo tempo, toda cor sumiu de seu rosto.

— Hamish? — Raibeart o chamou, repentinamente alarmado.

— Pelos diabos — Hamish murmurou, dobrando a carta de novo. — Pode levá-la, Stewart — ele disse, inclinando-se para devolvê-la. — Entregue-a. E sinta-se à vontade para contar ao inglês o que acabou de acontecer aqui.

Franzindo o cenho, o estranho voltou a guardar a missiva no bolso, fechou o casaco e seguiu andando apressado pela estrada em direção a Sheiling.

— O que dizia?

Hamish virou o cavalo para Raibeart.

— E você disse para deixá-lo em paz. Você sabia, seu bastardo?

— Do que está falando?

— Aquela garota inglesa, Srta. Giswell, não é quem está dizendo. — O líder colocou a montaria em movimento, galopando na direção de Moriasg, a mansão de Raibeart. — Ela é Lady Marjorie Forrester.

Forrester.

— Parente de Lattimer?

— Irmã. E seu sobrinho está lhe dando abrigo. Você tem ideia do que Dunncraigh vai dizer sobre isso?

Oh, Deus. Raibeart podia imaginar... Não seria agradável.

— Hamish, ele é meu sobrinho. E os outros três também. Connell é apenas uma criança.

Hamish olhou para ele.

— Se pretende salvá-los, é melhor pensar em algo. E rápido.

Raibeart olhou em direção à Cova do Leão. Que diabos Graeme estava pensando? No instante em que Dunncraigh soubesse quem estava morando sob o teto de Graeme, e que o rapaz mentia sobre a identidade dela, o duque expulsaria seu sobrinho do clã. Ele se tornaria um inimigo no meio do território Maxwell, e provavelmente veria a própria casa pegar fogo.

— Leve-a para Dunncraigh você mesmo — ele disse em voz alta. — Afinal, isso é entre Dunncraigh e Lattimer. Deixe os rapazes fora disso.

Hamish diminuiu o ritmo da cavalgada.

— Isso não vai me fazer ficar com o território dele.

— Isso vai fazer de você o homem que entregou a Dunncraigh o meio para se livrar de Lattimer. Você disse que Dunncraigh queria que Lattimer lhe vendesse o castelo e a terra, e que fosse embora das Highlands. Vocês terão a irmã do inglês.

Hamish concordou com a cabeça.

— Agora *essa* é uma ideia interessante. E você vai me ajudar.

Se ele não ajudasse, a cabeça de seus sobrinhos seriam o prêmio.

— Certo. Eu vou ajudá-lo. — E que Deus ajudasse ele, os irmãos Maxton e a pobre garota.

16

Marjorie soltou a respiração num suspiro trêmulo. Com os dedos de Graeme dentro dela, a língua e os dentes em seus seios, ela sentia suas terminações nervosas trêmulas, palpitantes. Quando ele inverteu as posições de mãos e boca, ela perdeu a capacidade de falar.

— Graeme — ela grunhiu, a única palavra que conseguiu articular. — Oh, Graeme.

Ela agarrou o cabelo dele, arqueando as costas e tomando cuidado para não o sufocar com as coxas. Se uma lady não deve se entregar aos prazeres carnais, ela desistia ali mesmo de ser uma. Porque Marjorie não desistiria disso — nem dele — por nada.

Quando começou a pensar que fosse desmaiar de prazer, ele subiu pelo corpo dela, parando para lamber o mamilo sensível, e então a beijou soltando um grunhido gutural. No mesmo instante, ele entrou nela, duro e quente, e Marjorie agarrou seus ombros com as mãos trêmulas. Ele tinha dito que ela não precisava mais ficar sozinha. Eram só palavras, cheias de esperança, até momentos como esse.

Eles eram duas pessoas, mas ao mesmo tempo eram só uma, compartilhando a respiração, o suor, sem saber onde ela terminava e ele começava.

Até o coração deles mantinha o mesmo ritmo apressado. A cada nova investida dele, Marjorie gemia, fitando-o nos olhos, querendo ver o momento sublime em que ele atingia o clímax dentro dela. Ela conseguia sentir os dois se apressando, se perdendo, chegando ao ápice. Até que, com um grunhido rouco, ele se soltou, e ela estremeceu e se desfez ao redor dele.

— Pelo amor de Deus, Marj — ele murmurou, encostando a testa na dela. — Você acaba comigo.

Ela sorriu, ofegante.

— Eu já estou acabada.

Graeme a beijou de novo, dessa vez dolorosamente delicado.

— Eu amo você, *mo boireann leòmhann.*

— Eu amo você — ela respondeu. Ela nunca tinha se imaginado dizendo essas palavras, e cada vez que as pronunciava, sentia-se mais forte.

— Eu estava pensando — ele disse, deitando-se de costas e puxando-a para cima de si. — Sabe do que esta casa precisa?

— Um novo telhado? Uma nova pintura? — ela sugeriu, rindo.

— Um cachorro.

Marjorie bufou.

— Vai combinar bem com os gatos, coelhos, raposas e ganso.

— Tem que ser um filhote. Quando ele estiver adulto, vai achar que tudo isso é normal.

Ela virou a cabeça para encará-lo.

— Você está falando sério, então?

— Sim.

— Se for para eu ficar, tem que ser uma cadela. As mulheres já estão em muito menor número.

Ele apertou os braços ao redor dela e lhe deu um beijo na orelha.

— Ah, você vai ficar, sim. Aquela corrente continua comigo e não tenho medo de usá-la.

— É, eu sei disso. — Para que ficasse mesmo, como Marjorie desejava mais a cada hora que passava, a cada vez que pensava em nunca mais ter que voltar a Londres e enfrentar aqueles olhares cruéis e ressentidos, ela precisava de mais uma coisa dele. Ainda que as aulas que Marjorie teve sobre comportamento tivessem discutido flerte e como se tornar atraente para os homens, ela não fazia ideia de como sugerir — para esse homem em especial — que ele precisava lhe pedir em casamento. *Pedir.* Não exigir, nem obrigar. E como essa confusão já tinha acontecido e Marjorie o tinha rejeitado, como ela faria para que ele soubesse que seria mais dócil dessa vez?

Agora que o conhecia, ela ficaria feliz em ver seu dinheiro sendo usado para melhorar a vida dos irmãos e dos colonos dele. Mas, após intermináveis lições de comportamento próprio de ladies, ela não podia continuar desafiando a regra número um. Santo Deus, e se ela ficasse grávida? Eles estavam fazendo sexo suficiente para que essa fosse uma possibilidade, senão uma probabilidade.

— Então está certo; um cachorro, ou melhor, uma cadela.

Passos de criança e o estalido rápido de patas de raposas passaram pelo corredor, descendo a escada. Marjorie sentou e em seguida saiu da cama quente e confortável.

— Sim, é claro — ela disse, sabendo que tinha soado um pouco ríspida, mas sem se importar. — Mas antes, o mais importante...

Ele também sentou, as cobertas caindo deliciosamente de seu peito.

— Nós vamos brigar por algo de novo? Como estou nu, acho que é hora de brigar.

— Isso depende da lista de coisas que você quer fazer agora. — Ela vestiu a camisola. — Eu preciso me vestir antes que Connell volte aqui para cima.

— Eu não vou sair correndo atrás de você de novo, então venha cá.

Então agora ele pensava que podia lhe dar ordens. Estreitando os olhos, ela foi em direção à porta. Os dois pareciam mesmo concluir as noites e manhãs excelentes com Graeme gritando nu enquanto ela se afastava. Fazendo uma careta, ela voltou e se sentou na beira da cama.

— Você sabe que, no início, eu me interessei por você devido ao seu irmão e ao seu dinheiro — ele começou, deslizando os dedos pelo antebraço dela. — Mas faz três gerações que nós sobrevivemos sem luxos. Há pouco tempo eu não a deixaria partir porque não me importava como você se sentia a respeito disso tudo. Agora, eu iria atrás de você sem me importar com quem é seu irmão ou qual a sua renda.

— Eu sei disso. E você sabe que também não estou acostumada com luxo, mas o que eu tenho é seu.

— Certo. Então por que enquanto eu falava de cachorro, você falava de alguma outra coisa importante que não consigo imaginar qual seja?

— Porque você é um bárbaro highlander, imagino — ela disse, suspirando. — A única coisa na qual você insistiu, quando eu recusei, é a mesma que agora não está me oferecendo. Se não consegue decifrar isso... bem, sugiro que se esforce mais. — Virando-se, ela o beijou. Sempre que eles se tocavam, a ideia de viver em pecado parecia menos importante do que a necessidade dela de ficar com ele.

Ela não bateu a porta, o que Graeme considerou um avanço. A garota mantinha seus sentimentos verdadeiros enterrados debaixo de uma vida inteira de lógica, decoro e decepção, mas ele ansiava por uma vida removendo todas essas camadas.

Até lá, e por mais bárbaro que Graeme fosse, não tinha intenção de aumentar a lista de frustrações dela. Assim que a ouviu se mexendo no quarto ao lado, ele levantou da cama e vestiu a camisa e o kilt que estavam se tornando, de novo, tão confortáveis quanto já tinham sido — antes de ele se decepcionar com Dunncraigh e com o modo como este usava o clã Maxwell para enriquecer.

Depois de se barbear e limpar os dentes — e fazer um esforço para pentear o cabelo —, ele foi silenciosamente até a porta e a trancou. Então abriu a gaveta inferior do guarda-roupa, enfiou a mão debaixo de uma pilha de calças puídas e retirou um saquinho de veludo. Quando o virou na mão, o anel de sua avó caiu em sua palma. Era lindo, de prata com três safiras azuis, que combinavam com os olhos de Marjorie.

Algumas semanas atrás, ele tinha pensado em vender o anel para conseguir pagar a reforma de todas as valas de irrigação e a substituição das comportas de madeira. Quando os garotos capturaram Marjorie, ele imaginou que pelo menos algo de sua herança seria salvo. Agora, contudo, ele poderia usar o anel em sua verdadeira função: como promessa de casamento a uma garota que ele nunca pensou encontrar e que nunca deixaria partir.

Claro que ele queria se casar com Marjorie, apesar do que ela pudesse pensar. Mas, agora, importava *como* ela se sentia. Marj tinha levado uma vida solitária, sossegada, sem expectativas de encontrar o amor. A vida dele não tinha sido sossegada nem solitária, mas Graeme sempre esteve determinado a não arriscar seu coração em algo tão volúvel quanto o amor. Os dois teriam um monte de surpresas em seu caminho, e Graeme estava ansioso para encontrar cada uma delas.

Depois de guardar o anel, ele saiu do quarto. No corredor, uma mulher rechonchuda enfiou um dedo no peito dele.

— Bom dia, Sra. Giswell — ele disse, passando ao redor dela e continuando em direção à escada.

— Não venha com "bom dia" para mim, Maxton — ela respondeu com a voz baixa, seguindo-o de perto. — Não sei o que você pensa que está fazendo, mas Lady Marjorie tem uma casa e uma vida em Londres. Ela pode muito bem se casar com um duque ou um marquês.

— Você não me engana, mulher — ele respondeu. — Não existe um aristocrata em Londres que olhe para ela.

— Ainda não, mas vão olhar. São necessárias paciência e *finesse*.

Graeme parou e a encarou.

— Eu sou um visconde, sabia? Poderia tê-la obrigado a se casar comigo.

— Então você tem um pingo de princípios. Que maravilha.

— Nos dois, três ou quatro anos até ela poder comprar o acesso a festas da Sociedade, e talvez encontrar um pretendente que precise do dinheiro dela e tenha um título mais importante do que o meu, o que você acha que vai acontecer com Marjorie?

— Você quer o dinheiro dela, então não finja ser mais nobre do que os outros.

— Não estou fingindo. E, sim, ela traz algo que considero muito útil. Mas não estou pedindo que ela deixe de ser quem é, nem que prove ser algo que aqueles malditos janotas querem. Eu olho para ela e vejo algo mais que o dinheiro. Marjorie é admirável.

— Eu poderia dizer o mesmo a respeito de um cavalo, meu senhor. Isso não basta.

— Maldita inglesa. Diga-me com que frequência você a via alegre, rindo, antes de vir para as Highlands.

A Sra. Giswell abriu a boca, então a fechou de novo.

— Eu noto quando ela sorri, highlander. Só não sabia que você também reparava.

— Eu reparo. Sou um bárbaro atento, Hortensia Giswell, e amo demais aquela garota. Então não tente ficar entre nós, a menos que esteja pronta para brigar.

Ela recuou um passo.

— O irmão dela ainda pode deserdá-la se não o aprovar, sabia?

Ele tinha se dado conta disso semanas atrás, quando acreditava que Lattimer estava disposto a lhe dar dinheiro em troca do bom nome da irmã. Agora, contudo, a luta precisava ser limpa.

— Eu sei. Pretendo ir vê-lo dentro de alguns dias, depois que o maldito Paulk for embora. Se ele souber que estou a caminho de Lattimer, a batalha será totalmente diferente.

O dia em que ele recuasse de uma luta com Hamish Paulk seria seu último, mas ele queria que os conflitos fossem apenas entre os dois, sem envolver Marjorie, nem seus irmãos. Essa era a única coisa que o incomodava, na verdade; embora seus irmãos tivessem nascido em meio à rivalidade no clã, ele os manteve o mais longe possível dessa confusão. Marjorie, no entanto, não possuía experiência com política de clã, nem com o ressentimento e a raiva que isso envolvia.

As Highlands eram um mundo diferente, sobre o qual não tinha aprendido na escola preparatória. Ela estava pronta para ele? Marjorie era forte, mas seria forte o bastante?

— Bem, vejo que pelo menos fiz você parar para pensar — disse a Sra. Giswell. — E isso já é alguma coisa. Nós dois queremos o melhor para Lady Marjorie, é evidente, mas não sei se concordamos quanto ao que é isso.

Sim, ela tinha feito com que Graeme pensasse. E agora ele queria jogar essa mulher corpulenta sobre o ombro e atirá-la no rio. Ele fechou os punhos.

— Acho que Marjorie é quem vai decidir o que é melhor para ela mesma.

— É verdade. — Ela fez uma meia mesura. — Bom dia, Lorde Maxton.

— Já vai tarde, Sra. Giswell.

Ela não reagiu a isso, mas ele podia jurar que a ouviu rindo baixo enquanto se retirava para o quarto, mais adiante no corredor. A senhora podia cacarejar o quanto quisesse, mas não iria vencer.

Cowen abriu a porta da frente e Brendan veio da sala matinal para encontrar Graeme no saguão.

— Você está indo para A Lareira Partida, certo?

— Certo.

— Não sei por que Ewen Sturgeon está com medo de vir a Garaidh nan Leòmhann — Brendan disse, caminhando ao lado de Graeme enquanto se aproximavam do estábulo. — Se ele tem coragem suficiente para se casar com Kitty Moss, conseguir sua permissão devia ser a parte fácil.

— Não há nada de errado com Kitty Moss. Ela é uma garota alta e robusta.

— E Ewen é magro como uma vara. Acho que ele está com medo de ser esmagado.

Graeme riu.

— Não quero ouvir você falando isso perto deles. E acho que Ewen teria vindo à casa se eu pedisse. Mas ele diz que construções altas lhe dão tontura, então concordei em encontrá-lo na estalagem.

— Eu vou com você.

— Por acaso você não está esperando que uma boa amiga de Kitty vá com ela, está?

— Talvez. — Brendan ficou corado e estreitou os olhos. — Você vai se casar com Lady Marjorie.

Graeme parou diante da porta do estábulo.

— Eu já tinha dito que ia me casar com ela, você deve se lembrar.

— Lembro, mas agora você vai pedir a mão dela do jeito certo.

— Eu vou. Se ela me quiser, depois dessa confusão toda. Você tem algum problema com isso?

O irmão chutou um monte de terra congelada.

— É porque você não a detesta mais, e ela ficou arruinada depois que eu a raptei? Você está querendo salvar a reputação da moça? — Os ombros dele caíram. — A Sra. Giswell disse que eu sou um rufião, que saio por aí arruinando as mulheres ao tirá-las de suas acompanhantes.

— Você raptou alguma outra mulher? — Graeme perguntou, tentando disfarçar o quanto aquilo o divertia. Talvez fosse útil manter a Sra. Giswell por perto da Cova do Leão.

— Não! Deixe de ser ridículo. Mas é por isso que você quer se casar com ela?

— Eu quero me casar com ela porque a amo. Você tem alguma objeção?

— Você iria me jogar no rio se eu tivesse algo contra, mas não, não me oponho. Ela... ela não é o que eu esperava de uma inglesa.

— Também não é o que eu esperava. — Graeme cutucou o irmão com o cotovelo nas costelas. — Mas não espere que eu lhe agradeça por raptá-la. Mesmo que isso ajude nossa propriedade.

— Oh, você está grato. — Brendan, enfim, sorriu. — Só não quer dizer.

Bem, era verdade. O que Brendan não percebia era que Marjorie não tinha apenas trazido amor e esperança para Graeme; ela também tinha ajudado Brendan, fazendo-o voltar a ser o jovem amistoso de antes. Dois milagres realizados por uma mulher preciosa, extraordinária e admirável.

— Não estou procurando filhotinhos órfãos de coelho — Connell declarou, debruçando-se para virar uma pedra. — Estou procurando ratinhos órfãos.

Oh, céus.

— Ratos? O que Graeme pensa de você salvar ratos?

O garoto deu de ombros.

— Não perguntei para ele.

— Graeme tem sido muito bom com seu zoológico, mas você não pode sair por aí pegando animais para trazer para casa sem falar com ele primeiro. Uma coisa é salvar um ganso de um ataque. Outra é tirar um filhote dos pais.

— Acho que faz sentido. — Mudando de direção, ele desceu a encosta até a margem do rio. — Eu também posso procurar pedras bonitas.

— Claro que pode. Nós usamos as pedras para estudar matemática.

— É melhor do que usar os dedos, como Dùghlas. Não me importo de contar pedras. — Endireitando-se, ele a fitou. — Você vai voltar para Londres?

— Você gostaria que eu voltasse?

Ele meneou a cabeça.

— Não. Eu gosto de ter você aqui. Eu não sabia que garotas não gostam de palavrões até você me ensinar. — Ele olhou de soslaio para ela e continuou procurando por pedras. — E acho que Graeme gosta de você. Eu fui falar com ele uma manhã dessas e encontrei alguns dos seus grampos de cabelo na cama dele.

Marjorie sentiu o rosto esquentar. Ele devia ter perdido o grampo na manhã em que Graeme a empurrou da cama para escondê-la de Connell.

— Bem que eu queria saber onde tinham ido parar meus grampos — ela disse alto.

— E ele manda a Sra. Woring comprar baunilha, e mandou providenciarem orquídeas de *vanilla,* dizem que vêm do México. Acho que ele vendeu o relógio de bolso para comprar as mudas.

Marjorie não estava sabendo disso. Ninguém além de Gabriel tinha se sacrificado por ela. Ela teve vontade de chorar e rodopiar de braços abertos ao mesmo tempo.

— Acho que nós deveríamos comprar outro relógio para ele — ela disse.

— Tem uma loja em Sheiling. Eles podem encomendar de tudo para você, desde que esteja no catálogo.

— Ótimo. Vamos até lá amanhã?

— Vamos. Acho que eu posso.

Marjorie sorriu. Ainda que ela nunca tivesse desejado ser uma governanta, Connell Maxton era uma alegria; inteligente, curioso, afetuoso.

— Ótimo. Eu vou...

O som de cavalos chamou sua atenção e ela olhou para a campina um pouco acima de onde estava. Uma dúzia de homens vestindo o padrão dos Maxwell cavalgava em sua direção. Isso não pareceu nada de mais, até ela reconhecer o homem grisalho na liderança: Sir Hamish Paulk.

Virando-se de costas para eles, ela olhou para Connell, que continuava procurando pedras.

— Connell, esconda-se atrás das rochas — ela disse, alto o bastante para que apenas ele conseguisse ouvi-la sobre o som do rio. — Fique lá até eu dizer que é seguro sair, ou até não ouvir mais nada. Depois, volte para casa. Entendeu?

Arregalando os olhos azuis, ele concordou e se escondeu atrás dos três rochedos do tamanho de uma vaca junto à borda da água. Quando ele não estava mais à vista, ela andou alguns passos para a direita e depois voltou a caminhar em direção à casa. Os cavalos pararam, fazendo um semicírculo ao redor dela, cortando seu caminho em todas as direções, exceto a do rio. Ela engoliu em seco e entrelaçou as mãos atrás das costas.

— Cavalheiros — ela disse, inclinando a cabeça. — Estão procurando Lorde Maxton, eu imagino. Vamos até a casa?

— Não, não estamos aqui para ver Maxton. — Sir Hamish a olhou de cima a baixo, deixando-a muito ciente de estar usando um vestido marrom um pouco curto para ela e um casaco velho, o que não a protegia contra doze homens de rostos severos.

— Então, como posso ajudar?

— O que está fazendo aqui fora sozinha? — Dessa vez quem falou foi Raibeart, tio de Graeme.

— As raposas decidiram enfrentar os gatos, estão subindo e descendo as escadas, e eu decidi tomar um pouco de ar enquanto a casa se acalma. O que os traz aqui, se não vêm falar com o visconde?

— Ora, estamos aqui por sua causa — Paulk declarou. — Eu sei que você acha que não somos nada além de bárbaros estúpidos, mas não é tão fácil nos enganar, inglesa. Ou devo dizer Lady Marjorie Forrester?

Maldição.

Ela tinha duas opções: podia mentir, embora fosse evidente que eles soubessem a verdade, ou podia usar a verdade — ao menos parte dela — em seu favor. Marjorie inspirou fundo.

— Ora, que surpresa — ela disse, satisfeita com o modo calmo com que sua voz soou. — Espero que possamos nos entender. Se Lorde Maxton descobrir quem eu sou, não vai ficar muito feliz.

— Graeme não sabe quem você é? — o tio perguntou, parecendo esperançoso.

— Claro que não. Minha carruagem quebrou aqui perto e eu precisava de um lugar seguro para ficar por alguns dias. Se ele soubesse que sou a irmã do Duque de Lattimer — ela disse, usando de propósito o título do irmão —, não teria sido bem recebida. Como vocês sabem, este território não é muito amistoso para com os meus.

— Você é uma mentirosa e tanto, minha lady. — Hamish continuava a encará-la. — Eu quase acreditei em você por um instante, mas vi Maxton entregar sua carta para aquele Stewart, e pagar uma boa quantia para que ele a levasse até Lattimer. — Ele gesticulou e metade dos homens desmontaram. — Vamos acabar com isso antes que alguém venha procurá-la.

Acabar com isso? Eles pretendiam assassiná-la? Ela teria tentado escapar pelo rio gelado, se isso não fosse revelar Connell.

— Eu disse que meu irmão é o Duque de Lattimer. Enfurecê-lo não é uma boa ideia. Pensem bem no que vão fazer, cavalheiros.

— Pelo amor de Deus. Peguem-na.

Quando o primeiro homem se aproximou dela, Marjorie disparou um soco, acertando o lado da cabeça dele. Então ela se virou e correu rio acima. Mãos a agarraram, pegaram seu vestido, derrubando-a com força suficiente para tirar o ar de seus pulmões.

Ela arfou e mais mãos a seguraram, amarrando suas pernas e suas mãos às costas. Pelo menos aquilo não parecia um assassinato, ela disse para si mesma, esforçando-se para ficar calma e assim poder usar a cabeça. Quando lhe puseram uma mordaça, ela não ficou surpresa, mas furiosa. Uma mulher não deveria ser raptada nem uma única vez, muito menos duas.

Aonde quer que eles pretendessem levá-la — e Marjorie imaginou que fosse para a casa do Duque de Dunncraigh —, ela não pretendia facilitar. E assim que Graeme soubesse o que tinha acontecido, aqueles covardes teriam algo para temer de verdade.

17

— Tem certeza de que é de Isobel que você gosta, Brendan? — Graeme provocou o irmão, acenando para o estalajadeiro ao saírem do prédio em direção ao estábulo. — Kitty ficou de olho em você o tempo todo, e ela é uma garota que um vento forte não vai levar embora.

— Está enganado, irmão. Ela não conseguia tirar os olhos de *você*.

— Hum-hum. Sou comprometido. Você, por outro lado, não devia limitar suas opções tão cedo. A...

— *Graeme*!

O desespero na voz de Dùghlas fez sua alma congelar.

— Cristo — ele sibilou, correndo até a estrada de encontro ao irmão, que vinha num cavalo de trabalho. De encontro *aos irmãos*, ele retificou, pois Connell saltou do cavalo e correu até ele.

— Graeme — ele soluçou, jogando os braços ao redor da cintura do irmão mais velho.

— O que aconteceu? — ele perguntou, dividindo sua atenção entre Dùghlas e o topo da cabeça de Connell.

— Ele viu — Dùghlas ofegou, desmontando enquanto Brendan segurava o cabresto do cavalo.

— Viu o quê? Irmãozinho, por favor. — Com os três irmãos ali, seu pensamento voou imediatamente para Marjorie. *Maldição.* O que estava acontecendo?

Connell levantou a cabeça, o rosto infantil pálido e molhado de lágrimas.

— Nós estávamos procurando pedras bonitas, aí ela me disse para me esconder e não sair. Então ouvi o som do trote de cavalos e tio Raibeart e Sir Hamish, e eles disseram que ela era Lady Marjorie e teve uma briga. Eles foram embora com ela. Eu esperei até tudo ficar quieto, porque foi o que ela disse para eu fazer, e aí corri até em casa e encontrei o Dùghlas. Nós tivemos que montar no Rei George sem sela e ele não gostou nada disso.

Mesmo com a rapidez vertiginosa das palavras, Graeme entendeu a parte vital. Paulk tinha levado Marjorie e sabia quem ela era.

— Tem certeza de que foi o tio Raibeart que você ouviu? — Graeme perguntou, sombrio.

O menino confirmou com a cabeça.

— Queria que não, mas era ele.

Graeme o abraçou apertado. Mais tarde ele iria acertar as contas com Raibeart.

— Brendan, pegue nossos cavalos.

— Certo. — O adolescente saiu correndo.

— Desculpe por eu não ter ajudado. — Connell fungou, recuando para limpar o nariz.

— Você ajudou, Connell — Graeme respondeu, esforçando-se para se concentrar no momento e não no que pretendia fazer em seguida. — Se você não tivesse ficado escondido como Marj pediu, eu não teria ninguém para me contar o que aconteceu.

Os ombros do garoto se levantaram um pouco.

— Nós precisamos salvar a Marjorie!

Brendan se aproximou a cavalo, puxando Clootie logo atrás.

— Vamos, Graeme.

— Não — Graeme disse, com o máximo de firmeza e calma que conseguiu. — *Eu* vou atrás dela.

— Gr...

— Brendan — Graeme interrompeu o irmão —, leve seus irmãos para casa. Mande chamar Boisil Polk e os irmãos e filhos dele. Peça para ficarem de guarda na casa. Mantenha os empregados do lado de dentro e ponha barras nas portas. Mantenha todos em segurança. Você me entendeu?

O mais velho dos três concordou, seus olhos cinzentos o mais sérios que Graeme já tinha visto.

— Entendi. Irmãozinho, você vem comigo. Dùghlas, você vai ter que controlar o Rei George de novo. — Ele se aproximou de Graeme. — Quer meu rifle?

Graeme meneou a cabeça.

— Não. Você pode precisar. Estou com o meu. — Ele montou em Clootie e, com um último olhar para os irmãos, disparou rumo ao noroeste.

Eles estariam a caminho de Dunncraigh, e Graeme duvidava que se arriscariam a parar em Moriasg, não importava o quão envolvido Raibeart estivesse. Connell não tinha dito quantos homens estavam com eles e talvez nem soubesse, mas pela experiência de Graeme, Hamish não fazia nada sem que tivesse outros para pôr a mão na massa por ele.

E esses outros não seriam garotos que não sabem direito o que estão fazendo, ou que não estejam dispostos a infligir danos. Um mês antes, Dunncraigh tinha praticamente lhe ordenado que assassinasse Gabriel Forrester. Agora ele tinha Marjorie Forrester. Se alguém — qualquer um — a machucasse, Dunncraigh teria que lidar com um assassinato, algo que não estava esperando.

Eles estariam em maior número. Porém, isso não o preocupava demais — a vantagem é do homem que está disposto a puxar o gatilho primeiro. Nesse momento, ele ainda era um líder do clã Maxwell, e qualquer homem com Hamish Paulk também fazia parte do clã. Só isso podia lhe dar a abertura de que precisava.

Se o pior acontecesse, Brendan já tinha idade para cuidar dos irmãos. Sem o tio Raibeart para ajudar, a tarefa não seria fácil para o adolescente, mas ele conseguiria. Graeme não planejava morrer, mas isso podia acontecer. Desde que Marjorie ficasse em segurança, o resto não importava.

Graeme chegou ao topo da colina e deteve Clootie. Lá de cima, toda a terra de seu clã estendia-se a seus pés: montanhas entremeadas por clareiras, vales de floresta verde atravessados por regatos e rios cintilantes. Marjorie e os sequestradores podiam estar em qualquer lugar, mas ele não acreditava que tivessem mais do que uma hora de dianteira, se tanto.

Uma mulher, uma inglesa que ele conhecia há pouco mais de duas semanas, era dona de seu coração. Não, ele nunca imaginou que isso aconteceria, mas agora não trocaria o sentimento por nada. Com ela ao seu lado, Graeme não sentia o fardo que era tentar manter tudo no controle: ser o pai dos irmãos, senhor dos seus colonos, soldado do seu clã — e tudo isso com um mínimo de dinheiro.

A fortuna dela podia aliviar essa preocupação, mas ficar de olho nesse prêmio quase lhe custou o que havia de mais valioso: a própria Marjorie, seu calor e sua leveza, sua força oculta que o acalmava e excitava ao mesmo tempo. Ocorreu-lhe que nunca teve uma parceira, uma igual, uma mulher disposta a assumir aquele fardo gigantesco com ele, alguém com quem dividir a alegria e a dor.

Graeme crispou os dentes. Ele a tinha encontrado em meio às circunstâncias mais improváveis, e nenhum maldito covarde oportunista com sede de poder iria tirá-la dele. Não importava o preço que ele tivesse que pagar por ela.

Um lampejo de cor repentino chamou sua atenção antes de desaparecer outra vez entre as árvores. Aquilo lhe forneceu toda informação de que precisava.

— Vamos, Clootie — ele ordenou, fazendo a égua cinza com nome de demônio correr como o diabo.

Ele estava disposto a morrer por ela. Quando o pensamento passou por sua cabeça, quase chocou a égua contra uma árvore. Quando Brian Maxton, seu pai, perdeu a esposa, ele se matou. O que ele estava sentindo era o mesmo? Morrer para salvar alguém era o mesmo que morrer para não ficar sem ela?

Inesperadamente, a resposta veio na voz prática de Marjorie. Ele não estava desistindo, mas lutando, salvando, protegendo. Não era a mesma coisa. *Ele* não era o mesmo homem que seu pai tinha sido. O fato de ter permanecido na Cova do Leão e se tornado um pai, além de irmão, para Connell, Dùghlas e Brendan provava isso.

Os sequestradores viajavam depressa, mas Graeme conhecia melhor a terra e se movia com mais rapidez. Ele estimou que fosse o início da tarde quando chegou ao limite da clareira, enquanto os outros entravam na floresta na outra extremidade. Graeme tirou o rifle da bainha e o deixou atravessado sobre as coxas.

Quando eles emergiram na campina seguinte, Graeme cutucou os flancos de Clootie.

— Paulk! — ele gritou, saindo de entre as árvores para encontrá-los.

Hamish deu meia-volta para encará-lo. Antes que pudesse fazer mais do que abrir a boca, Graeme acertou a coronha de seu rifle na cara do outro líder. Grunhindo, Hamish caiu da sela para o chão.

Graeme apontou o rifle para um homem baixo, mas musculoso, que tinha Marjorie amarrada e atravessada sobre suas coxas.

— Se quiser ver outro dia nascer, solte-a. Devagar.

O tio Raibeart adiantou um pouco seu cavalo baio.

— Graeme, estou tentando deixar você e os garotos fora disso.

Graeme fez uma careta de escárnio, mantendo a arma e o olhar no homem que estava com Marjorie.

— Eu não sei quem você é, mas não é da minha família. Agora, *você* ponha a garota no chão. Vou atirar na sua cabeça e soltá-la eu mesmo se tiver que pedir de novo.

— Graeme, você vai começar uma guerra — Raibeart implorou.

— Você já fez isso quando roubou minha mulher de mim — ele retrucou. — A única questão que você precisa ponderar é se quer sair desta clareira vivo ou não.

— Você não pode atirar em todos nós, Maxton — um dos outros homens grunhiu.

Com um movimento rápido, Graeme puxou a faca afiada de sua bota e a atirou no ombro do homem.

— Alguém tem mais alguma idiotice para dizer? — ele perguntou enquanto o homem se dobrava. — Não estou de brincadeira!

O tio inspirou fundo.

— Ninguém vai morrer aqui hoje, rapazes. Deem a inglesa para ele.

Lentamente, o homem musculoso baixou os pés de Marjorie até o chão.

— Afastem-se — Graeme ordenou, fazendo Clootie se aproximar e apeando, o rifle ainda apontado para o tio. Com agilidade, puxou uma segunda faca da cintura, agachou-se e cortou a corda que prendia os pés e as mãos dela.

Imediatamente, ela tirou a mordaça. Garota inteligente que era, pegou a faca da mão dele e se virou para o grupo de homens Maxwell. O clã a que ele pertencia até esse dia. Graeme voltou a montar, tirou o pé do estribo e ofereceu sua mão livre a ela.

— Atrás de mim — ele disse.

Marjorie pegou a mão dele e montou, sentando-se atrás da sela com os braços ao redor da cintura de Graeme.

— Isto não vai acabar aqui, garoto — Raibeart disse, a voz sombria e suplicante. — Dunncraigh quer se livrar de Lattimer. A garota é o meio para se conseguir isso.

— Você sabe onde me encontrar. Vou estar à sua espera.

Quando ele se voltou para as árvores, Sir Hamish sentou, gemendo e com sangue escorrendo do nariz e da boca. Graeme desviou um pouco para o lado e o chutou no rosto enquanto passava.

— Vocês todos, fora da minha terra. E levem esse monte de merda com vocês.

Eles saíram a galope assim que alcançaram as árvores, mantendo o ritmo até Graeme julgar que estavam a uma distância segura. Marjorie nunca tinha cavalgado em dupla e seus punhos doíam, mas com os braços ao redor da cintura de Graeme e seu rosto apoiado no ombro dele, ela se sentia bem e em completa segurança.

Ele parou, enfim, junto a um riacho, ajudando-o a descer e desmontando em seguida. Ainda sem falar, ele a enlaçou, puxando-a para um abraço apertado. Então beijou o cabelo dela, e Marjorie, finalmente cedendo ao medo que tentou combater durante horas, se entregou àquele abraço afetuoso.

— Está ferida, *mo boireann leòmhann*? — ele murmurou, balançando-a lentamente para um lado e para o outro.

— Não — ela sussurrou, tentando não chorar. Pelo amor de Deus, ela estava em segurança agora. O tempo de chorar tinha passado. — Só não aguento mais ser raptada.

— Não vai acontecer de novo. Não vou permitir.

Ela consentiu com a cabeça encostada no peito dele, então se endireitou, horrorizada por ainda não ter perguntado:

— Connell está bem? Eu disse para ele se esconder, mas quando seu tio chegou fiquei preocupada que ele pudesse...

— Ele está ótimo — Graeme a interrompeu. — Ele fez como você mandou, depois correu até a casa e procurou Dùghlas. Os dois foram com Rei George, o cavalo da carroça, até Sheiling me encontrar. — Ele a beijou de novo, dessa vez na boca. — Nunca serei capaz de lhe agradecer o bastante por mantê-lo em segurança, Marjorie.

— Você o confiou a mim. E ele... me é muito querido.

— Sim. Ele é muito importante para mim, também. Assim como você, *mo boireann leòmhann*.

Ela o beijou, então, saboreando o calor, a força e a própria presença dele. Marjorie *sabia* o tempo todo que Graeme a encontraria, que iria atrás dela. Ele tinha lhe dito a verdade. Ela não estava mais sozinha.

— Eu não quero voltar para Londres — ela disse, baixando de novo o rosto para o casaco dele, que cheirava a pinho. — Nunca mais quero ver essa cidade.

O que Londres tinha lhe dado além de desprezo por suas supostas carências — carências que só eram notadas pelas pessoas das quais Marjorie queria se aproximar? A ideia de voltar para aquele mar de sorrisos falsos e ressentimentos mal disfarçados, quando ela podia simplesmente dar as costas para tudo aquilo, parecia loucura. Ela sentiu orgulho da própria lógica. Era só uma infelicidade que tivesse precisado passar por outro rapto para que seu cérebro recuperasse o juízo.

— Depois disso, fiquei preocupado que você não quisesse mais ficar nas Highlands. Dois raptos em um mês. É demais até para nossos padrões. — Ele a beijou de novo, devagar, as mãos emoldurando o rosto dela como se fosse algo precioso. E Marjorie era, de fato, preciosa para ele.

Quando montaram em Clootie outra vez, Marjorie optou por se sentar de frente para Graeme, para que pudesse continuar a olhar para ele.

— Seu tio disse que isso não acabou — ela o lembrou. — E eu acho que você quebrou o nariz de Sir Hamish.

— Tomara mesmo que tenha quebrado — ele respondeu. — Há oito anos tenho vontade de fazer isso.

— Mas o que ele vai fazer com você agora, Graeme? Ele e o Duque de Dunncraigh. Mesmo que o duque não soubesse de mim, agora vai saber.

— Ele não gostava de mim antes porque eu contestava os decretos que ele baixava, quando prejudicavam o povo, mas o favoreciam. Ele reclamava que eu não era leal. Agora que eu quebrei a cara do Paulk para manter você comigo, ele vai ter mais motivos para me expulsar.

— Expulsar das Highlands?

— Do clã Maxwell. Seu desejo é que eu saía da região, ele quer tentar me esgotar para me forçar a partir, mas esta terra é *minha.* Ele não pode me expulsar. — Ela o sentiu inspirar fundo. — Não quero que você seja pega de surpresa de novo, Marj. Ele odeia seu irmão. Você é um modo de atingir Lattimer. Duvido que ele vá se contentar em me xingar e ameaçar. Você está preparada para esse tipo de vida?

Isso era algo em que ela nunca tinha pensado.

— Prefiro ficar para lutar por algo que eu tenho e em que acredito do que me esforçar para conseguir o reconhecimento de um grupo de pessoas que não significam nada para mim.

— Vamos pensar em como fazer então, *Sassenach.* A situação é nova. Dê um pouco de tempo para o meu cérebro exausto refletir. Acho que eles vão todos correr até o Dunncraigh para perguntar o que fazer. Isso nos dá um dia, de qualquer modo.

— Meu cérebro exausto também está disponível — ela observou.

— Não vou me esquecer disso.

Marjorie queria que Graeme entendesse que os dois podiam ser parceiros, que se ele quisesse, poderia contar para ela todos os seus problemas, pensamentos e sonhos, e que ela faria todo o possível para ajudá-lo. Quer ele a pedisse em casamento ou não.

— Lady Marjorie! — A Sra. Giswell saiu correndo pela porta da frente com mais velocidade do que Graeme pensou que a mulher fosse capaz. — Entre! Vamos preparar um banho para a senhorita.

— Estou ótima, Sra. Giswell — respondeu a garota linda e corajosa quando ele a ajudou a apear. — Onde estão os garotos?

— Eu ordenei que permanecessem na sala matinal para que não a perturbassem. Nós precisamos trocar sua roupa. E, oh, seu cabelo!

— Eles não me perturbam — Marjorie protestou enquanto a acompanhante a empurrava para dentro de casa. — Eu quero...

— Depois que você se limpar e arrumar o cabelo, querida. Uma lady nunca está desalinhada.

Elas subiram a escada ainda discutindo. Graeme queria segui-la, tanto para ter certeza de que Marj não estava ferida como porque a Sra. Giswell o divertia. Mas ele sabia muito bem que não podia se dar ao luxo de parar para se divertir.

Então, com um último olhar relutante para o alto da escada, ele abriu a porta da sala matinal.

— Ela está bem, rapazes — ele disse, agachando-se ao lado de Connell. — E você, meu irmãozinho, é um herói.

— Eu fui muito corajoso — Connell concordou.

— Tio Raibeart tomou mesmo parte disso? — Dùghlas perguntou, mais preocupado do que aliviado.

— Você teve que matar alguém? — Brendan perguntou.

Graeme se endireitou e sinalizou para Connell se sentar em uma cadeira.

— Nós precisamos ter uma conversinha, rapazes. E preciso que me escutem.

— Nós vamos escutar, Graeme — o menor disse, sentando-se na cadeira de modo que seus pés não tocavam o chão. Trocando um olhar, Brendan e Dùghlas sentaram-se no sofá.

— Obrigado, rapazes. Sir Hamish pretendia levar Marj para Dunncraigh. Acho que a ideia era usá-la para convencer Lattimer a vender sua terra. De qualquer modo, era o que ele queria antes. — A ideia do que poderia ter acontecido com Marjorie fez seu maxilar e suas mãos se contraírem, e ele teve que se esforçar para controlar a raiva. Precisava estar calmo neste momento. Também precisaria usar a lógica. Mais tarde ele poderia se lembrar de como tinha sido bom quebrar a cara de Hamish Paulk.

— E sim, Raibeart estava com Paulk. Talvez ele estivesse tentando nos manter fora da confusão, mas não o receberemos para jantar por um bom tempo. Porém, não é disso que quero falar com vocês. Sir Hamish e Dunncraigh não vão deixar isso ficar assim. Eles podem nos expulsar do clã Maxwell. Eles podem tentar nos forçar a ir embora de Garaidh nan Leòmhann. O que eu...

— Eu não quero ir embora de Garaidh nan Leòmhann — Connell interrompeu, preocupado, com os olhos arregalados.

— Quieto, irmãozinho — Brendan disse. — Você vai poder falar quando ele terminar.

— E vou falar. Não pense que não vou.

Graeme disfarçou seu sorriso breve.

— A questão é esta, rapazes: eles não podem nos fazer ir embora da nossa casa. É nossa. Eles *podem* encorajar nossos colonos a partir, podem sumir com nossos pastores e ovelhas, podem inundar ou queimar nossas plantações. Foi o que fizeram com Lattimer no passado, quando ainda se chamava MacKittrick. Eu acho que vamos entrar em guerra. E podemos resistir da seguinte forma: comprar mais ovelhas, plantar mais trigo, construir viveiros de peixes... ficando mais fortes, mas também nos tornando um alvo maior.

— Mas nós não temos dinheiro! — Connell exclamou para, em seguida, cobrir a boca com as duas mãos.

— Não temos — ele concordou. — Mas Marjorie tem.

Connell abriu os dedos.

— Você não pode pegar o dinheiro de Marjorie se não se casar com ela — ele disse e cobriu a boca de novo.

— Sim. Eu pretendo me casar com ela.

— Você já disse isso antes — Dùghlas observou.

— Desta vez eu tenho um motivo melhor.

O irmãozinho fez um som de beijo por trás da mão.

— Isso mesmo — Graeme concordou. Connell não estava sendo muito elegante, mas representava bem a família Maxton.

— Então é isso o que vamos fazer — Brendan disse. — Não tenho medo de Dunncraigh.

— Eu também não — Graeme concordou. — Mas temos que levar em conta outra coisa. Enquanto Marjorie estiver aqui, Dunncraigh irá vê-la como um modo de atingir Lattimer. Eles a raptaram hoje. Não sei o que esses canalhas vão tentar de novo.

E pensar nisso começou a afligi-lo. Ela estaria mais segura em Lattimer com o irmão, onde sabiam quais eram as ameaças e tinham homens para protegê-la. Sem o dinheiro dela, contudo, Garaidh nan Leòmhann ficaria mais vulnerável. *Ele* ficaria sozinho de novo, rodeado pela família, mas sem poder abraçá-la, conversar e rir com ela. Mas tinha dado sua palavra. Ele a protegeria, sem se importar consigo mesmo.

— A gente pode falar agora? — o irmãozinho perguntou, tirando uma mão da boca.

— Pode.

— Bom. Porque eu acho...

— Connell — Brendan o interrompeu. — Fique de matraca fechada.

— Mas...

— Eu só sei de uma coisa — o adolescente disse. — Você quer a nossa segurança. Todos nós sabemos disso. Mas nenhum de nós vai lhe dizer o que fazer com Marjorie Forrester. Não queremos ser culpados pelo que acontecer.

— Eu vou dizer o que você deve fazer — Connell começou.

— Não vai, não. — Dùghlas colocou o pequeno sobre o ombro. — Nós temos doze homens em volta da casa, Graeme. Você decide o que fazer e nós o seguimos. *Eu* acho que você merece ser feliz, mas isso é tudo que eu vou dizer.

Graeme se virou para a porta da sala matinal. Marjorie estava parada ali, olhando para ele. O cabelo tinha sido penteado e preso em um rabo de cavalo longo e ondulado, mas ela continuava com o vestido sujo e rasgado que usava quando ele a resgatou.

— O que você ouviu? — ele perguntou.

— Tudo depois de dizer que Paulk e Dunncraigh não podem obrigá-lo a ir embora. — Ela inclinou a cabeça. — Você vai tentar me mandar para Lattimer ou de volta para Londres e dizer que é para o meu próprio bem?

— Você estaria fora do alcance deles em Londres, e estaria mais bem protegida em Lattimer.

— Meu bem-estar não lhe importava antes, então? — ela o provocou.

Maldição. Ela nunca se esqueceria disso.

— Isso foi quando eu precisava do seu dinheiro e não me importava com o que aconteceria com você. Tudo isso mudou. Agora, ficar aqui é muito perigoso.

— Eu ficaria mais segura trancada em um quarto com uma corrente na perna. — Ela tirou a chave do bolso da peliça e se aproximou para entregá-la a ele. — Vá em frente. Tranque-me como se eu fosse uma boneca de porcelana delicada que não consegue parar em pé sozinha.

— Marjorie, v...

— Não me venha com "Marjorie" nesse seu belo sotaque, Graeme. Eu vim arrastada contra minha vontade. Não tive escolha. Você tentou me obrigar a casar e eu o enfrentei. Mas então eu *conheci* você e Connell, e Dùghlas e Brendan. Você me apresentou um novo modo de viver, e muitas outras coisas que literalmente mudaram minha vida. Para melhor, na minha opinião.

— E durante tudo isso, você estaria mais segura em qualquer outro lugar — ele se obrigou a argumentar. — Isso é ainda mais verdadeiro agora.

— Graeme Maxton. — Ela bateu um pé. — Você me disse que eu não preciso mais ficar sozinha! E não quero me esquecer que vivi tudo isso e voltar a viver como antes. Não quero deixá-lo.

— Jesus, Marjorie. Não dificulte as coisas. Nós fomos um acidente. Não era para nos conhecermos.

— Cale a boca.

Ele arqueou uma sobrancelha.

— Como disse?

— Você tem feito a mesma coisa há oito anos, não é?! — ela exclamou, dando-lhe um tapa no peito e deixando a mão espalmada sobre o coração dele. — Você sacrifica tudo. Teria se casado *comigo*, uma inglesa de sangue azul que detestava, ou pensava que detestava, só para melhorar a vida da sua família. Não importava a vida que tinha planejado para si mesmo, você passava todos os dias ajudando seus colonos, quando isso deveria ter sido responsabilidade do seu pai. Foi um sacrifício do seu tempo, da sua privacidade, de todo dinheiro que tinha. Bem, estou aqui para informá-lo, seu homem teimoso, de que o amo. Você não tem que sacrificar sua felicidade. *Você* não tem que ficar sozinho.

Ninguém nunca tinha colocado a situação nesses termos. Claro que ele recebia elogios e compaixão por assumir a criação dos irmãos, como se ele fosse fazer outra coisa, mesmo que pudesse. Graeme tinha percebido, muito tempo atrás, que a responsabilidade o tinha transformado num homem melhor. Na interpretação de Marjorie, ele sempre tinha sido bom.

— Você vai estar em perigo — Graeme disse, da forma mais clara e sucinta que podia, desejando que ela entendesse que ele só queria guardar sua maldita opinião para si mesmo e beijá-la. — Você nunca morou nas Highlands. A vida não é simples aqui. Nunca.

— Se a Coroa não tivesse encontrado Gabriel, eu continuaria sendo uma acompanhante de lady. Daqui a quarenta anos eu seria a Sra. Giswell. E posso lhe garantir que isso me assusta muito mais do que as suas Highlands. — Ela fez uma pausa e baixou a mão. — A menos que você tenha mudado de ideia. Oh, céus, eu estou sendo tola? Você está tentando encontrar um modo de se livrar de mim. — Ela forçou uma risada. — Não fosse pelo meu dinheiro, você não...

— Maldição — ele grunhiu, agarrando-a pelo vestido rasgado e puxando-a para um beijo quente, de boca aberta. — Você está me destruindo por dentro, Marj— ele murmurou contra a boca dela, sem querer soltá-la. — Não quero que você vá embora. Nunca. Mas também não quero vê-la em perigo.

— Então deixe essa decisão para mim, Graeme. Este é o primeiro lugar onde senti que me encaixava. Se você me quer aqui, eu quero ficar e lutar com você.

Após ser raptada duas vezes, ela compreendia melhor do que outras garotas inglesas o perigo das Highlands. E ele nunca tinha percebido nada de fraco nela. Claro que ele procuraria por qualquer desculpa para deixá-la ficar.

— Tem certeza, *mo boireann leòmhann*? — ele perguntou em voz baixa.

— Eu irei embora se a minha presença aqui aumentar o perigo para os garotos — ela disse, determinada. — Do contrário, não ligo para o resto, nem para o que os outros pensam. Todos me detestavam antes, não dou... uma figa para o que vão pensar de mim agora.

Ele sorriu, sentindo alívio e uma alegria estonteante se espalhando por sua pele.

— Olhe como fala, *Sassenach*. — Soltando o vestido, ele pegou a mão dela. — Se pretende ficar, precisamos que se vista de forma adequada. — Ele a puxou para o corredor e, em seguida, para a escada.

— Eu posso me trocar mais tarde — ela argumentou, mas não tentou se soltar dele.

Ela queria ficar, mesmo com os problemas que viriam, tão certos quanto o inverno difícil que se aproximava. Contudo, isso ainda não o satisfazia; ele queria mais, uma promessa que fosse tão forte quanto uma corrente. Quando eles passaram pela porta do quarto dela e continuaram até o dele, Marj hesitou.

— Graeme, todo mundo vai saber — ela sussurrou quando ele se recusou a soltá-la.

— Eu quero que todos saibam.

— Mas...

Dentro do quarto, ele a soltou.

— Não se mova, Marjorie.

— O que você está fazendo? — ela perguntou, e pelo tom era claro que estava pensando que Graeme tinha perdido o juízo. Mas se tinha perdido mesmo, ele nunca mais queria encontrá-lo.

De olho nela, Graeme abriu a gaveta de baixo do guarda-roupa, encontrou o saquinho de veludo e se voltou para ela.

— Você não vai ter que ficar aqui contra sua vontade por nem mais um maldito segundo — ele disse, afastando um fio de cabelo perdido do rosto dela. — Mas se for louca o bastante para querer ficar, vou mantê-la ao meu lado para sempre. — Ele se ajoelhou e fitou os olhos azuis de Marjorie, que de repente o compreendiam. Olhos tão claros e profundos quanto um lago das Highlands no verão. — Nós não deveríamos ter nos conhecido, *mo boireann leòmhann*. E, mesmo depois que nos conhecemos, deveríamos ter nos tornado inimigos. Mas agora não consigo imaginar minha vida maluca sem você. Eu a amo com cada gota do sangue bárbaro que meu coração, igualmente bárbaro, bombeia. Diga que aceita se casar comigo, Marjorie.

Uma lágrima escorreu pelo rosto dela quando Graeme pegou sua mão esquerda. Os dedos longos e graciosos dela tremiam um pouco. Ele reparou em tudo; a luz do sol se apagando lá fora, o rasgo no vestido revelando um joelho arranhado, o som distante de um galo cacarejando.

— Eu ficaria com você mesmo sem isto — ela sussurrou, afinal. — Desde o momento em que cheguei, com um saco na cabeça e raposas mordiscando meus dedos dos pés, senti que fazia parte de algo. Parte desta família calorosa e caótica. E desde então não me senti mais só. — Outra lágrima seguiu a primeira. — Amo você, Graeme. Sim, aceito me casar com você. Sim, sim, sim.

De repente, as mãos dele já não estavam tão firmes. Ele enfiou o anel de safira no dedo dela e a puxou para seu joelho, envolvendo-a com os braços e beijando-a até os dois ficarem sem fôlego.

— Eu te amo, *mo boireann leòmhann* — ele murmurou dentro da boca de Marj.

— Eles estão se beijando! — Connell gritou da porta do quarto, com o rosto virado para o corredor.

Então ele entrou no quarto. O garoto tinha vestido o kilt Maxwell. Graeme se perguntou, por um instante, se aquela seria a última vez que um deles faria isso ainda como membro do clã.

— O que você quer, irmãozinho? — ele perguntou, ajudando Marjorie a se levantar e depois também se endireitando.

— Vocês não podem ficar se beijando quando o maldito... quero dizer, bendito... Dunncraigh pode atacar a qualquer minuto. Preciso saber o que vocês estão planejando fazer.

— Duvido que Dunncraigh vá ser tão ágil, Connell. Vou convocar uma reunião aqui amanhã cedo e contar para nossos colonos o que está acontecendo. Vou dar uma chance a eles de se aliarem a Dunncraigh ou de permanecerem conosco. — Ele estendeu a mão e pegou a de Marjorie. — Pode ser que nós tenhamos que distribuir um pouco de dinheiro para provar que temos o suficiente.

Ela concordou.

— Eu nunca conheci esse tal de Dunncraigh, mas fico feliz de fazer o que for possível para irritá-lo.

— Oh, Graeme é muito bom em irritar o duque — Connell lhe garantiu.

— Ótimo. Vamos começar, então.

18

— Você vai comprar ovelhas? — a Sra. Giswell perguntou, arqueando as duas sobrancelhas.

— Vou — Marjorie respondeu enquanto ajudava Cowen e Ross a tirar da mesa pratos, talheres e os restos do que tinha sido um porco assado bem grande. Aparentemente, highlanders gostam de comer enquanto decidem se vão trair o chefe do clã ou o muito amado líder local. E o consenso de esperar para ver quem terminaria vivo não foi muito tranquilizador.

— E onde você pretende criá-las? No jardim da Casa Leeds, entre as rosas?

— Sra. Giswell, está sendo sarcástica? — Marjorie a provocou. Depois da tensão daquela manhã e da decepção com a pequena quantidade de colonos que estava disposta a continuar com Graeme quaisquer que fossem as consequências, era um alívio retomar coisas familiares como boas maneiras e etiqueta.

A acompanhante pegou a mão esquerda de Marjorie, o olhar fixo nas lindas safiras.

— Você pretende ficar por aqui, não é? Mesmo depois que esses garotos bárbaros a sequestraram e a trouxeram para cá contra sua vontade? E depois que o visconde tentou *obrigá-la* a se casar com ele? E seus planos de encontrar seu lugar na Sociedade?

— Não existe lugar para mim na Sociedade.

— Você não pode dizer is...

— Eu posso — Marjorie a interrompeu. — E você sabe muito bem disso. Se eu voltasse a Londres, continuaria a ser uma pária ressentida, até o dia em que não aguentasse mais a solidão e me casasse com algum caçador de fortuna. A essa altura, as pessoas já estariam sussurrando às minhas costas, com pena de mim. — Pegando o braço de Hortensia Giswell, Marjorie a puxou até as janelas altas do salão de festas. — Olhe lá fora. O que você vê?

— Eu lhe digo o que não vejo: Almack's, Teatro Drury Lane, casas majestosas, Hyde Park, rua Bond.

— Exatamente. — Marjorie sorriu. — Não é maravilhoso?

— E quanto aos seus quatro anos estudando na escola preparatória?

Uma mão quente deslizou pela cintura de Marjorie.

— Ela está muito bem preparada para domar os bárbaros locais — Graeme observou, beijando-a na testa. — Acho que ela já conseguiu reduzir bastante o linguajar grosseiro nesta casa.

— Mas *ele* é um caçador de fortuna — a Sra. Giswell insistiu. — Ele lhe disse que era. E agora, antes mesmo de se casarem, ele a fez comprar ovelhas. De que modo isto é diferente do que você teria em Londres?

Graeme abriu a boca para retrucar, mas desistiu quando Marjorie pôs a mão sobre seus lábios.

— Porque antes de os garotos me arrastarem até aqui, ele não estava caçando uma fortuna. E porque ontem ele tentou me convencer a ir embora para que eu ficasse em segurança. E porque eu o amo.

— Humpf. O que eu vou fazer, então? Imagino que deva voltar para Londres sozinha. Nunca mais vou conseguir trabalhar, depois que meus potenciais empregadores souberem primeiro da Princesa Sofia, e então que minha última patroa, uma herdeira, casou-se com um visconde pobre e escocês.

Um sentimento de culpa tocou Marjorie. Era certo que a pobre Sra. Giswell não podia ser culpada por nada daquilo. Ela havia tido um azar tremendo com suas patroas.

— Eu posso continuar a empregá-la, Sra. Giswell.

— Existem garotas na região que podem se beneficiar do seu conhecimento — Graeme acrescentou.

— Tenha dó, nenhuma delas pode pagar pela minha experiência.

— Não tem lugar para uma escola em Sheiling? — Marjorie perguntou, sorrindo para Graeme.

— Tem. Bem ao lado do ferreiro. Se Marj concordar, podemos construir um salão de festas para suas aulas de dança, uma sala de jantar para prática com talheres e um...

— Uma academia! — a Sra. Giswell exclamou, ganhando vida, seus olhos brilhando. — Sempre foi meu sonho, mas com a minha reputação...

— Somos bárbaros por aqui, Sra. Giswell. Não ligamos para sua reputação.

— Oh, noss...

Um disparo de rifle ecoou pelo vale.

Graeme tirou a mão da cintura de Marjorie.

— Visitas — ele disse, sua expressão ficando séria. — Eles vieram mais rápido do que eu esperava. Vocês, garotas e Connell vão lá para cima, tranquem a porta e fiquem longe das janelas. — Ele a fitou, estreitando os olhos. — Pelo menos, não deixe que a vejam olhando para fora — acrescentou, aparentemente querendo preparar o espírito dela. Ele tirou uma pistola do bolso. — Tome cuidado. Está carregada e pronta para disparar.

Ele se dirigiu ao corredor, mas ela o agarrou pela lapela e o puxou. Era quase o mesmo que tentar impedir um vulcão de entrar em erupção, mas ele se voltou para ela.

— *Você*... tenha cuidado — ela sussurrou e ficou na ponta dos pés para beijá-lo.

— Vou ter — ele disse com um sorriso rápido. — Afinal, preciso voltar para a minha leoa.

— Bom Deus, todos estão se tornando bárbaros — a Sra. Giswell observou, mas deu uma tapinha no braço de Graeme quando este passou por ela. — Venha, Lady Marjorie, vamos lá para cima.

Carregando com estranheza a pistola pesada, porque nenhuma professora de qualquer escola preparatória incluía lições de tiro no currículo, Marjorie saiu do modesto salão de festas rumo à escada, com a acompanhante logo atrás. Elas encontraram os garotos no corredor, Brendan e Dùghlas carregavam rifles, e a expressão deles era a mais sombria que ela já tinha visto. Os rapazes a cumprimentaram com um aceno de cabeça, Brendan empurrou Connell para ela e os dois seguiram rumo à porta da frente.

Marjorie teria preferido ficar trancada no quarto com os três garotos, mas sabia que eles já caçavam há anos e que eram muito melhores com uma arma do que ela. Marjorie também sabia que eles ficariam magoados e ofendidos se sugerisse que os dois permanecessem dentro de casa.

— Venha, Connell — ela disse apenas, pegando a mão do garoto e subindo a escada ao lado dele.

— Eu queria ir com meus irmãos — o pequeno disse com a voz embargada —, mas Graeme me mandou cuidar de você. E disse que você não sabe recarregar a pistola, e eu sei.

— Ótimo. Você vai ser minha mão direita.

— Eu nem sempre lembro qual é a minha direita, mas vou fazer o possível — ele resmungou.

Marjorie podia jurar que a Sra. Giswell murmurou às suas costas algo sobre bárbaros, mas preferiu ignorar a acompanhante. Logo chegaram ao quarto de Connell, que ficava na frente da casa. Dali teriam a melhor visão do pátio e da estrada, de onde ela acreditava que poderiam vir os problemas.

— Feche as cortinas. Deixe apenas uma fresta — ela orientou o garoto e trancou a porta. — Vamos poder espiar sem ter que mexer nelas.

— Genial! — exclamou Connell, obedecendo as instruções dela. — Ainda não estou vendo nada, mas vou ficar de olho.

— Avise assim que vir qualquer coisa. — Marjorie sentou na beira da cadeira, enquanto a Sra. Giswell emitia sons de reprovação e arrumava a cama desfeita do garoto.

— Estou vendo Graeme e os rapazes empurrando a carroça para a frente da porta e tombando-a de lado para se protegerem atrás dela. Os rapazes Polk estão no telhado do estábulo e no meio das árvores. Mas é só isso.

Ela concordou com a cabeça, embora ele não pudesse ver o gesto. Cowen, Ross e Taog, bem como a corpulenta Sra. Woring, a cozinheira, deviam estar espiando pelas janelas do térreo, todos armados, enquanto Johnny aguardava no estábulo com uma arma imensa.

Apesar de sua preocupação inicial, Connell, no momento, parecia estar encarando tudo aquilo como uma grande aventura. Por ele, Marjorie mantinha uma expressão calma. Por dentro, contudo, não conseguia controlar o alvoroço em sua mente — os pensamentos que diziam que, como agora ela tinha alguém, poderia perdê-lo, e a preocupação de que, de algum modo, ela tinha provocado aquilo, apesar de Graeme garantir que o conflito vinha se arrastando há anos.

— Estou vendo cavalos — Connell disse em meio ao silêncio, sobressaltando-a.

— Cavalos de quem? Você sabe dizer? — Seria Paulk ou o próprio Duque de Dunncraigh? O coração dela foi parar na garganta, ameaçando sufocá-la.

— Não... espere. Kilt Maxwell, casacos... Não dá para dizer. Mas o cavalo na frente é um baio de ataque... Oh, ele é grande! E o cavaleiro... não é Sir Hamish, porque ele não consegue cavalgar assim.

— O Duque de Dunncraigh? — ela sugeriu, colocando a pistola na mesa de cabeceira e então pegando-a de novo. Ela odiava um homem que mal conhecia. E a julgar pelas ações dele, no entanto, não era alguém que desejava conhecer. Mas adoraria lhe dar um soco na fuça.

— Não — Connell respondeu depois de um momento demorado demais. — O duque tem cabelos brancos. Esse tem cabelos pretos. E não está usando kilt.

Enquanto o menino dizia isso, Marjorie ouviu um assobio penetrante. Um assobio que ela reconheceu. *Bom Deus.*

— Eles pararam — o garotinho relatou enquanto Marjorie levantava com um salto.

Correndo até Connell, ela abriu as cortinas. Mais de trinta homens a cavalo estavam parados junto à entrada do pátio. À frente, um cavalo baio permanecia imóvel como uma estátua. Montado nele, um homem alto com cabelos pretos alinhados, olhos cinzentos e uma cicatriz que riscava sua têmpora esquerda. Por um longo momento, ela apenas observou, sem acreditar nos próprios olhos.

— Ei — Connell protestou —, você não devia abrir as cortinas!

— Minha lady? — veio a voz ansiosa da Sra. Giswell. — Você o conhece?

— Conheço — Marjorie disse, correndo para destrancar a porta. Graeme não tinha ideia de que provavelmente estava diante do homem mais perigoso da Grã-Bretanha... Gabriel Forrester. O Duque de Lattimer. Seu irmão.

— Aí está bom — Graeme avisou, apoiando o cano do rifle na tábua lateral da carroça. Não era uma ameaça direta, mas ficava claro que ele estava armado e pronto para defender a casa e a mulher abrigada dentro dela. — Você é o cachorrinho de quem?

O homem de olhos aguçados à frente inclinou a cabeça, evidentemente avaliando as parcas defesas da casa. Parcas até o tiroteio começar.

— Vim buscar Marjorie Forrester — ele disse com um inconfundível sotaque inglês. — Entregue-a para mim e então poderemos discutir quem aqui é um cachorro.

Será que Dunncraigh tinha contratado mercenários, então? Era possível, até mesmo provável. Algum ex-soldado inglês, ao que parecia, pago para expulsar colonos e matar highlanders rebeldes.

— Eu não vou lhe dar nada, a não ser uma bala de chumbo no meio dos olhos, se não der meia-volta agora mesmo e voltar correndo para o lugar de onde veio.

O inglês nem piscou.

— A única razão por você ainda não estar morto é que eu tenho a impressão de que não é amigo de Hamish Paulk. Entregue minha irmã, Maxton, ou vou ter que rever meus conceitos.

Irmã. Antes que Graeme pudesse entender algo além do fato de que o Duque de Lattimer estava a cavalo em sua alça de mira, a porta atrás de si foi escancarada. Com Cowen tentando segurá-la, Marjorie levantou as saias e correu para frente.

— Baixem as armas! — ela gritou, correndo através do pátio. — Gabriel! Não atire em ninguém!

Lattimer desmontou, mas seu olhar continuava em Graeme enquanto enlaçava a irmã com o braço esquerdo, puxando-a para o lado. A Fera de Buçaco, era como o chamavam quando servia no exército inglês com a patente de major. E isso foi há apenas quatro meses. O homem era um guerreiro e estava com Marjorie. Se havia alguém que podia tirar Marjorie dele, esse homem era Gabriel Forrester, mas Graeme não permitiria isso.

— O que você está fazendo aqui? — ela perguntou ao irmão. — E como foi que me encontrou? Eu lhe disse que estava bem e que escreveria de novo em uma semana.

— Não. Primeiro você vai me explicar por que está morando sob o teto de um líder Maxwell. Depois poderemos fazer uma reunião familiar.

Cerrando os dentes, Graeme entregou seu rifle para Brendan e começou a sair de trás da carroça.

— Por que está me entregando sua arma? — Brendan sussurrou.

— Para eu não atirar no meu futuro cunhado — respondeu com um grunhido. Ele ainda tinha uma faca na bota e outra às costas, mas se Lattimer pensava que podia falar dessa maneira com Marjorie, Graeme preferia usar os punhos.

Ao vê-lo se aproximando, Marjorie arregalou os olhos.

— Graeme, ele veio até aqui para garantir que estou bem. Eu devo uma explicação a ele.

— Pelo modo como está latindo, ele veio até aqui para acusar um de nós dois de alguma coisa. E eu quero saber do quê.

O duque o encarou.

— Um certo Samuel Cooper me entregou uma carta ontem. Ele me disse que, pouco antes de pegar a carruagem para viajar até Lattimer, um homem que se apresentou como Sir Hamish Paulk o deteve, leu a carta e então lhe disse para ter certeza de que eu a receberia. Então eu persuadi o Sr. Cooper a me dizer onde tinham lhe dado a carta. Isso me trouxe até aqui. Até você. Sua vez, Marjorie.

Então Lattimer gostava de ir direto ao ponto. Ótimo. Isso causaria menos confusão depois. De qualquer modo, Graeme não estava com disposição para ser educado.

— Primeiro, você poderia ter pensado em avisar Marj que tinha se colocado no meio de uma guerra de clãs com os Maxwell. Se ela soubesse, duvido que teria se arriscado a vir até aqui apenas com uma acompanhante e dois cocheiros.

Finalmente, o duque olhou para a irmã.

— Eu não pedi que você viesse.

— Era para ser uma surpresa — ela explicou. — Nós perdemos todos os momentos importantes na vida um do outro. Eu queria conhecer Fiona.

— Você veio me fazer uma surpresa. Mas isso não explica por que está aqui.

Foi Graeme quem respondeu:

— Porque meus irmãos a sequestraram. O Duque de Dunncraigh falou que quem fizesse algum mal a você estaria fazendo um favor para ele. Eu não me dou bem com o duque, e meus irmãos decidiram levá-la até ele para melhorar nossa situação. Eu fui contra. Sua vez.

— E por que ela continua aqui, então? — Lattimer perguntou, contraindo o maxilar.

— Por dois motivos. Hamish Paulk está hospedado a três quilômetros daqui, na casa do meu tio, e encontrou Marjorie. Nós...

— Eu fingi ser a tutora de Connell — ela interveio. — Que é o irmão mais novo de Graeme. — Ela inspirou fundo. — Graeme não queria que Dunncraigh soubesse quem eu era, e depois que fiquei sabendo dos seus problemas com Dunncraigh, não quis me arriscar a viajar até o Castelo Lattimer. Pelo menos não enquanto Paulk estivesse nas redondezas.

O irmão dela concordou.

— Isso até faz algum sentido. — Ele olhou para Graeme. — Qual o segundo motivo?

— Sua irmã é uma mulher incrível, e eu não quis que ela fosse embora. — Estendendo a mão, ele pegou a dela e a levantou. — Ela está com o anel da minha avó. Ela é minha. Vamos nos casar.

Isso fez Lattimer piscar.

— Três meses atrás você anunciou o quanto estava feliz por morar no meio de Mayfair. Aqui não é Mayfair.

Marjorie olhou para os homens muito atentos que os rodeavam.

— Acho que é melhor conversarmos lá dentro — ela sugeriu. Tirando o fato de que uma lady não devia discutir em público, Graeme parecia estar muito perto de socar Gabriel. Se isso acontecesse, ela preferiria estar diante de menos testemunhas, e testemunhas que não estivessem armadas.

— Posso confiar que seus irmãos não vão tentar me sequestrar? — Gabriel perguntou, seco, olhando dos rapazes atrás da carroça para Graeme, que continuava segurando a mão dela.

— Não, afinal agora não tem como eu fazer as pazes com Dunncraigh.

— Algum motivo para suas árvores estarem cheias de rifles? — Lattimer perguntou.

— Sim. Vamos continuar a conversa dentro de casa.

— Meus homens cavalgaram a noite toda. Um café da manhã lhes faria bem.

Graeme concordou.

— A cozinha fica do outro lado da casa, atrás do jardim.

Gabriel soltou o ombro de Marjorie e se virou.

— Vão comer alguma coisa, rapazes. Esses dois — ele apontou para Brendan e Dùghlas — vão lhe mostrar onde. No momento somos amigos.

— No momento — Graeme repetiu. — Eu acredito que a sala matinal serve.

Eles entraram, com Marjorie se colocando entre os dois homens altos. Normalmente ela ficaria muito alegre em ver Gabriel; era tão raro ela conseguir encontrar o irmão que sempre que isso acontecia era algo especial. Mas nada estava normal nesse dia. E o choque dos modos bruscos de seu irmão com a necessidade de Graeme de proteger todos à sua volta — especialmente ela — criava uma situação volátil.

Depois que todos entraram e a porta foi fechada, Graeme andou até a janela e voltou.

— Você não sabe de nada sobre sua irmã, sabe?

— Graeme, pode deixar que *eu* conto a história. E se um de vocês começar a bater no outro, vou pegar o atiçador da lareira e lembrá-los de que não temos tempo para bobagem.

— Tudo bem, *Sassenach*. Eu gosto de ouvir você falar.

Marjorie sentou na cadeira mais perto do fogo para ficar com o atiçador à mão, e contou para o irmão como tinham sido os últimos meses para ela. Graeme já conhecia a história, mas prestou atenção mesmo assim, mantendo uma expressão de carinho que distraía Marjorie sempre que olhava para ele. Ninguém olhava para ela dessa forma, como se ela fosse algo precioso, raro e lindo. Pelo amor de Deus, ele tinha enfrentado seu irmão e continuava a fazê-lo. O homem sobre o qual os franceses tinham feito uma canção arrepiante que envolvia a personificação da morte.

Como não queria causar uma batalha entre os dois, Marjorie deixou de fora as correntes, a tentativa de casamento forçado e outras questões mais... pessoais, mas não poupou detalhes sobre seu segundo rapto e o resgate rápido feito por Graeme. Quando terminou essa parte, Gabriel levantou a mão.

— Você quebrou o nariz de Sir Hamish Paulk? — ele perguntou, olhando para Graeme.

— Pode acreditar que eu tentei. Mesmo antes do que fez para Marj, ele vem querendo tomar meus colonos e meu lugar no clã há sete anos. O fato de ele ter colocado as mãos na minha garota foi a gota d'água.

— Você sabe que estou para me casar com a sobrinha dele, não é? — Gabriel disse, apertando os olhos.

— Sei. Também sei que você expulsou Paulk e Dunncraigh de sua terra, e depois expôs toda merda que o duque tem feito com sua própria gente há mais de uma década.

Com sorriso discreto, Gabriel recostou-se na velha cadeira.

— E todos aqueles homens armados estão lá fora porque você espera retaliação.

— Sim. Achei que você pudesse ser algum mercenário inglês que o duque contratou para me expulsar. Não pretendo deixar que isso aconteça.

Marjorie sentou-se ao lado de Graeme, entrelaçando seus dedos aos dele.

— Graeme me contou o que aconteceu em Lattimer, Gabriel, quando Dunncraigh tentou forçá-lo a ir embora. Nós prometemos casas e melhorias para os colonos, não importa o que o chefe do clã tentasse, mas eles estão com medo.

— Não tenho homens suficientes para enfrentá-lo em uma guerra declarada — disse Graeme. — E os colonos têm medo do que pode acontecer com eles se escolherem o lado errado, e não vou forçá-los a isso.

Gabriel ficou em silêncio por um momento.

— Marjorie e eu precisamos conversar — ele disse, enfim. — Em particular.

Ela não precisou olhar para Graeme para saber que ele não gostou disso.

— Recuso-me a ser raptada uma terceira vez — ela disse alto, soltando a mão. — Volto logo.

— Não. — Graeme levantou. — Preciso ir ver os rapazes. Vocês podem ficar aqui.

Marjorie o observou sair pela porta, esplêndido em seu casaco escuro, pesado, com o kilt do clã. Então ela se virou para o irmão que a fitava.

— Você está grávida? — ele perguntou, com seu modo brusco de sempre.

Algumas semanas atrás, apenas ouvir essa pergunta a teria constrangido e ofendido. Mas seu mundo tinha virado de cabeça para baixo desde então, assim como sua sensibilidade.

— Não sei.

Gabriel praguejou.

— E eu pensava que, de nós, você era quem estava pronta para se moldar a essa vida em que nos meteram. Você tem postura, decoro, sofisticação. Eu...

— Eu também pensava que devia me moldar a essa vida — ela o interrompeu. — Mas você não se moldou, então por que eu deveria?

— Eu não esperava conhecer Fiona — o irmão respondeu. — Nem encontrar qualquer coisa pela qual valesse a pena lutar. Eu imaginava que a esta altura já estivesse de volta à Península Ibérica.

— E eu não esperava conhecer Graeme, nem conhecer qualquer coisa das Highlands para além do que passasse pela janela da carruagem. Eu não esperava nada disto. Mas aconteceu, e eu quero o que encontrei. Mais do que quis ser uma lady refinada e admirada em Londres.

Ele expirou com força.

— Eu não sou um chefe de clã. Não posso receber a gente dele como se fosse minha.

— Graeme disse que você é chamado de Lorde MacKittrick. E se eu perguntasse aos homens que vieram até aqui com você, eles diriam que são parte do clã Maxwell ou do MacKittrick?

— Eles são Maxwell em tudo, Marj, menos no nome.

— E o nome que eles usam é... — ela começou.

— MacKittrick. Mas só porque é o nome antigo do Castelo Lattimer, o mesmo nome do líder Maxwell que morava lá antes que um dos antigos George mandasse cortar a cabeça dele.

Ela quase tinha se esquecido de como seu irmão mais velho podia ser teimoso.

— Graeme pode cuidar das pessoas daqui. Ele tem cuidado nos últimos oito anos quase sem recurso algum. Eu posso ajudá-lo a tornar

Garaidh nan Leòmhann rentável, se você cortar minha renda. Mas ele precisa se livrar do maldito Dunncraigh.

Gabriel soltou uma risada surpresa, aproximando-se do sofá para abraçá-la e beijar seu cabelo.

— Olhe o linguajar, Marj.

O fato de ele tomar a iniciativa de abraçá-la, baixando a guarda por um momento...

— Acho que Fiona Blackstock tem feito muito bem a você.

— Tem sim. Eu lhe contei que pedi baixa do exército? Percebi que não poderia ajudar essa gente sem estar aqui o tempo todo, de corpo e al...

Um disparo de rifle ecoou, o segundo dessa manhã. Antes que ela terminasse de registrar o som, Gabriel já estava na janela.

— Parece que alguém avistou cavaleiros se aproximando — ela disse.

Concordando com a cabeça, ele foi até a porta e a abriu.

— Encontre um lugar seguro — ele ordenou e saiu pela porta da frente.

Marjorie levantou, pronta para se fechar no quarto de Connell mais uma vez, mas parou no caminho. Os dois homens de sua vida tinham uma coisa em comum: a mania de mandá-la se esconder. Ainda que a animosidade entre Graeme e Dunncraigh já existisse antes, foi a presença dela ali que precipitou o conflito. Da mesma forma, Gabriel não estaria ali se não fosse por ela.

Quando Cowen entrou apressado na sala matinal, com um rifle na mão, para assumir seu posto junto à janela, ela o acompanhou e se agachou ao seu lado. O mordomo levantou as duas sobrancelhas espessas para ela.

— Você deveria estar no quarto do pequenino com o garoto e a Sra. Giswell.

— Eu prefiro poder ver e escutar. E quero ficar perto da porta.

— Lorde Maxton vai arrancar a minha cabeça se algo acontecer com você.

— A decisão é minha. Não pretendo fazer nenhuma tolice.

Era provável que ele fosse continuar a discutir, mas os homens de Gabriel passaram correndo, levando seus cavalos para os fundos da casa. Será que pretendiam ficar fora do próximo confronto? Do ponto de vista de um soldado, fazia sentido; seu irmão não tinha um bom motivo para querer aumentar o antagonismo entre ele e o clã Maxwell. Ele não tinha prometido nada a ela, nem mesmo sua permissão para se casar com Graeme.

Um instante depois, tudo estava como antes, com Graeme e os dois irmãos adolescentes posicionados atrás do vagão, e os outros — como ela própria e Cowen — escondidos na casa e entre as árvores. Dessa vez, contudo, ela sabia que o que se aproximava não era bom. A única questão era se seria Paulk ou Dunncraigh.

Cerca de o dobro dos homens que Gabriel tinha trazido aproximaram-se a galope pela trilha e se espalharam em um semicírculo que Marjorie lembrava muito bem do dia anterior. Ela até reconheceu alguns dos homens, como o que trazia o braço direito numa tipoia e o antes distinto Sir Hamish Paulk, agora com dois olhos pretos e um pedaço grosso de bandagem sobre o meio do rosto, preso por uma tira amarrada à nuca.

Depois que viu o homem montado à direita de Paulk, contudo, Marjorie não precisou procurar mais. Cabelos brancos e curtos, profundos olhos verdes e uma aura que praticamente dizia que todos aqueles homens lhe pertenciam. Um tremor percorreu sua coluna. O Duque de Dunncraigh. Esse era o homem para o qual Brendan quis entregá-la, o homem para o qual Paulk tentou arrastá-la no dia anterior.

— Estou vendo que você arrumou confusão, Maxton — Dunncraigh disse em voz alta, impostada. A conversa não era apenas para os dois; o duque queria que todos ao redor também ouvissem.

— Estou bem — Graeme retrucou. — Você que se aproximou até ficar ao alcance do meu rifle.

— Se a sua objeção é à tentativa de Hamish roubar a oferta que você mesmo pretendia me entregar, acho que ele fez por merecer um nariz quebrado. — O duque inclinou a cabeça. — Foi isso o que aconteceu, jovem? Um simples desentendimento?

— Isso mesmo — Graeme respondeu, causando confusão e desânimo súbitos em Marjorie. Claro que ele nunca a entregaria para aquele homem, mas parecia que ele queria provocar o chefe do clã. Provocar mais ainda.

Dunncraigh também pareceu surpreso, por pouco tempo, mas a expressão fria e estoica rapidamente voltou ao seu rosto.

— Então talvez você não seja uma causa perdida, afinal. Traga a garota inglesa e terá minha gratidão.

— E como ter a garota inglesa irá ajudá-lo? — Graeme perguntou.

Oh, ela esperava que Gabriel estivesse ouvindo. Qualquer coisa para convencer seu irmão teimoso de que a terra dele não era a única que precisava ser libertada da influência do Duque de Dunncraigh.

— Não finja que é inocente nisso tudo, Maxton. O que foi, está pensando em fazer uma aliança com Lattimer contra mim? Entregá-la para o canalha e dizer que a salvou de mim? — O duque emitiu um som de zombaria. — Aposto que era isso que você pretendia. Mas vou deixar passar, se a entregar para mim. Agora.

Parado junto à extremidade da carroça, Graeme parecia tranquilo, como se estivesse discutindo a chegada do frio com um amigo.

— Eu apenas concordei que nós tivemos um desentendimento — ele disse, frio. — Então, tenho uma contraproposta para você. Vá embora sem a garota, nunca mais ponha os pés na minha terra e eu lhe pago as taxas devidas. Meus colonos ainda vão dizer que são Maxwell, e você e Paulk, com bico quebrado e tudo, vão ficar longe de nós.

Por um instante ou dois, Marjorie teve esperança de que o duque concordasse com esses termos. Não seria perfeito, claro, mas deixaria os colonos de Graeme mais tranquilos.

— E aceitar que você vá até o Lattimer pelas minhas costas? Não.

Ela sabia o que aconteceria a seguir. Os insultos ficariam cada vez piores e alguém dispararia um tiro. Quer os homens de Gabriel participassem ou não, o resultado seria uma batalha. E como essa era a coisa que ela mais temia, Graeme seria morto. Marjorie foi em direção à porta.

— Garota — Cowen sibilou. — Aonde está indo?

— Vou acabar com isso.

— Acho então que chegamos a um impasse — Graeme afirmou, acenando para Dùghlas se proteger melhor. A coisa estava para ficar violenta, e ele precisava manter os irmãos em segurança.

O olhar de Dunncraigh se deslocou para além de Graeme, e uma expressão muito perturbadora se instalou em seu rosto.

— Não tenho tanta certeza de que chegamos a um impasse — ele disse. — Bem-vinda, Lady Marjorie Forrester. Fico feliz que não veja sentido em se esconder atrás deste *amadan*.

— O que *amadan* significa? — ela perguntou, calma, dando a volta na carroça e ficando exposta.

Maldição. Grame quis agarrá-la, jogá-la no chão. Mas ir na direção dela, naquele momento, poderia estimular alguém a começar a atirar. Não era o irmão que ela estava enfrentando. Era um homem que não pensava em nada a não ser seu orgulho e poder. Ele tomou fôlego, pronto para entrar em ação caso alguém se aproximasse dela.

— Quer dizer "tolo" — ele respondeu.

— Ah — ela fez, concordando enquanto mantinha o olhar em Dunncraigh. — Lorde Maxton é um tolo por não arrastar a irmã de um duque pelo campo para entregá-la a você, que todos sabem ser inimigo do duque. — Ela tamborilou um dedo no queixo. — É lógico que, mesmo que você recompensasse o visconde com ovelhas, trigo ou outra coisa, o Duque de Lattimer faria com que Maxton fosse preso por sequestro. — Ela fez uma mesura breve. — Eu sou membro da aristocracia, afinal. Minha casa em Londres fica entre a residência do Marquês de Pyegrove e a do Conde e da Condessa de Adsam.

— Não dou a mínima para quem são os seus vizinhos, inglesa.

— Vossa Graça pode me chamar de Lady Marjorie — ela respondeu, calma, como se estivesse conversando durante o chá.

Observá-la, escutá-la, hipnotizava Graeme, e ele se esforçou para manter a atenção em Dunncraigh. Era muito raro que alguém tentasse enfrentar Dunncraigh, e quem tentava nunca tinha sucesso — e às vezes desaparecia.

— Como Lorde Maxton não deseja correr o risco de ser preso — ela continuou —, acredito que seja bom para Vossa Graça que Sir Hamish esteja disposto a estabelecer residência na prisão Old Bailey. — Ela olhou para Paulk, que, furioso, estava ridículo com aquele curativo no meio do rosto. — Você sabia que cinco garotos estavam brincando na margem do rio quando você me raptou? São cinco testemunhas do rapto da irmã de um duque. A menos que esteja disposto a assassinar crianças do seu próprio clã, é claro.

Isso provocou inquietação entre os homens de Dunncraigh. O que quer que a garota estivesse tentando, por um momento pareceu funcionar.

— Se pensarmos bem, foi sorte Lorde Maxton o deter e *me* persuadir a não mandar chamar os soldados do Forte William. — Com isso, ela voltou o olhar para o duque, o semblante sério. — Enquanto eu era arrastada pelo campo, ontem, também me peguei refletindo sobre o dilema que meu rapto apresentaria para Vossa Graça.

— Ah, refletiu mesmo? Então me esclareça. Estou curioso para saber como eu seria prejudicado enquanto você apodrecia, nua, em um calabouço.

Ela concordou, sem demonstrar emoção. Graeme, por outro lado, apertou a coronha do rifle com tanta força que os nós de seus dedos ficaram brancos. Um passo. Se alguém desse um passo na direção dela, ele abriria fogo.

— Sem dúvida. Imagino que meu cativeiro seria usado para encorajar meu irmão a vender MacKittrick — ou Lattimer — para você. Caso ele concordasse, sua primeira opção seria me soltar, e nesse caso tanto Vossa Graça quanto Sir Hamish teriam que enfrentar os tribunais ingleses. A segunda opção seria me assassinar, o que estimularia o Duque de Lattimer — também conhecido como Major Gabriel Forrester, a Fera de Buçaco — a caçá-lo e matá-lo como vingança, ou então informar os colegas de exército dele sobre o que aconteceu. E então *você* seria desnudado e jogado numa cela de Old Bailey. Se vivesse para tanto, claro. Pessoalmente, duvido que sim.

Marjorie levantou um dedo.

— Oh, esqueci de algo. Você veio atrás de mim hoje. Pessoalmente. Todos aqui, os que você enxerga e também os que não pode ver, são testemunhas. E eu me casei com Lorde Maxton ontem, de modo que se me acontecer algo, ele terá toda a minha fortuna à sua disposição. Imagino que isso será dinheiro mais do que suficiente para persuadir até os homens mais relutantes a falar.

A cor do rosto de Dunncraigh mudou de roxo para cinza e ficou roxo de novo. Graeme não ficaria nem um pouco surpreso se o duque caísse morto ali mesmo devido a uma apoplexia. Ele não derramaria uma única lágrima.

— Depois que eu refleti sobre todos esses meus pensamentos fantásticos — Marjorie continuou, juntando as mãos às costas —, só posso concluir que Vossa Graça, na verdade, se deu ao trabalho de cavalgar até aqui para ter certeza de que estou bem e para dar os parabéns ao seu líder local pelo casamento. Então, a menos que deseje conversar sobre mais alguma coisa, Vossa Graça, eu lhe agradeço e desejo um bom dia. — Com isso, ela fez uma mesura completa, deu meia-volta e deu um sorriso tenso para Graeme.

Esse foi o único sinal de nervosismo que ele percebeu nela. Baixando o rifle, Graeme saiu de onde estava para encontrá-la, ofereceu-lhe o braço e, juntos, encaminharam-se para a porta da frente.

— Rapazes — ele murmurou, e Brendan e Dùghlas entraram na frente dos dois.

Já na porta, Marjorie voltou-se de novo.

— Eu só não gostei de uma coisa que Vossa Graça disse, quando chamou Lorde Maxton de tolo. Ele não é tolo. É um homem que aceitou, com 20 anos, a responsabilidade de criar três crianças, de ser um proprietário de terras, um visconde e o líder do clã Maxwell. Ele fez o parto de bezerros, tosquiou ovelhas e arou campos com suas próprias mãos porque seus colonos precisaram dele. Graeme Maxton é um verdadeiro highlander, no melhor sentido da palavra. Eu não sei o que Vossa Graça é, mas vou ficar contente quando for embora daqui.

— Eu chamei você de minha leoa feroz, mas pelo amor de Deus, garota. — Assim que a porta da frente foi fechada atrás deles, Graeme a puxou para um abraço apertado de alívio. Mas não foi suficiente, e ele baixou a cabeça para beijá-la.

— Imagino que todos esses anos de aulas de conversação, comportamento e etiqueta de fato se mostraram valiosos — ela disse, sem fôlego, segurando as lapelas dele. — Mas minhas pernas estão moles agora.

— As *minhas* pernas estão moles — Dùghlas observou.

Graeme a segurou firme.

— Você sabe o quanto se arriscou lá fora? — ele murmurou, beijando-a de novo. Ela ainda não estava perto o bastante, mas com toda a casa vindo ao encontro deles, a verdadeira demonstração de admiração, por parte dele, teria que esperar.

— Tanto quanto você se arrisca todos os dias — ela respondeu. — Se eu vou ser sua esposa, não posso deixar por menos.

— Você *vai* ser minha esposa — ele afirmou. — E agora que você já contou para todo clã Maxwell que nos casamos, é melhor mandarmos chamar o Padre Michael antes de segunda-feira.

— Você não pediu minha permissão — disse o Duque de Lattimer enquanto descia a escada, carregando o rifle em uma das mãos. — A propósito, eles foram embora. Dunncraigh jogou um sapato em Paulk, e você acabou com minha melhor oportunidade de atirar no maldito, Marj. Não sei se gostei disso.

— Se você interviesse — ela respondeu, empurrando o peito de Graeme até ele ceder e a colocar no chão —, alguém poderia morrer. E poderia ser um dos nossos.

— Está tudo muito bom — Graeme disse, pensando que poderia ser necessário ficar com as duas mãos livres naquele momento —, mas vamos voltar à primeira parte. Não vou pedir sua maldita permissão para nada, Lattimer.

— Não? — O duque arqueou uma sobrancelha.

— Não. Pode perguntar para sua irmã se ela está feliz aqui, e eu vou lhe dizer que a adoro. Se é uma luta que você quer, eu lhe concedo o desejo.

Marjorie se colocou entre os dois.

— Eu estou *feliz* aqui, Gabriel, nem precisa me perguntar. E nada de socos.

— Me solta, sua louca! — A voz de Connell veio do andar de cima. — Você não vê que está tudo bem?

— Nós devemos ficar quietos até alguém vir nos buscar, meu jovem!

— Eu não sou um jovem! Sou uma criança! — Logo depois, ele veio correndo pela escada. — Eu preciso saber, Graeme. Ainda somos do clã Maxwell?

Graeme teve que pensar nisso por um momento. Em meio ao caos, ele ficou tão preocupado com a segurança de Marjorie que não pensou em sua situação no clã.

— Somos — ele respondeu, afinal. — Graças a algumas ameaças bem colocadas e a um pouco de chantagem, continuamos no clã Maxwell.

— Eu sabia! — o garoto entoou. — A Sra. Giswell ficou dizendo que estávamos arruinados, mas eu não acreditei.

Olhando para Marjorie por sobre a cabeça do irmãozinho, Graeme quase não conseguia acreditar naquilo tudo.

— Fiquem aqui, preciso conversar em particular com Marjorie.

Sem esperar por uma resposta, ele a pegou pela mão e a puxou para a sala matinal, fechando a porta e encostando-se nela. Quando ela olhou para ele, Graeme se inclinou à frente para poder passar o braço pela cintura dela e inspirar o aroma de baunilha em seu cabelo. Ela apoiou o rosto no peito dele, e Graeme imaginou se ela podia sentir seu coração batendo.

— Você é a minha garota — ele sussurrou.

— Sou — ela respondeu no mesmo tom íntimo. — E você é meu highlander.

— Sou — ele repetiu. — E, por favor, nunca mais me assuste desse jeito. Acabei de encontrar você. Não aguentaria perdê-la. Qualquer outra coisa, tudo bem. Mas não isso.

Marjorie sabia, tanto quanto Graeme, que embora Dunncraigh pudesse desaparecer por algum tempo, os problemas que ele causava não tinham desparecido. Mas ela concordou mesmo assim, levantando o rosto para encará-lo com aqueles olhos da cor de um lago no verão.

— Eu conheci muita gente na vida, Graeme, e você é um dos homens mais corajosos e honestos que já vi. Eu sei como usar as palavras, e hoje as utilizei em nosso benefício mútuo. Eu só me arrisquei porque você teria dado seu próprio sangue para me proteger. Então vou fazer o meu melhor para não o assustar, se você me disser todos os dias que me ama.

— Essa é uma tarefa fácil, *mo boireann leòmhann* — ele murmurou, beijando-a de novo. — Eu te amo.

— E eu amo você.

Um punho infantil bateu na porta.

— Graeme, você disse para o Brendan que nós podemos ter um cachorro? Porque eu gostaria de um. De caça, eu acho.

Marjorie começou a rir, enterrando o rosto na camisa dele. Ela passou de uma vida simples e sem esperança para uma rica e restrita, até chegar a esta repleta de... calor, barulho e caos. Com um homem que a fazia se sentir forte, esperançosa e amada.

— Sim! — ela gritou, rindo. — Nós devíamos arrumar uma cadela de caça bem grande.

FIM

LEIA TAMBÉM

Herói nas Highlands
Suzanne Enoch
Tradução de A C Reis

Será que um soldado inglês é capaz de conquistar o coração da Escócia?

Canhões, tiros, cavalarias, armas. O Major Gabriel Forrester adora um combate e não foi à toa que recebeu o título de "Fera de Buçaco", depois de ganhar uma batalha em Portugal. Sem saber se estará vivo no dia seguinte, nunca se importou com nada além de proteger seus aliados e a si mesmo... Até que a notícia inesperada de se tornar o Duque de Lattimer e dono de uma imensa propriedade nas Highlands escocesas muda tudo o que ele achava já estar traçado para seu futuro.

Em sua nova posição, a luta de Gabriel será conquistar a confiança de uma vila de escoceses nem um pouco amistosos, que não estão nada satisfeitos com o fato de ter como duque um antigo soldado inglês. Como se não bastasse, as terras ainda são administradas por uma mulher de língua afiada e corpo perfeito, que parece ser tanto sua salvação quanto sua ruína – e ele está disposto a descobrir em qual das duas categorias ela se encaixa.

Com a ameaça de uma maldição nas terras em que nenhum inglês é bem-vindo, o novo duque encontra mais obstáculos do que imaginava. De todas as guerras que já lutou, essa aparenta ser a mais difícil. Afinal, é fácil eliminar inimigos; mas o que fazer quando o objetivo é fazer deles seus aliados?

Este livro foi composto com tipografia Electra Std e impresso
em papel bold 70 g/m² na Assahi.